HEIKE GERDES

Friesisches Käsekartell

KÄSA NOSTRA SCHLÄGT ZU Frühmorgens neben der historischen Waage am Hafen sitzen, mit Blick auf die Traditionsschiffe. Wunderbar, solange man nicht tot im Leichensack steckt und von den Straßenfegern gefunden wird. Doch was verbindet den unbekannten Toten mit dem aufstrebenden Käsekönig, der in Ostfriesland eine Käsefabrik, Restaurants und Spezialitätenläden eröffnen will? Warum findet man in den Kühlregalen der ostfriesischen Supermärkte keinen Käse mehr? Wurde der Käsemeister der Greetsieler Traditionskäserei etwa entführt? Viele Fragen für Kriminalhauptkommissarin Lükka Tammling und ihren Kollegen Roman Sturm. Don Mascarpone, der Pate aus dem niederländischen Gouda, ist derweil von der unerwarteten Konkurrenz auf dem Käsemarkt jedenfalls alles andere als begeistert. Er verkündet: Der grenzüberschreitende Käsehandel ist Käsa Nostra und bläst zur Jagd auf den geheimnisvollen Käsekönig.

© Jan Penning

Heike Gerdes, geboren 1964, lebt in Ostfriesland. Nach einem Redaktionsvolontariat und jahrelangem Redakteursdasein bei verschiedenen Tageszeitungen in Niedersachsen arbeitete sie als freie Mitarbeiterin bei Zeitungen, Zeitschriften und einem Internetmagazin. Im Januar 2000 gründete Heike Gerdes den Leda-Verlag und seit November 2011 ist sie Inhaberin der Krimibuchhandlung »Tatort Taraxacum« in Leer, mit der sie schon zweimal den Deutschen Buchhandlungspreis gewonnen hat. Zudem ist die Autorin Mitglied im Syndikat. In »Friesisches Käsekartell« geht es um das böse Spiel mit Träumen, Wahrheiten und Identitäten. Und natürlich um Käse.

HEIKE GERDES

Friesisches Käsekartell

KRIMINALROMAN

GMEINER

Immer informiert

Spannung pur – mit unserem Newsletter informieren wir Sie regelmäßig über Wissenswertes aus unserer Bücherwelt.

Gefällt mir!

Facebook: @Gmeiner.Verlag
Instagram: @gmeinerverlag
Twitter: @GmeinerVerlag

MIX
Papier aus verantwortungsvollen Quellen
FSC® C083411
www.fsc.org

Besuchen Sie uns im Internet:
www.gmeiner-verlag.de

Im Ehnried 5, 88605 Meßkirch
Telefon 0 75 75 / 20 95 - 0
info@gmeiner-verlag.de

1. Auflage 2022

Herstellung: Mirjam Hecht
Umschlaggestaltung: U.O.R.G. Lutz Eberle, Stuttgart
unter Verwendung eines Fotos von: © manfredrichter / pixabay und Pexels / pixabay
Druck: CPI books GmbH, Leck
Printed in Germany
ISBN 978-3-8392-0133-6

Personen und Handlung sind frei erfunden.
Ähnlichkeiten mit lebenden oder toten Personen
sind rein zufällig und nicht beabsichtigt.

PROLOG

Am Garrelschen Garten erwachten gerade erst die Dohlen und begannen, in den kahlen Bäumen zu zanken. Die Schaufel an der rechten Seite schepperte in ihrer Halterung gegen die Metallwanne. Auf ihren beiden prall aufgepumpten Reifen hoppelte die Schubkarre über die feuchten Pflastersteine zwischen den Beeten mit den verschlafenen Krokussen entlang auf den Museumshafen zu. Der hölzerne Stiel des Besens, der in der Karre lag, hüpfte auf dem Rand und trillerte einen flotten Rhythmus, der zu den gleichmäßigen Schritten der beiden Menschen passte, von denen einer die Karre schob. Ihre Arbeitsjacken und Schutzhosen hoben sich leuchtend orange von dem zart lachsfarbenen Morgenhimmel mit den rauchgrauen Wolken ab. Der Stoff schabte und raschelte.

»Kannst du denn nicht *einmal* den Takt halten? Wenigstens ein einziges Mal?« Franzi blieb abrupt stehen.

Ewalds Pfeifen verstummte ebenso plötzlich.

»Das ist aber auch schwer«, maulte er. »›Wo die Nordseewellen trecken an de Strand‹ passt doch gar nicht zum Laufen. Das muss man doch eher schunkeln. Warum nehmen wir nicht was anderes? ›In Oostfreesland is't am besten‹ geht da viel besser oder ›Wir sind die Niedersachsen‹.« Er begann zu pfeifen und deutete im Stand einen flotten Marsch an, die Arme angewinkelt auf Höhe der locker schwingenden Hüften.

Franzi seufzte. Mit der Hand im abgenutzten Arbeitshandschuh wischte sie sich eine blonde Haarsträhne aus dem breiten Gesicht. Sie warf einen Blick in die Baumkronen und wich gerade rechtzeitig zurück, um keinen Klecks von oben auf den Kopf zu bekommen. Neben ihrem Fuß klatschte der frische Flüssigdünger auf die Steine. »Also gut«, räumte sie ein. »Wir nehmen was anderes.« Sie hob die beiden Griffe der Schubkarre an und schob in Richtung des nächsten Mülleimers weiter. Dabei stimmte sie ›Alle Vögel sind schon da‹ an und Ewald folgte pfeifend im Marschtritt. An der hängenden Abfalltonne angekommen, kickte er routiniert gegen den Eimer, der Boden klappte herunter und der Unrat verteilte sich auf dem Pflaster. Ewald kehrte ihn mit dem groben Besen auf die Schaufel und schippte ihn schwungvoll in die Karre.

Franzi fuhr zügig weiter, ohne im Lied zu stocken. Die Kübel leerten sich schließlich nicht von allein und bis zum Rathaus warteten noch einige auf sie.

Sie erreichten die Uferpromenade.

Der Klang des Reifens änderte sich in einen unvorhersehbaren Wechsel aus hüpfendem Singen auf den roten Klinkern und einem kecken Klack, wenn die Karre über die von Baumwurzeln hochgedrückten Pflastersteine sprang. Mit einem kleinen Echo, wenn der Besenstiel den Rhythmus auf dem Karrenrand kontrapunktierte.

Franzi stimmte ein neues Lied an.

»Was soll das denn jetzt sein?«, fragte Ewald und kickte gegen den nächsten Mülleimer.

»›Im Frühtau zu Berge‹ natürlich.«

Auf einem der Schiffe, die rechts von ihnen im Museumshafen lagen, ging Licht an wie jeden Morgen, wenn sie auf der Landseite die Tonnen leerten. Franzi und Ewald wussten nicht, ob der Skipper sich eigens den

Wecker stellte, um sie nicht zu verpassen, oder ob sie ihn weckten und er dank ihnen pünktlich in den Tag startete. Diesen Service sollten sie ihm vielleicht in Rechnung stellen. Franzi hatte sogar schon mal über einen Nebenverdienst nachgedacht: morgens für den Weg am Hafen entlang Brötchen mitzubringen und an die Urlauber zu verkaufen, jedenfalls in der Saison. Aber wenn sie um sechs Uhr ihre Runde begannen, hatte der Bäcker noch gar nicht geöffnet.

»Hier sind keine Berge«, maulte Ewald.

»Aber Frühtau.«

»Davon kenne ich aber den Text nicht.«

»Du sollst ja auch pfeifen, nicht singen«, knurrte Franzi. »Hör mal, du bist hier auf meiner Tour, nicht mehr als Köttelfeger auf Juist unterwegs. Also pfeifst du, was ich pfeife.«

Der Weg am Ufer verbreiterte sich. Auf die schmalen, rechteckigen roten Klinker folgten quadratische graue und rosige Basaltbrocken. Sie erreichten den Dauerflohmarkt des Schipperklottjes und die Ausstellung über Leers Heringsfischervergangenheit.

Auf der Landseite: ein grob gezimmerter hölzerner Unterstand mit einem Tresen aus alten Heringsfässern und einem breiten Brett. Holzregale voller Bücher, Vasen und aussortierter Bilder. Auf verschiedenen Tischen und Hockern warteten Tischdecken, Stapel von Tellern, klobige Kerzenleuchter und andere abgelegte Lieblingsstücke auf Käufer. Vielleicht wollte jemand ein paar Euro zum Erhalt der historischen Schlepper und Frachtschiffe beitragen. Die Lichterkette am Dachbalken war ausgeschaltet, ein gelber Pappkomet versprach alkoholfreien Früchtepunsch für zwei Euro. Vermutlich hing der Stern dort seit der Adventszeit. Darunter stand kein Punschkessel, sondern nur ein Holzzuber mit fransigem, gelbem Schilf und daneben eine leuchtend blaue Geldkassette mit einer groben Eisenkette daran.

Auf der Wasserseite: alte Anker, Rettungsringe, Netze und Reusen, ein Steuerrad und ausrangierte Winschen. Unter drei Positionslichtern in Rot, Grün und Weiß lehnte ein morsches blau gestrichenes Ruderblatt mit rostigen Beschlägen und Seepockennarben neben einem Baum mit Nistkasten. Sogar zwei kleine Fenster hatte jemand am Geländer der Uferpromenade befestigt.

Aber nichts davon durften Franzi und Ewald mitnehmen und entsorgen, das war wohl Kunst, jedenfalls hingen Informationstafeln dazwischen.

Musikalisch war diese Stelle besonders schön, denn hier wurden Pfeifen und Rumpeln von den Häuserwänden zurückgeworfen, statt über dem glatten Hafenwasser zu verwehen. Dafür mussten sie aber gleich die Promenade verlassen. Hinter dem Platz mit den Bänken und dem hohen Mast kam schon der Anleger des großen Fahrgastschiffs in Sicht.

Das historische Waage-Gebäude lag im Dämmerlicht, an den dunkelroten Backsteinmauern nisteten noch die Schatten. Nur hoch oben, auf der goldenen Kugel unter dem Wetterhahn, blitzte ein erster Sonnenstrahl. Dass das zweistöckige Haus mit dem Türmchen auf dem Doppelwalmdach und den weißen Sprossenfenstern schon seit dem Jahr 1714 hier stand und im Stil des niederländischen Hochbarock erbaut worden war, hätte Franzi und Ewald nicht einmal interessiert, wenn jemand sich die Mühe gemacht hätte, es ihnen zu erzählen.

Sie säuberten den großen Platz davor, auf dem früher im Sommer die Tische und Stühle des Restaurants gestanden hatten, und ärgerten sich wie jeden Morgen über die buckeligen Katzenköpfe, zwischen denen man das dürre Laub und die Zigarettenkippen so schwer wegfegen konnte. Obwohl das früher mehr gewesen waren, als die ganzen Gäste auf der Terrasse vor dem Lokal gesessen hatten. Jetzt sollte ja angeblich bald ein neuer Wirt einziehen, jedenfalls stand das im Internet. Dann ging das bestimmt wieder los mit den Kippen.

Franzi stellte die Karre neben eine Sitzbank und griff den Besen, während Ewald gebückt mit einem blauen Müllsack am Rand des Platzes in Richtung des Hauses ging, um den angewehten Müll aufzuklauben.

Diesmal lag hier aber auch besonders viel herum. Direkt vor der dunkelgrünen Holztür, dem Hafenbecken zugewandt, sah Franzi einen großen schwarzen Klumpen. Vielleicht war der neue Wirt schon dabei, Inventar einzuräumen und hatte dort etwas abgestellt. Oder lag da einfach nur ein großer Haufen gefüllter Restmüllsäcke auf den Treppenstufen? Auf jeden Fall war das ein dämlicher Platz, um etwas abzulegen. Da stolperte man doch drüber, wenn man aus dem Haus kam oder hineinwollte. Vielleicht war der neue Pächter nicht besonders helle. Er wollte ja auch statt Fisch in dem Lokal Käse servieren, und das in Ostfriesland. So ein Blödsinn. Das konnte auch nur einem Holländer einfallen.

Während Ewald sich von links in weitem Bogen der Waage näherte, ohne vom Müllsammeln aufzublicken, lief Franzi mit der Schubkarre geradewegs auf die unförmige schwarze Masse in der Treppennische zu. Ehe da noch was mit passierte, sollten sie die ein bisschen zur

Seite räumen oder am besten gleich mitnehmen, wenn es Abfall war. Wenn einer stürzte und sich den Hals brach und sie hätten das verhindern können – sie würden sich doch Vorwürfe machen.

»Komm mal hier rüber und fass mit an!«, befahl Franzi.

Ewald ließ den Müllsack stehen und traf fast gleichzeitig mit ihr an der Restauranttür ein.

Das waren keine Müllsäcke, erkannte Franzi. Eher hatte sich da ein Landstreicher in seinem Schlafsack in den Eingang gepackt. Armer Teufel. Aber auch nicht so klug, sonst hätte er sich doch einen besseren Schutz gesucht. Die vier Stufen wurden zwar rechts und links von niedrigen Mäuerchen begrenzt, aber der Wind pfiff ungehindert vom Hafen über den Platz. Auch der Schlafsack war seltsam, so glatt und schwarz. Und mit Griffen an den Seiten, das sah man sonst eher nicht.

Aber praktisch war es schon. Ewald packte bereits zu, um den Sack anzuheben.

Der Reißverschluss auf der Vorderseite war so weit hochgezogen, dass nur das blasse Gesicht des Mannes zu sehen war. Der Mund war leicht geöffnet und die Augen starrten blicklos an Ewald vorbei über den Hafen in den immer heller werdenden Himmel.

Ewald ließ den Griff los.

KAPITEL 1

Don Mascarpone sah heute käsig aus. Sein Teint war schon an normalen Tagen eher blass, aber heute hatten seine fleischigen Wangen einen Farbton, der Coniglio an den erfrorenen Frosch erinnerte, den er als Kind nach einem ungewöhnlich harten Winter aus dem Teich gefischt und mit allen Ehren unter dem Apfelbaum bestattet hatte. Don Mascarpones breiter Mund mit der vorgestülpten regenwurmglatten Unterlippe und den nach unten gezogenen Mundwinkeln verstärkte diesen Eindruck.

Coniglio duckte sich in seinen Stuhl, als wollte er mit der ledernen Rückenlehne verschmelzen, und zog den Kopf zwischen die Schultern. Zum Glück hatte die Sitzordnung ihm einen Platz weit links an der Seite des großen Tisches aus rauen Teakholzplanken zugewiesen. Wenn der Don blass wurde, wollte man nicht im Blickfeld seiner emsbraunen Augen sein. Andere Menschen wurden rot vor Wut, Don Mascarpone erbleichte. Das kam häufig vor, denn er war äußerst reizbar. So blass wie heute aber hatte Coniglio ihn noch nie gesehen.

Am Caprese, der vor jedem Teilnehmer der Konferenz stand, lag es bestimmt nicht, den hatte Susina nach ihrem Spezialrezept wie stets liebevoll zubereitet. Die Basilikumblätter glänzten straff und in hellem Grün wie frisch gepflückt. Die Tomatenscheiben waren saftig und dufteten so würzig, wie es die festen, blassen Früchte aus dem holländischen Gewächshaus nie fertiggebracht hätten. Selbst gezogen vermutlich. Und wie gut der cremige Mozzarella am Tisch von Don Mascarpone schmeckte, wusste Coniglio. Er hatte diesen Salat schon so oft gegessen, dass sich beim bloßen Anblick die unvergleichlichen Aromen in seinem Mund entfalteten. Den tatsächlichen Genuss verkniff sich Coniglio heute und sah, dass auch die anderen Teller noch unberührt auf dem Tisch standen. Don Mascarpones Blässe war allen auf den Magen geschlagen. Dass der Don seinen eigenen Caprese-Teller achtlos beiseitegeschoben hatte, tat ein Übriges.

Vitello glotzte kuhäugig vor sich hin, Prezzemolo sah aus, als hätte es ihm gewaltig die Petersilie verhagelt, und Salsiccio drehte die zierliche Gabel in seinen Wurstfingern, als wüsste er nicht, wozu dieses Werkzeug diente. Das konnte durchaus stimmen, dachte Coniglio. Mit seinen buschigen Brauen unter der niedrigen breiten Stirn wirkte er, als wäre er gerade aus einer Höhle gekrochen und versuchte jetzt blinzelnd, sich in der Neuzeit zu orientieren. Das Gerät, das statt eines Tellers vor Don Mascarpone stand, musste ihm demnach wie das Werk böser Geister erscheinen. Der Klapprechner des Paten war technisch zwar nicht der letzte Schrei, aber er passte mit seinem silbergrauen Plastikgehäuse weder zu dem robusten Esstisch, der durchaus in einem mittelalterlichen Kloster hätte stehen können, noch zu dem Höhlenmenschen Salsiccio, der dem Don gegenübersaß.

Auf einem großen Bildschirm an der Wand war eine Präsentation mit Zahlenkolonnen, Tabellen und Säulendiagrammen zu sehen.

»Erklär mir das jetzt, Prezzemolo«, forderte Don Mascarpone mit so frostiger Stimme, dass Coniglio überzeugt war, in seinem Wasserglas müssten sich Eiskristalle bilden. Er schauderte. »Ein Rückgang von dreißig Prozent bei den Erlösen. Obwohl wir viel Geld, wirklich sehr viel Geld, in die Ausstattung unserer Fabrik investiert und den Rohstoffeinkauf deutlich gesteigert haben.« Er pickte mit dem Zeigefinger auf den Bildschirm des Laptops, der Fingernagel klang wie ein Krähenschnabel. »Wo ist mein Geld, Prezzemolo?«

»Wir haben den Ausstoß erhöht«, verteidigte sich der Produktionsleiter. »Wie ich es versprochen habe.« Er richtete sich auf und sah sich herausfordernd um. »Das Lager ist voll mit hochwertiger Ware. Übervoll sogar. Wenn der Vertrieb schlecht funktioniert, ist das nicht mein Problem.«

Ups, dachte Coniglio, wenn er sich da mal nicht gewaltig täuscht. Obwohl er selbst nicht in der Schusslinie war, duckte er sich tiefer in seinen Stuhl.

Don Mascarpones Stimme war auf einmal warm und freundlich. Fast liebevoll sah er Prezzemolo an. »Das ist nicht dein Problem. Du hast vollkommen recht«, sagte er sanft.

Auf Coniglios Unterarmen richteten sich die rötlichen Haare auf.

Der Don lehnte sich vor, den Ellenbogen auf die Tischplatte gestützt, das Doppelkinn auf der Brust, und fuhr fort: »Du hast mit meinem Geld deine Fabrik auf den neuesten Stand gebracht.« Er klappte den dicken Daumen aus und fixierte Prezzemolo. »Woher ich das Geld dafür habe, das ist nicht dein Problem.«

Jetzt klappte der Zeigefinger aus.

Prezzemolo rutschte auf seinem Stuhl hin und her und wirkte etwas vergilbt. Offenbar merkt er doch was, dachte Coniglio.

»Du hast mit meinen Rohstoffen gearbeitet. Wovon ich die bezahle, das ist nicht dein Problem.« Jetzt zielte der Zeigefinger direkt auf das angstgrüne Gesicht von Prezzemolo, Mascarpone visierte ihn über den hochgereckten Daumen an.

Coniglio hörte ein leises Wimmern aus Prezzemolos Richtung, das aber von dem dröhnenden Gebrüll des Paten erstickt wurde. »Es ist dir vollkommen egal, woher das Geld kommt, und du sagst mir das direkt ins Gesicht. Und das! Das! Ist! Dein! Problem!«

Es klirrte, als Salsiccio die Gabel aus der Hand fiel. Der Schreck hatte seine Neandertaler-Motorik offenbar aus dem Gleichgewicht gebracht.

Alle außer Pecorino saßen wie erstarrt um den Tisch. Der drahtige Blonde mit der scharfgeschnittenen Nase hatte sich sprungbereit auf der vorderen Stuhlkante aufgerichtet. Seine Augen leuchteten wie Eisbonbons. Die Oberlippe war wie eine Raubtierlefze gekräuselt und entblößte seine großen gelben Schneidezähne. Das drohte, hässlich zu werden.

Don Mascarpone fixierte den bedauernswerten Prezzemolo, der unter dem sengenden Blick sichtlich dahinwelkte. Schließlich verzog sich sein Froschmaul zu einem abfälligen Grinsen.

Pecorino entspannte sich. Ob er enttäuscht war, wusste Coniglio nicht, denn der durchtrainierte Blonde zeigte niemals Gefühlsregungen. Coniglio bezweifelte, dass der Mann so etwas wie Gefühle überhaupt besaß. Vermutlich verrichtete er einfach seine Arbeit, Emotionen wären dabei nur hinderlich.

»Also. Der Vertrieb«, sagte Don Mascarpone im Plauderton. Er lehnte sich zurück, stützte die Ellenbogen auf die Armlehnen, die seinen Stuhl am Kopfende des schweren Tisches von allen anderen im Raum unterschieden, und legte die Fingerspitzen zusammen. »Du meinst also, wir haben ein Vertriebsproblem, Prezzemolo.«

Der Angesprochene suchte offensichtlich nach Worten, sein Mund klappte stumm auf und zu, vermutlich weil er keine fand, die ihm ungefährlich erschienen.

Don Mascarpone schüttelte nachsichtig den Kopf mit dem grauen Haarkranz und wandte sich an Vitello. »Dein Kollege aus der Produktion meint, wir hätten ein Problem mit dem Vertrieb. Wie siehst du das, Vitello?«

Vitellos große braune Kuhaugen schimmerten feucht, als er zugab: »Es gab ein paar ... wie soll ich sagen ... Rückschläge in den letzten Wochen.« Er sah sich hilfesuchend um, sein Blick unter den langen dunklen Wimpern verweilte auf dem leeren Stuhl an seiner Seite. Dort saß sonst Capretto, der alte Bock mit dem Ziegenbärtchen und dem meckernden Lachen.

Die Namen der versammelten Firmenmitglieder lasen sich wie die Speisekarte einer italienischen Trattoria. Und vermutlich hatte der Don sie auch genau dort ausgewählt, denn Coniglio und seine Kollegen waren so italienisch wie der Betreiber seiner Stammpizzeria in der Innenstadt von Leer. Einzig Don Mascarpones schrumpelige Haushälterin Susina hatte italienische Vorfahren, die in den Sechzigern in Deutschland bei VW angeheuert hatten. Ansonsten war die Firma international besetzt. Vermutlich gingen dem Paten die teilweise fremdartigen Namen schwer über die Zunge und er hatte deswegen jedem einen neuen zugeteilt, den er sich besser merken und geschmeidiger aussprechen konnte.

Treffsicher war Don Mascarpone bei der Namenswahl, das musste Coniglio zugeben. Außer bei seinem eigenen Spitznamen, für den gab es wirklich keinen Grund. Aber der Tiger, als den er selbst sich sah, stand nun mal auf keiner Speisekarte und mit Italien hatte er auch nichts zu tun. Vermutlich war dem Don bei der Auswahl die Fantasie vorübergehend abhandengekommen, weshalb er sich für ein Karnickel entschieden hatte. Die echten Namen der anderen Mitarbeiter kannte Coniglio nicht. Mitunter war er froh, wenn er sich an den erinnerte, der in seinem eigenen Ausweis eingetragen war, jedenfalls wenn er sich länger an seinem zweiten Arbeitsplatz in den Niederlanden aufhielt.

Der abwesende Capretto leitete gemeinsam mit Vitello den Vertrieb. Die beiden stellten die Touren zusammen, teilten die Waren zu und die Chauffeure ein. Doch die Zeiten waren schwer, die Fahrer knapp. Und so musste Capretto in letzter Zeit selbst häufig ans Steuer eines Lieferwagens. Coniglio hatte den Verdacht, dass der Alte zu lange im Hintergrund am Schreibtisch gearbeitet hatte und nicht mehr wusste, wie man bei einer Tour unter dem Radar blieb. Vielleicht hatte der Kollege auch einfach Pech gehabt oder er war verpfiffen worden. Jedenfalls hatte ihn seine letzte Fahrt schnurstracks nach Oldenburg geführt, wo er sich in der Untersuchungshaft den knochigen Hintern platt saß.

»Rückschläge. Ja, das waren es wohl«, bestätigte Don Mascarpone, die Lippen nachdenklich vorgestülpt. »Wenn fast zwei Zentner feinster Qualitätsware verloren gehen und eine Führungskraft langfristig ausfällt, nennt man das wohl einen Rückschlag. Dazu noch der Kollateralschaden mit dem Edamer …« Er schüttelte traurig den Kopf. »Mehr als bedauerlich. Jetzt muss die Logistik unnötig viel neuen Käse als Verpackungsmaterial besorgen, ehe wir wieder exportieren können. Das kostet Zeit und Geld. Und was die Folgen dieser Rückschläge für unsere Personalstruktur sind, muss sich auch noch zeigen. Vielleicht sollten wir den Kollegen in Oldenburg besuchen, oder, Pecorino?« Er sah den Blonden an, dessen eisblaue Augen kaum sichtbar glitzerten.

»Capretto kommt gut ohne Besuch aus«, versicherte Vitello eilig. »Er ist nicht so der redselige Typ. Eher, wie sagt man, in sich gekehrt. Wirklich.«

Don Mascarpone wiegte den Kopf. »Meinst du? Ich möchte ungern, dass er sich in seiner Einsamkeit die falschen Gesprächspartner sucht, denen er sein Herz ausschüttet. Aber gut. Du kennst ihn. Ich verlasse mich also auf dein Wort. Wenn du für ihn bürgst, verzichten wir erst einmal auf die Besuchszeit.«

Vitello wurde bleich, nickte aber. Eine Bürgschaft gegenüber Don Mascarpone war keine Kleinigkeit. »Es gibt noch andere Probleme«, gestand er dann zaghaft. »Der Personalmangel ist das eine. Das andere ist das gestiegene Risiko. Weil wesentlich weniger Autos als früher über die Grenze nach Deutschland fahren, picken die Bullen sich leichter mal einen Transporter raus.«

Das leuchtete Coniglio ein. Vielleicht war Capretto gar nicht ungeschickt gewesen, vielleicht hatte auch niemand dem Zoll einen Tipp gegeben. Die deutsche Bundespolizei hatte einfach zu viel Zeit, sich gemütlich ein paar arme Teufel zum Kontrollieren herauszuwinken. Deutsche und Niederländer hatten sich während der Grenzschließungen, Reisebeschränkungen und Lockdowns abgewöhnt, bei jeder Gelegenheit ins Nachbarland zu fahren.

Wer hatte damals schon die Quarantäneregeln und Vorschriften durchschaut, die sich fast wöchentlich änderten? Da blieb man doch lieber im Lande, wenn man nicht wie Coniglio Berufspendler war oder eine Freundin im Nachbarland hatte. Oder beides. Auf diese Weise gingen den Zöllnern dann mal ein paar Tütchen Gras ins Netz, aber leider fingen sie auch dickere Fische. Und so hatten sie Capretto an Land gezogen in seinem unauffälligen weißen Sprinter samt 100 Kilogramm Methamphetamin und einer halben Tonne halbfestem Schnittkäse.

»Wir haben in der Logistik seit einer Weile auch ein Nachschubproblem«, gab Vitello zu. »Nicht beim Hauptprodukt«, beeilte er sich mit einem Seitenblick auf Prezzemolo zu erläutern. »Das Verpackungsmaterial ist knapp.« Seine Hände formten die Luft, als wollte er einen Fußball abwischen. Oder nein, erkannte Coniglio, einen großen, runden Käselaib. »Die Molkereien, mit denen wir zusammenarbeiten, können nicht liefern. Oder besser: Sie wollen nicht«, fuhr Vitello fort. »Ich habe mich umgehört. Da gibt es einen, der uns überbietet. An den verkaufen sie.«

»Das ist gegen jede Absprache.« Don Mascarpone schob den Regenwurm vor und kniff die Augen zu. »Sie werden das wieder lassen.«

»Natürlich sagen sie es nicht offen«, schränkte Vitello ein. »Sie erzählen, die Kühe geben nicht so viel Milch wie früher, die Bauern liefern nicht. Futterknappheit, Abschlachtprämien, Düngeverordnung, blablabla. Alle möglichen Lügen tischen sie uns auf.« Er schnaubte. »Aber dieser andere, der bekommt Käse. Viel Käse. Ich habe es selbst gesehen. – Und das ist noch nicht alles.« Vitello zögerte.

»Was?«, hakte Don Mascarpone ungeduldig nach, als das Schweigen wie Staub im Lampenlicht tanzte.

»Wenn wir tatsächlich eine Lieferung nach Deutschland schaffen, werden wir sie nicht los. Also, jetzt nicht unser eigenes Produkt.« Vitello schwitzte und rieb seine fleischigen Pranken verstohlen an den Hosenbeinen trocken. »Die Nachfrage *dafür* ist da. Auf dem Gebiet sind wir ja auch der Marktführer.«

Wohl eher der einzige Lieferant, dachte Coniglio. Jedenfalls in der Menge und Qualität, die aus ihrer Fabrik kam.

»Aber wenn wir unseren Käse nicht absetzen können, bricht unsere ganze Infrastruktur drüben weg«, fuhr Vitello fort.

»Du willst mir doch jetzt nicht weismachen, dass die Moffen auf einmal keinen Käse mehr essen«, sagte Don Mascarpone verächtlich. »Sie lieben Frau Antje und ihren echten Käse aus Holland. Oder?«

Vitello schaute betreten zu Boden. Hätte er jedenfalls, wäre nicht die Tischplatte im Weg gewesen. Also schaute Vitello stattdessen betreten auf seinen Caprese-Teller, auf dem das Basilikum allmählich erschlaffte. Rund um den Tisch wurden Köpfe geschüttelt, nur der Raubvogelkopf von Pecorino blieb unbewegt.

»Coniglio«, beharrte Don Mascarpone, »du wohnst drüben, du lebst bei den Moffen. Essen sie keinen Käse mehr?«

Coniglio schluckte. »Doch.« Seine Stimme klang wie das Krächzen einer Dohle. Er räusperte sich und versuchte es noch einmal. »Doch, Don Mascarpone. Sie essen Käse. Aber nicht unseren.« Verdammt, hatte er das wirklich gesagt? Jetzt war es zu spät, die Worte herunterzuschlucken. Er holte tief Luft und sprach weiter. Der Don hasste es, wenn man seinem Blick auswich, also schaute Coniglio tapfer in die emswasserbraunen Augen. »Es gibt drüben zwei Sorten von Käsekäufern. Die einen wollen regionale Produkte, möglichst bio, öko und hip. Die anderen wollen es billig.« Er hob die Schultern und breitete hilflos die Hände aus. »Und unser Käse …«

»Ist nichts davon. Hm.« Der Don nickte bedächtig. Dann schwieg er lange und starrte an die Zimmerdecke, die Hände unterm Kinn gefaltet, die ausgestreckten Zeigefinger klopften aneinandergelegt an Mund und Nase, dass der Regenwurm federte.

Keiner der anderen Männer am Tisch rührte sich.

»Der billige Käse«, fragte der Don schließlich. »Woher kommt er?«

Niemand sagte etwas.

»Ach. So.« Don Mascarpone nickte langsam, als er begriff. »Das ist der Käse, den unsere Lieferanten uns nicht verkaufen. Richtig?« Er nahm mit dem Blick die Parade der nickenden Köpfe ab. »An wen verkaufen sie unseren Käse jetzt? Vitello?«

»Er ist wohl auch Niederländer.« Vitello schien beinahe erleichtert zu sein, dass er sein Wissen nicht länger für sich behalten musste. »Salsiccio und ich haben nachgeforscht. Er arbeitet mit seinem Bruder zusammen und ist schon dick im Geschäft, obwohl er gerade erst angefangen hat. Sie nennen ihn drüben bereits den Käsekönig.«

Überraschenderweise grinste Don Mascarpone, der Regenwurm kroch beinahe bis zu seinen großen Ohren. »Nun, dann haben wir doch etwas, womit wir arbeiten können.« Er hieb mit der flachen Hand auf den Tisch, dass die Teller hüpften. »Auf, meine Herren. Esst, stärkt euch. Und dann ans Werk. Wir haben einen König zu stürzen.«

KAPITEL 2

Der ordentliche Scheitel mit der sanften Welle oder doch eher lässig verstrubbelt? Kritisch betrachtete der Mann sich auf dem Bildschirm seines Smartphones, drehte den Kopf prüfend von einer Seite zur anderen. Dann befeuchtete er seine Fingerspitze mit der Zunge und brachte die Augenbrauen mit Spucke in Form. Mit dem dunkelgrünen Taschenkamm strich er den Haarschopf nach hinten, drückte in der Rückwärtsbewegung eine Tolle hinein.

Für den ersten Eindruck gab es immer nur eine Chance. Sein Herz klopfte, als er sein Ebenbild kontrollierte. Verflucht, nein. Das war eine schmalzige blondierte Kopie von James Dean, kein verwegener Superheld. Er schnitt dem Spiegelbild eine Grimasse und zauste sich mit gespreizten Fingern entschlossen durch die Haare. Jetzt sahen sie aus, als wäre er nach einer herrlich wilden Nacht eben aus dem Bett gestiegen, fand er. Zufrieden grinste er das Telefon an. Das Display erwiderte den Blick mit selbstzufriedenem Lächeln. Ein Gesicht zum Weltretten.

Niemand sah gern aus wie sein eigenes Passfoto. Aber er sah aus wie sein eigenes Profilbild. Und das war genau das, was er jetzt wollte.

Der Mann ließ die Schultern kreisen und spürte, wie sich der Stoff seines hellblauen Sakkos straffte. In diesem Moment konnte er sich einreden, dass er in den letzten Wochen zu intensiv trainiert hätte. Dort unter dem Stoff spannten sich nicht Kibbeling und Currywurst. Was sich da wölbte, waren Muskeln, die es verdienten, den Hammer des Schicksals zu schwingen oder ein Schwert zu führen.

Er warf einen letzten Blick auf die Koordinaten und spähte durch die Scheibe. Die Adresse stimmte, auch wenn dieser Ort ungewöhnlich für ein erstes Treffen war. Im Sommer war hier eine Menge los, aber um diese Jahreszeit stand das Ausflugslokal verlassen und dunkel am Flussdeich, kahle Äste zeichneten sich schwarz gegen den fahlen Himmel ab und nur das gelbe Riedgras wisperte geheimnisvoll im Wind.

Auf der anderen Seite hatte er die Abenteurer-Karte gespielt und solche Lost Places waren wirklich romantisch. Ein Bier oder einen Cocktail könnten sie später immer noch anderswo trinken. Am liebsten bei ihm zu Hause. Er grinste.

Der Mann atmete noch einmal tief durch, stieg aus und streckte sich. Die Autotür schepperte ins Schloss. Peinlich berührt drückte er den Knopf der Zentralverriegelung. Konnte diese Blechbüchse nicht cooler und luxuriöser klingen? Wenigstens heute? Na gut, das Scheppern hatte sowieso niemand gehört. Die schmale Straße zwischen dem Ledadeich und den Wiesen war menschenleer, die dicke gelb gestreifte Katze auf dem grün angestrichenen Container verstand nichts von Autos und hatte auch keinen Sinn für Abenteuer und menschliche Romantik.

Außer seinem Wagen standen nur drei Elemente eines Schwimmsteges auf dem Parkplatz zwischen der Gaststätte und dem Wassersportverein. Die Plattformen auf den tonnenförmigen Schwimmkörpern sahen aus wie plumpe Flöße. Hatte er sich in der Zeit vertan und war zu früh dran? Oder hatte sie anderswo geparkt? Er ging an der Gaststätte vorbei und zwischen den niedrigen blauen Fluttoren hindurch, die das Deichschart bei Sturmflut verschlossen, denn Leda und Jümme, die hier zusammenflossen, waren Tidegewässer und über die Ems mit der Nordsee verbunden. Unten am Jümmeufer legte im Sommer die handbetriebene Fähre ab, die nicht nur Fußgänger und Fahrradtouristen über das Flüsschen beförderte, sondern sogar Autos. Jetzt lag der flache Kahn an Land neben der abschüssigen Zufahrtsrampe, fast verdeckt von den anderen Stegelementen, die der Bootsverein für den Winter dort aufgestapelt hatte. Auf der Rampe lagen fahlgelbe ausgelaugte Schilfhalme und anderes Treibsel. Auch hier war kein Mensch zu sehen. Er wandte sich um. Vielleicht war sie inzwischen angekommen. Oder er hatte sie falsch verstanden und sie wollte ihn beim Bootsverein treffen und nicht direkt bei der Pünte.

In der rosigen Dämmerung hörte er den klagenden Ruf einer Waldohreule und sah den Vogel als schwarze Silhouette vor dem verblassenden Abendhimmel kreisen. Er hob den Kopf, um ihn mit dem Blick zu verfolgen.

Ein schwarzer Schatten löste sich aus der noch schwärzeren Masse der gestapelten Stege und stürzte sich auf ihn. Der Mann runzelte die Stirn und versuchte, den Gegenstand zu erkennen. Doch dann war der Schatten da und die rosige Dämmerung explodierte in dröhnender Schwärze.

KAPITEL 3

Okko Wildeboer hing der Magen in den Kniekehlen. Gebückt stand er vor dem offenen Kühlschrank und starrte stirnrunzelnd in die Dunkelheit. Das verdammte Licht darin war immer noch kaputt. Da konnte wer weiß was drin lauern in dem Dreckskasten. War nicht neulich erst dieser Melina aus der Nachbarwohnung die Vogelspinne abgehauen? Wer wusste, wo das Mistvieh jetzt hockte.

Andererseits, verstecken konnte sich so eine haarige Monsterspinne in seinem Kühlschrank nicht. War echt nichts drin, wohinter die sich verkriechen konnte. Wildeboer schüttelte sich und warf gereizt die Kühlschranktür zu.

Der Mann griff ins ausgeleierte Hosenbein seiner

Boxershorts und kratzte sich versonnen, während er sich in der Küche umsah. Sein Magen knurrte. Dann entdeckte Okko Wildeboer die fettige Pappschachtel auf der Spüle. Bingo. Hoffnungsvoll hob er den Deckel. Der angebrannte Pizzarand von neulich lag wirklich noch in der Kiste, war aber schon grau bepelzt. Pizza Funghi mal anders. Nee danke, bei Pilzen stand er auf andere Sorten. Enttäuscht pulte er eine angetrocknete Käsenase von der Innenseite der Schachtel, weit genug vom verschimmelten Essensrest entfernt, und nagte ihn vom Fingernagel. Schmeckte gar nicht mal so verkehrt. Aber wenn er satt werden wollte, musste er doch aus dem Haus.

In einer anständig großen Stadt hätte er jetzt ganz easy online bestellt und gechillt vor dem PC auf den Boten gewartet, während er eine Folge seiner Lieblingsserie streamte oder eine Runde zockte. Aber die paar Dönerschuppen hier, die einen Lieferdienst anboten, ließen einen immer ewig warten, eine Stunde war da nix. Doch er hatte verdammt noch mal jetzt Kohldampf. Und wer zum Henker konnte sich mal eben so eine Bestellung für mindestens fünfzehn Euro leisten? Plus Lieferkosten? Er jedenfalls nicht. Nicht in diesen Zeiten. Konnte man bei einer Sammelbestellung mit Kumpels machen. War aber kacke, wenn man sich nicht mit genügend Kumpels treffen durfte. Oder wenn man nicht mehr genügend Kumpels in der Nähe hatte, weil alle sich anderswo Jobs gesucht hatten.

Drauf geschissen. Okko Wildeboer hob im Wohnzimmer die Jogginghose vom Fußboden auf, schüttelte sie einmal kräftig aus, dass die Krümel prasselten, warf einen Kontrollblick in die Hosenbeine und zog die Hose an. Das Sweatshirt ging auch noch, beschloss er, auch wenn das Ding seinem Namen alle Ehre machte. War ja nicht weit zu laufen und so nah, dass man ihn riechen konnte, wollte er keinem kommen. Das war schon nicht sein Ding gewesen, als einen noch keiner deswegen schief angesehen hatte. Wildeboer zog seine schwarze Steppjacke über und schlüpfte in die Schuhe, tastete nach seinem abgeschabten Portemonnaie und steckte im letzten Moment den Schlüssel ein, ehe die Tür hinter ihm ins Schloss fiel. Das hätte gerade gefehlt, dass er schon wieder seine eigene Wohnungstür eintreten musste, noch dazu ohne eine anständige Mahlzeit im Bauch. Das Loch vom letzten Mal war immer noch da. Um so was sollte sich die Hausverwaltung mal kümmern, nicht immer nur meckern, wenn die Mieter ein bisschen Spaß hatten und Musik hörten.

Wildeboer blinzelte, als er aus dem dämmrigen Hausflur auf den zugigen Innenhof trat.

»Ey, was geht?« Hinten bei den Müllcontainern lungerten zwei Jungs rum, ein Daumen im Hosenbund, in der anderen Hand das Smartphone, Stöpsel im Ohr. Machten auf »Gangsta«, hatten aber sichtlich die Hosen voll. Zur Nachhilfeschule gegenüber wollten die garantiert nicht. Obwohl – wer weiß, dachte Wildeboer. Vielleicht verbanden sie ja den Zwangsunterricht mit ihren nötigen Einkäufen. Stoff nachholen und Stoffnachschub holen, sozusagen. Einer der Jungs setzte sich in Bewegung. Wildeboer wandte sich demonstrativ ab. Die sollten später wiederkommen. Ohne Mampf kein Dampf. Oder so.

Beim Imbiss drüben steppte nicht gerade der Bär. Hinten an den Tischen saßen ein paar Leute vor ihren Tellern, aber am Tresen wartete keiner. Umso besser. Wildeboer bestellte zum Mitnehmen und schaute dem Dönermann auf die Finger, die einigermaßen flink sein Essen zusammenstellten.

»Ey, was ’n das?« Anklagend zeigte Okko Wildeboer auf die weißen Würfel, die gerade mit Schwung auf dem Teigfladen gelandet waren. »Tofu, oder was?«

»Käse«, widersprach der Dönerschmied gelassen. Seinen Namen hatte Okko sich immer noch nicht gemerkt. Er zeigte mit dem Daumen auf die Tafel, die hinter ihm über den Fritteusen hing. »Gehört da rein. Steht drauf. Nummer fünf. Pita mit Schafskäse. Hast du bestellt.«

»Erzähl doch nix. In welchem Universum ist das Käse?«

Noch blieb der Pizzabäcker einigermaßen freundlich. Er spießte einen der festen weißen Würfel auf eine Gabel. »Hier. Kannst selbst probieren.«

Wildeboer tat ihm den Gefallen. Kaute und verzog angewidert das Gesicht, als das Gummizeug zwischen seinen Zähnen quietschte. Er schluckte, als müsste er eine Auster herunterwürgen.

»Bäh! Eklig. Ungenießbar. Schmeckt wie Knete. Das packst du mir nicht auf mein Essen. Klar?!« Drohend baute er sich vor dem Tresen auf.

Der andere startete von null auf hundert in zwei Sekunden durch. »Mann, glaubst du, du bist im verfluchten ›Four Seasons‹, oder wie? Nicht mal bei ›Four Seasons Total Landscaping‹.« Er lachte spöttisch. »Und du bist auch nicht der Anwalt von Donald Trump.«

Ach ja, Wildeboer erinnerte sich dunkel. Der Vollpfosten hatte für die Pressekonferenz nach der US-Wahl aus

Versehen statt eines Luxushotels einen Baumarktparkplatz gebucht. Epic fail nannte man das wohl.

»Das ist jedenfalls der Käse, der hier auf den verkackten Döner kommt, ob dir das passt oder nicht!« Der Dönermann griff mit seiner riesigen Hand nach einem Gegenstand, der verdeckt auf dem Arbeitstisch lag, und sein kräftiger Arm schoss vor über die Theke.

Unwillkürlich zuckte Okko Wildeboer zurück. Wollte der Irre jetzt mit einem Messer auf ihn los oder ihm einen Schaschlikspieß ins Auge rammen?

Im nächsten Moment identifizierte er den Metallzylinder, der fast seine Nase berührte. Nur eine große Blechbüchse. Voll peinlich, Alter. Hoffentlich hatte keiner gesehen, dass er Schiss vor einer Konservendose hatte. Wildeboer packte reflexhaft zu. Seine eigene Hand war deutlich kleiner als die haarige Pranke des Dönermannes. Die Büchse gluckerte, der runde Plastikdeckel löste sich und trübe Salzlake spritzte auf seine Jacke. Scheiße, wenigstens die war bis gerade noch einigermaßen sauber gewesen. Gereizt starrte er auf das Kleingedruckte auf der Dose.

»Und das soll jetzt Käse sein, oder wie? Nicht dein Ernst! Ich will dir mal was sagen: Wenn hier in diesem Kuhkaff einer was von Käse versteht, dann bin ich das. Und das hier ist keiner.« Anklagend las er vor: »Wasser, Palmfett, Stabilisatoren. Ey, wie viele Beine hat so ein Stabilisator? Bei uns in der Molkerei wird die Milch nicht von der Palme gewedelt, Alter. Die kommt original von der Kuh.« Er knallte die Dose auf den Tresen und traf dabei fast den schmierigen Teller, den ein anderer Gast im Hinausgehen dort abgestellt hatte.

Der Glatzkopf mit dem krausen Topfreiniger-Kinnbart, der eben noch hinten am Tisch Pommes mit irgendeinem anderen Fettzeug gefuttert hatte, schob sich mit einer gemurmelten Entschuldigung an Okko vorbei.

Der ließ die Luft zwischen den Zähnen entweichen. Reg dich ab, ermahnte er sich, sonst wird das mit dem Essen heute nichts mehr. Und endgültig verderben wollte er es sich mit dem Pizzaschmied auch nicht. Dazu lag der Imbiss viel zu bequem in der Nachbarschaft. »Mach halt fertig das Ding«, murrte er und legte einen Schein auf den Tresen. »Ich warte draußen.«

Als er vor dem Schaufenster das Tabakpäckchen aus der Jackentasche zog, um sich eine Fluppe für die Wartezeit zu drehen, sah er den Glatzkopf noch vor dem Laden herumlungern und am Reißverschluss seiner Jacke fummeln. Es schien fast, als hätte der Typ auf ihn gewartet. Misstrauisch machte Wildeboer eine halbe Drehung, um ihm den Rücken zuzukehren. Sein Tabak war zwar clean, aber man wusste ja nie. Womöglich war das ein Zivilbulle. Allerdings dann kein besonders geschickter, so unauffällig auffällig, wie der sich aufführte.

Okko Wildeboer baute sich seine Zigarette fertig und sah dabei aus dem Augenwinkel, dass Klojak immer noch neben ihm stand. Der Unbekannte streckte die Faust in Wildeboers Richtung, aber nicht so ruckartig, als wollte er ihm das Nasenbein brechen. Stattdessen flammte ein schweres vergoldetes Feuerzeug auf.

Wildeboer drehte den Kopf und akzeptierte die Feuerspende des Fremden gnädig. Beinahe wäre dabei eine seiner kinnlangen mausbraunen Haarsträhnen in die Flamme geraten, aber eine aufmerksame ostfriesische Brise pustete sie gerade noch rechtzeitig aus dem Weg.

Die Tabakfasern glommen, Okko Wildeboer atmete tief ein, die erste Rauchwolke verwehte duftend. Das war doch immer die beste. Wenn man es genau nahm, die einzige gute.

Der Glatzkopf steckte sich jetzt auch eine ins Gesicht und hielt die Flamme drunter. »Sie verstehen also etwas von Käse?«, fragte er im Plauderton.

Wildeboer runzelte kurz die Stirn. Ein Siezer hier im Dönerimbiss, oder auch davor, das war selten. »Das will ich meinen«, entgegnete er selbstsicher. Na ja, um quietschenden Analogkäse von echtem zu unterscheiden, musste man nun nicht gerade Raketenwissenschaft studiert haben. Oder Milchtechnologie. »Ich bin in der Branche zu Hause«, schob er deshalb hinterher und richtete sich auf. Er fand selbst, dass es ein bisschen geschraubt klang. Sei's drum.

Der andere musterte ihn vom fettigen Scheitel bis zur durchgelatschten Turnschuhsohle und Okko Wildeboer starrte trotzig zurück. Dass er im ranzigen Jogginganzug in einem ranzigen Imbiss sein Essen kaufte, war vermutlich keine gute Referenz. Aber das konnte doch als Understatement durchgehen, fand er und straffte die schmalen Schultern. »Große Molkerei. Käsespezialitäten vom Allerfeinsten.«

Glatze nickte verständnisvoll und fragte: »Jetzt haben Sie Urlaub?«

Wildeboer blies den Rauch aus den Nasenlöchern. »Sozusagen.«

Ziemlich langen Urlaub. Dauerhaft eigentlich. Aber in diesen Zeiten war das nicht ungewöhnlich. Es hatten einfach zu viele Läden die Grätsche gemacht.

Der andere hakte nicht nach. Stattdessen hielt er seine Zigarette im Mundwinkel und kniff die Augen gegen den aufsteigenden Rauch zusammen. Hoffentlich sengt der sich nicht seinen Topfkratzer an, dachte Wildeboer. Das stinkt dann gewaltig. Als Junge hatte er gerne Stahlwolle zwischen die Pole einer Flachbatterie geklemmt und sich gefreut, wenn die feinen Drähte verglühten. Den schmorenden Krausbart seines Gesprächspartners stellte er sich ganz ähnlich vor und verbiss sich ein Grinsen.

Aber der Mann hatte offenbar Übung beim Qualmen mit Bart. Grau genug war die Wolle auch schon. Mit ordentlich Gilb darin. Jahrelanges hartes Training. Der Fremde zog ein blankes Metalletui aus der Tasche, klappte es auf und holte eine Visitenkarte daraus hervor, die er Okko Wildeboer zwischen zwei kurzen, kräftigen Wurstfingern hinstreckte.

»Wenn Sie mal eine neue Herausforderung suchen, melden Sie sich.« Damit wandte er sich zum Gehen, wünschte noch einen schönen Tag und schlenderte in Richtung Fußgängerzone davon.

Okko Wildeboer stand da wie bestellt und nicht abgeholt, drehte das edle Pappkärtchen in den Fingern und überlegte. Sollte er es mitnehmen oder gleich hier wegschmeißen?

Von drinnen rief der Imbissbrutzler: »Pita Schafskäse ist fertig.«

Von wegen Schafskäse. Wildeboer schnaubte verächtlich. Ehe er die Visitenkarte zu Boden flattern ließ, warf er doch noch einen Blick darauf.

»Die Käseprofis«, stand dort. Nicht nur gedruckt, sondern richtig in die Leinenstruktur geprägt. Nobel. »Public Relations & Human Resources: Ebbe Kruuskopp«. Ach nee, doch nicht. »Krüsmann«. Blöde Schnörkelschrift. Und darunter: »Mehr kann man aus Milch nicht machen.« Kam ihm irgendwie bekannt vor, der Spruch. Vermutlich handelte es sich bei diesen »Käseprofis« um eine große Firma, die viel Geld für Werbung ausgab, und er hatte das mal im Fernsehen gesehen oder so.

Auf der anderen Straßenseite tauchten aus dem dämmerigen Durchgang die jugendlichen Möchtegern-Gangsta auf und stierten aufdringlich zu ihm herüber. Nervende Pisser. Er hatte überhaupt keine Lust, mit kleinen Schuljungs über Preise zu diskutieren und sich ihr Gejammer über Qualität und Wirkung seiner Ware anzuhören.

Eine neue Aufgabe war vielleicht genau das, was er jetzt brauchte. Okko Wildeboer steckte die Karte in die Hosentasche, dann holte er sein Gummikäsebrot aus dem Laden.

KAPITEL 4

Es gab Aufgaben, die waren unlösbar. Aufgaben, die gar nicht dafür gedacht waren, gelöst zu werden. Für jeden kam der Punkt, an dem er lernen musste, das zu akzeptieren. Trotzdem: Die Leere drohte ihn zu verschlingen, die Hilflosigkeit schürte seine Wut. Er ballte die Fäuste.

Aber er war hier verdammt noch mal nicht auf der Sternenflottenakademie beim Kobayashi-Maru-Test und er kommandierte kein Raumschiff am Rande der Neutralen Zone.

Er hieß auch nicht James Tiberius Kirk.

Leider.

Sein aktuelles Einsatzgebiet war der Supermarkt seiner kleinen ostfriesischen Heimatstadt und die Leere vor ihm gähnte blechweiß statt weltraumschwarz. Ihre Kälte lag nicht knapp über dem absoluten Nullpunkt, sondern vermutlich irgendwo zwischen vier und acht Grad Celsius. Sollte sie jedenfalls.

Roman Sturm stand vor den Fächern des Kühlregals und stellte sich mit ungläubigem Staunen dieser Leere.

Aber halt! Dort hinten in der Ecke im untersten Fach, da lag doch etwas Gelbes, eingepackt in durchsichtige Folie. Der Hauptkommissar bückte sich, wischte ungeduldig eine schwarze Haarsträhne aus den Augen und angelte eine handlange Rolle hervor. Die Folie knisterte und war etwas klebrig, der längliche Klumpen verformte sich in seiner Hand, als er ein bisschen zu fest zudrückte.

Roman Sturm hatte früher manchmal den Golden Retriever seiner Exfreundin Gassi geführt und die Haufen brav mit Plastikbeuteln aufgesammelt. Jedenfalls immer dann, wenn jemand geguckt hatte. Bis auf die Temperatur war das Gefühl in seiner Hand jetzt sehr ähnlich. Um den Geruch dieser Käserolle zu erreichen, hätte der Mülleimer mit den gesammelten Tüten allerdings zwei Wochen in der Sonne reifen müssen. Mindestens.

Na toll, mit einer Rolle überreifem Harzer würde er so richtig glänzen. Sturm stöhnte leise.

Eine klar umrissene Mission hatte seine Kollegin ihm erteilt: *Kauf anständigen Käse. Nicht zu knapp, besser, es bleibt welcher übrig, als dass wir zu wenig haben.* Und jetzt stand er da mit seinem wabbeligen, stinkenden Päckchen. Roman starrte die vier kleinen, schmierig-glatten Taler missmutig an, legte seine mickrige Beute trotzig in den viel zu großen Einkaufswagen und schnupperte danach verstohlen an seinen Fingern. Er zog die Nase kraus. Das würde ja eine grandiose Pizza-Orgie werden zum Abschied vom Kollegen Dirk Baukloh, dessen Versetzungsgesuch nach Osnabrück jetzt endlich genehmigt worden war. Hoffentlich hatten die anderen mehr Erfolg beim Einkaufen als er. Sonst könnten sie bestenfalls eine Suppe aus Dosentomaten mit getrocknetem Oregano und geschmolzenem Harzer anrühren, statt blechweise knusprige Pizza aufzutischen.

Genau wie der Captain der USS Enterprise glaubte Hauptkommissar Roman Sturm nicht an ausweglose Situationen. Kirk hatte beim Stresstest auf der Akademie bekanntlich geschummelt. So hatte er die unlösbare Aufgabe gemeistert, das havarierte Raumschiff vor der Übermacht feindseliger Klingonen zu retten. Also würde Roman Sturm verdammt noch mal auch nicht aufgeben.

Streng genommen war es ja auch gar keine Schummelei, was er vorhatte, sondern simple Ermittlung. Samt Zeugenbefragung. Er ließ den Wagen mit der Harzerrolle stehen und streifte durch die Gänge des Ladens, bis er in der Nähe des Waschpulvers eine schmale Gestalt im Kittel entdeckte. Erleichtert steuerte er auf den schmächtigen Mann zu.

»Entschuldigung …«, setzte er an und hob grüßend die Hand.

Der Blick des Verkäufers irrte gehetzt über die Schulter. Aber dort war niemand, den Sturm an seiner Stelle gemeint haben konnte. Der Kittelträger spannte seinen Körper an und wandte sich zur Flucht. Im nächsten Augenblick sackte er abrupt in sich zusammen wie ein angestochener Schwimmring, seufzte resigniert und schaute seinen Herausforderer aus müden, leicht geröteten Augen an.

»Haben Sie noch …«, fragte Sturm.

Kopfschütteln. »Keine einzige Rolle.«

»Harzer?«

»Hä?«

»Käse?«

»Nee. Klopapier.«

»Hä?« Roman Sturm versuchte es jetzt mit einem ganzen Satz, auch wenn die Energie des Verkäufers vermutlich nicht mehr lange reichen würde. Also ein kurzer Satz: »Ich suche Käse.«

»Hefe? Auch alle.«

»Käse. Mit s.« Das »S« blieb im Gewebe des Mundschutzes hängen. Alles nicht so einfach. Wenn das mit der Maskenpflicht noch lange so weitergeht, muss an den Schulen Gebärdensprache als Pflichtfach eingeführt werden, damit die Kommunikation in der Gesellschaft noch eine Chance hat, dachte Roman.

Meister Kittel begriff endlich. »Käse? Alle. Geht seit Tagen so.« Er seufzte erneut. »Das andere kennt man ja inzwischen.« Er wurde auf einmal richtig zutraulich. »Alle paar Wochen schreibt jemand bei Facebook, dass es kein Toilettenpapier mehr gibt. Und sofort stürzen sich alle drauf und es gibt wirklich keins mehr. Mehl, Öl und Nudeln nehmen sie auch gleich mit. Und Hefe.« Er schüttelte kraftlos den Kopf. »Aber Käse ist neu. Gestern früh kam die frische Lieferung. Und zack, noch vor Mittag alles weg.«

In Roman Sturms Tasche zuckte das Telefon, vibrierte tonlos. Er griff danach, zog das Gerät heraus und entsperrte den Bildschirm.

Der Blick des Verkäufers versprühte jetzt blanke Angst.

»Nein«, presste er panisch hervor. »Bitte nicht.«

Sturm blickte vom Smartphone auf. »Was?«

»Nichts vom Käse verraten! Sonst geht das doch ewig so weiter.«

Der Hauptkommissar wandte sich ab und ließ den bedauernswerten Verkäufer mit seiner Verzweiflung stehen. Er hatte wirklich nicht vorgehabt, Bilder von leeren Regalen zu posten. Sein Smartphone zeigte einen verpassten Anruf von Lükka Tammling an. Mal sehen, was die Kollegin von ihm wollte. Als er den Laden verließ, dachte er nur noch kurz und mit mäßigem Bedauern an die verlassene Käserolle, die sich unterdessen in das Drahtgeflecht des Einkaufswagens schmolz.

KAPITEL 5

Coniglio war froh, dass er nicht regelmäßig mit Pecorino arbeiten musste. Er war wirklich kein Hasenfuß, aber beim Anblick des Blonden stellten sich ihm unweigerlich die Nackenhaare auf. Pecorino war ein harter Brocken, mager und durchtrainiert, effizient und gnadenlos. Coniglio zweifelte nicht daran, dass der Kollege ihn, ohne zu zögern, aus dem Weg räumen würde, sollte Don Mascarpone ihm eines Tages den Auftrag dazu erteilen.

Ohne Zögern und natürlich auch ohne Gewissensbisse, denn den Luxus eines Gewissens leistete Pecorino sich nicht. Auch Gefühle nicht, glaubte Coniglio. Wenn Pecorino seine Rattenzähne entblößte, konnte das ebenso gut ein höfliches Lächeln sein wie ein bösartiges Grinsen oder eine Drohung. Dahinter steckten keine Emotionen. Er hatte es nur einstudiert, weil andere Menschen nun einmal Mimik erwarteten.

Was Coniglio am meisten Furcht einflößte, waren Pecorinos Augen. Diese Augen neben der scharf geschnittenen Raubvogelnase wirkten wie in Löcher geklebte Eisbonbons, kalt, blau und leblos. Blau wie Heisenbergs berühmtes Crystal Meth aus Coniglios Lieblingsserie »Breaking Bad« und ebenso gefährlich. Wobei Meth natürlich in Wirklichkeit niemals blau war. Das war chemisch unmöglich. So viel wusste Coniglio, auch wenn er mit der Produktion des Exportschlagers seiner Firma nichts zu tun hatte, sondern eher im IT-Bereich arbeitete. Informationen beschaffen und weitergeben, das war seine Spezialität. Unter anderem.

Und deswegen saß er jetzt auf dem Beifahrersitz von Pecorinos Wagen, mit dem der Securitychef ihn von der Arbeit abgeholt hatte, und fühlte sich trotz seines grundsätzlichen Unbehagens einigermaßen sicher. Wer außer ihm selbst hätte so schnell den wunden Punkt des Konkurrenten gefunden? Mäuse fängt man mit Käse, dachte Coniglio, das ist bekannt. Aber um einen geilen Gockel zu fangen, braucht man Hühner. Ein bisschen Recherche hier, eine kleine Bildersuche da, und schon – tataaa – schnappt die Falle zu.

Für seinen Geschmack hatte es ein bisschen zu lange gedauert, diese Aufgabe zu erledigen. Der Don wurde schon ungeduldig, und das war niemals gut. Aber immerhin hatten sie mehrere Baustellen, dachte Coniglio. Und jede einzelne brauchte eigentlich ungeteilte Aufmerksamkeit.

Sie mussten die untreuen Lieferanten wieder auf Kurs bringen und parallel eine eigene Strategie entwickeln, um von diesen geldgierigen Koofmichs unabhängig zu werden.

Vor allem anderen hatte Don Mascarpone ihnen befohlen, den Konkurrenten auszuschalten. Er hatte keinen Zweifel daran gelassen, wie wichtig ihm genau das war. Finanzielle Einbußen konnte er nicht ausstehen. Lieferengpässe ärgerten ihn gewaltig. Aber ein Konkurrent in seinem Revier, das war für ihn inakzeptabel.

Dieser lästige Käsekönig, der sich in Deutschland breitmachte und ihnen skrupellos die Lieferanten und Kunden ausspannte, war ein scheues Reh. Oder ein schlauer Fuchs, dachte Coniglio. Zwar hatte er bei seinen Nachforschungen überall Informationen über die geplanten Läden und Restaurants gefunden – die Zeitungen in Ostfriesland berichteten groß über das Unternehmen und es gab eine Homepage mit Bestelladresse. Aber den Kopf dahinter zu finden, das war verdammt schwierig.

Marten Molenaar war bei Facebook als Geschäftsmann sehr aktiv, aber was sein Privatleben anging, hielt er sich bedeckt. Keine Adresse, kaum etwas Persönliches auf der Profilseite. Er veröffentlichte höchstens mal ein kitschiges Landschaftsbild von saftigen Kuhweiden und glitzerndem Watt oder einen Teller voll Essen. Mit Käse natürlich.

Das Impressum im Facebook-Profil des Unternehmens führte auf die Firmen-Homepage, die wiederum einen Link zum Facebook-Profil enthielt. Der perfekte Ringelreihen. Da wollte jemand nichts preisgeben. Coniglio respektierte das. Das hielt man in seiner eigenen Firma schließlich genauso. Und dieser Käsekönig besaß offensichtlich nicht nur einfach eine Firma, sondern ein großes Familienunternehmen. Das betrieb er gemeinsam mit seinem Bruder. So etwas zeigte doch echten Familienzusammenhalt.

Hier konnte Coniglio endlich ansetzen, denn von diesem Bruder gab es nicht nur das eine Profilbild auf der Käseseite bei Facebook, sondern Coniglio entdeckte nach kurzem Suchen viele Fotos auf verschiedenen Datingportalen. Da war wohl jemand nicht ausgelastet. Aber ihm konnte es egal sein, ob Mijnheer Jesper Molenaar seine Arbeit anständig erledigte. Solange er Coniglio jetzt dabei half, seinen Bruder, den lästigen Käsekönig, zu erledigen.

Coniglio lehnte sich bequem zurück und genoss es, wie der Panamera über die schnurgerade Straße flog. Natürlich hätte er sich lieber selbst am Steuer gesehen und den sechshundertdreißig Pferdchen die Sporen in die Flanken gehauen. Aber man konnte nicht alles haben und das schnelle Fahren in die Dämmerung hinein war auch anstrengend, das konnte er ebenso gut Pecorino überlassen und sich ein bisschen ausruhen. Seine verschiedenen Jobs unter einen Hut zu bringen, war auf die Dauer strapaziös und auch das ständige Pendeln zwischen Deutschland und den Niederlanden hatte er sich leichter vorgestellt. Coniglio schmiegte sich in den Schalensitz und schloss die Augen, um zu dösen.

Irgendwann würde auch er seine Gelegenheit bekommen. Vielleicht mit einem alten 911er, auch wenn der so elendig schwach motorisiert war. Hunderteinunddreißig PS hatte heutzutage jeder anständige Mittelklassewagen. Aber Stil hatten die Dinger damals gehabt. Obwohl, dann zahlte man eine halbe Million für ein altes Auto, dachte Coniglio. Wenn man für den gleichen Preis einen Neuwagen haben konnte, musste man bei der Romantik Abstriche machen. Er kaufte sich ja auch keinen Amiga 500 mit 512 Kilobyte Arbeitsspeicher, nur weil der früher mal cool war.

Ein Jammer, dass sie den Schlitten nachher abgeben mussten, aber das war nun mal der Handel. Dafür, dass sie bei ihrem heutigen Einsatz einen geräumigen, unauffälligen Wagen benutzen durften, zahlte der Don einen großzügigen Preis.

Pecorino bremste ab und Coniglio öffnete die Augen. Sie verließen die Autobahn und fuhren am Gewerbegebiet vorbei auf die kleine Stadt zu. Die Einfallstraße war stark befahren und der Parkplatz beim Einkaufszentrum noch immer gut gefüllt. Pecorino bog ab, die Straße wurde schmal, dunkel und ruhig. Im Scheinwerferlicht tauchte jetzt ein lang gestrecktes Gebäude auf. Der Porsche rollte auf den Hof, unter den Reifen knirschte Schlacke. Ein dunkelroter Lieferwagen mit einer farbbekleckssten Leiter auf dem Dach und Handwerkerbeschriftung parkte vor einer Glaswand, die aussah wie die algenverkrustete Scheibe eines Aquariums.

»Los, raus!«, befahl Pecorino und Coniglio stieg aus. Pecorino streifte sich ein Stirnband mit LED-Lampe über und folgte ihm. Im Lichtkegel erkannte Coniglio, dass sie vor einem baufälligen alten Gewächshaus standen. An der Seite wuchsen modrige Laubhaufen wie Wanderdünen an den Scheiben empor, Vogelkacke und Efeu bedeckten die Wände mit einer fast undurchdringlichen Schicht.

Aus dem Handwerkerwagen stieg ein dicker Blonder mit blassem Pickelgesicht, seine Haut erinnerte an Hüttenkäse. Aus dem Schatten des Gewächshauses löste sich eine dunkle Gestalt. Coniglio fröstelte, als er Biroldo erkannte, Pecorinos rechte Hand. Oder wohl eher Faust. Er war einmal mit ihm aneinandergeraten. Obwohl es sozusagen ein Familienstreit gewesen war, hatte Coniglio keine guten Erinnerungen daran. Eigentlich gar keine, wenn man es genau nahm. Immerhin hatte der Don dafür gesorgt, dass Biroldo die Kosten für die beiden Stiftzähne übernahm, die Coniglio danach gebraucht hatte. Don Mascarpone hielt auf Ordnung in der Familie.

»Und?«, fragte Pecorino. »Gab es irgendwelche Probleme?«

Biroldo schüttelte den Kopf. Coniglio fiel auf, dass er heute seine übliche Mütze nicht trug. »Einem Säugling den Schnuller zu klauen, wäre schwerer gewesen. Fast schon peinlich.« Er grinste.

»Coniglio«, befahl Pecorino, »du gehst rein und guckst. Nicht, dass die beiden Experten womöglich den falschen eingesackt haben.«

»Hast du eine Taschenlampe?«

Biroldo zog seine schwere Stablampe aus einem Holster am Gürtel und hielt sie ihm hin.

Coniglio nahm sie und knipste sie an, aber erst, nachdem er sich Einweghandschuhe über die sommersprossigen Hände gezogen hatte. Man konnte nie wissen. Fingerabdrücke am falschen Ort oder am falschen Gegenstand hatten schon eine Menge Probleme verursacht. Biroldo sollte ihn nicht für einen heurigen Hasen halten.

Coniglio öffnete die Gewächshaustür und trat in die grüne Düsternis. Vorsichtig ließ er den dünnen hellen Strahl der Lampe über den Boden streifen. Eine gute Entscheidung, denn schon kurz vor seinem rechten Fuß lag eine Harke mit den Zinken nach oben. Da reinzutreten und sich den Stiel in die Fresse zu hauen, wäre der klassische Knock-out geworden. Da hätte ihm dann auch keiner die Zähne bezahlen müssen.

Der muffige Raum war vollgerümpelt mit rostigen Schaufeln, zerbrochenen Besen und hereingewehten dürren Blättern, die unter den Füßen des jungen Mannes raschelten. Die Luft roch faulig und abgestanden.

Coniglio leuchtete weiter. Neben einer rostigen Schubkarre, in der Regenwasser im Lampenlicht glänzte, lag eine schwarze Kunststoffplane, etwa zwei Meter lang und gewölbt. Coniglio trat näher heran. Die Plane hatte sechs Griffschlaufen und einen Reißverschluss. Dieser kranke Irre hatte den Gefangenen tatsächlich in einem Leichensack hierher transportiert.

Der Mann mit dem blauen Jackett lag reglos in der offenen Kunststoffhülle und bewegte sich auch nicht, als Coniglio ihn direkt anleuchtete. Der Brustkorb hob und senkte sich leicht, aber regelmäßig. Coniglio zog sein Smartphone aus der Tasche und öffnete die Bildergalerie. Kein Zweifel, das war dasselbe Gesicht.

Coniglio wandte sich um und verließ das Gewächshaus.

Pecorino sah ihn lauernd an. »Und? Ist er es?«

Coniglio nickte. »Positiv. Jesper Molenaar.«

Pecorino entblößte seine Rattenzähne. »Dann bringst du jetzt mit Ricotta zusammen den Transporter und den Panamera nach Leer. Ihr gebt beide Wagen am Treffpunkt ab und holt dafür das Auto, das Ricotta und Biroldo dort geparkt haben. Er fährt dich damit nach Hause und danach holt er uns wieder hier ab.« Er zog den Porscheschlüssel aus der Tasche und tat so, als wollte er ihn Coniglio geben. Als er Coniglios leuchtende Augen sah, lachte er böse und warf den Schlüssel dem Pickelgesicht zu.

KAPITEL 6

Roman Sturm drückte sich ein Stück vom Eingang entfernt an die Hauswand, um sich vor dem fiesen, kalten Regen zu schützen, den der Wind über den Parkplatz jagte. Dabei war das Wetter gestern Abend noch so schön gewesen. Leider war in seiner halbwegs trockenen Ecke auch das Funksignal weitgehend abgeschirmt, sodass er Lükka Tammling am Telefon nur mühsam verstand. Eines begriff er: Es ging schon wieder um Käse. So ein Quark.

»Ich habe keinen bekommen«, rechtfertigte er sich vorsorglich. »Alles alle hier.«

»… ver…ss … Käse…«, sagte seine Kollegin.

»Ich hab ihn nicht vergessen«, beteuerte er. »Ich habe es echt versucht!«

»Roman, kusch!«

Das hatte sie jetzt nicht wirklich gesagt. Das war ein atmosphärisches Rauschen in der Verbindung gewesen. Hoffte er jedenfalls. Sturm trat aus dem Funkloch, um besser zu verstehen, und lauschte angestrengt. »Noch mal langsam, bitte!«, forderte er die Kollegin auf.

»Ich sagte: kusch«, wiederholte Lükka.

Er hörte sie jetzt ausgezeichnet, auch wenn er dabei nass wurde.

»Wir haben einen Vermisstenfall«, fuhr die Kommissarin fort. Oder wahrscheinlich wiederholte sie, was Sturm vorher falsch verstanden hatte. »Die Molkerei in Greetsiel vermisst ihren Käsemeister.«

»Ich komme gleich rein«, versprach Roman Sturm.

Er steckte das Telefon zurück in die Hosentasche und steuerte mit langen Schritten das entfernte Ende des Parkplatzes an, wo sein Wagen auf ihn wartete. Aus ein paar Metern Entfernung zielte er mit der Fernbedienung und sah zufrieden, wie sein treues altes Auto ihm mit den Blinkern zuzwinkerte. Er freute sich noch immer wie ein kleiner Junge, dass sein Wagen ein so modernes Spielzeug hatte. Ein ferngesteuerter Türöffner. Cool. Die Fahrertür knarrte ein bisschen beim Öffnen, das Scharnier brauchte dringend eine Ölung. Vielleicht lag es aber auch an der Beule im Blech, dass alles ein bisschen verzogen war. Da knarrte dann schon mal was. Aber sonst war das Auto bis auf etwas Rost topp in Schuss. Und der Rost blühte auch nur unten an den Türrahmen, wo man ihn kaum sah, also kein Problem. Roman schüttelte die Tropfen aus den Haaren, faltete seine Einsachtzig durch die Tür auf den Sitz und zog erst die Beine in den Wagen und dann die hakelige Tür hinter sich zu.

Er schob den Schlüssel ins Zündschloss, drehte. Der Motor sprang fast augenblicklich an.

Und ging wieder aus.

Beim vierten Versuch wimmerte die Batterie und machte einen auf sterbendes Schwein. Kein Wunder bei dem Sauwetter.

Verständnis und gutes Zureden halfen hier nicht weiter und einen findigen Scotty, der seine persönliche USS Enterprise schnell wieder flottmachen könnte, hatte er auch nicht. Sein alter Kumpel Ahrend Berghaus konnte zwar ähnlich gut mit Maschinen umgehen wie Captain Kirks Chefingenieur, ließ sich aber nicht eben rüberbeamen. Deswegen schrieb Sturm ihm eine Nachricht, dass er sich den Wagen mal anschauen sollte. Den Zweitschlüssel dafür hatte Ahrend sowieso noch von der letzten Reparatur. Oder schon seit der vorletzten?

Das brachte den gestrandeten Ermittler aber noch nicht zur Arbeit. Die Dienststelle war gut vier Kilometer entfernt. Homeoffice war für die Polizei eher ungeeignet, deswegen wäre ein Spaziergang nach Hause auch keine Lösung. Außerdem hätte er es da genauso weit, denn seine Wohnung lag direkt gegenüber der Polizeiinspektion.

Natürlich hätte er Lükka Tammling anrufen und sich abholen lassen können. Oder den Diensthabenden auf der Wache bitten, dass der ihm eine Streife schickte, die ihn aufsammelte. Aber dann hätte er sich wieder wochenlang die blöden Bemerkungen anhören und die Links zu Gebrauchtwagenbörsen und Schrotthändlern löschen müssen, die ihm die lieben Kollegen schickten. Die lästerten ohnehin schon zu viel über sein altes Auto. Von Nachhaltigkeit hatten die alle keine Ahnung.

Roman Sturm öffnete das Handschuhfach, das seinen Inhalt sofort auf den Wagenboden spuckte. Zwischen dem Regenschirm und einem der Einkaufsbeutel, die er dort deponiert hatte, lag unter seinem lange vermissten linken Handschuh die Visitenkarte eines Taxiunternehmens.

»Wusste ich's doch«, murmelte Sturm zufrieden. Oft bestellte er sich keinen Mietwagen, das gab sein Beamtengehalt nicht her. Außerdem besaß er ein eigenes Auto, in dem er alles Notwendige stets dabeihatte und das ihn zuverlässig überall hinbrachte. Meistens jedenfalls. Heute halt nicht, konnte passieren.

Er wählte die Taxinummer und lauschte der automatischen Ansage, die gewählte Rufnummer sei nicht vergeben. Beim zweiten Mal ahnte er, dass er sich nicht verwählt hatte. Bei näherem Hinsehen war die Visitenkarte auch schon ziemlich vergilbt und fleckig.

Er hatte wirklich lange kein Taxi mehr gerufen.

Die nächste Nummer, die er mit Hilfe seines Smartphones herausfand, war aktuell.

Einen freien Wagen hätten sie in etwa einer Stunde, verkündete die Frau in der Zentrale.

Danke. Aber: danke, nein.

Roman Sturm schaltete die Zündung wieder ein, manchmal geschahen ja Wunder. Diesmal nicht. Auf die Selbstheilungskräfte der Technik war auch kein Verlass mehr. Zumindest fürs Gebläse und den Wischer reichte der Saft der Batterie noch und die beschlagene Windschutzscheibe wurde frei. Am Rand des Parkplatzes schälte sich allmählich eine Plakatwand aus dem Dunst. Und neben dieser entdeckte Roman Sturm eine Lösung für sein Problem.

Nicht die Lösung, die er sich gewünscht hatte, so wie eine freundlich lächelnde Schönheit, die ihm ihre Wagentür aufhielt und anbot, ihn mitzunehmen.

Aber, verdammt noch mal, es war eine Lösung. Seufzend stieg Roman Sturm aus und warf die knarrende Wagentür zu.

KAPITEL 7

»Warum bist du denn so nass?«, fragte Lükka Tammling. Eine ihrer kräftigen dunklen Augenbrauen, geschwungen wie ein haariges Komma, verschwand fast im Ansatz ihrer braunen Locken.

Zumindest glaubte Roman Sturm das, weil es zu ihrem Tonfall passte und er das sehr oft bei ihr gesehen hatte. Vielleicht runzelte sie auch die Stirn. Seine Sicht war von den Wassertropfen beeinträchtigt, die noch in seinen Wimpern hingen. Er wischte sie mit der feuchten, kalten Hand ab. Nun hatte er den fehlenden Handschuh schon wiedergefunden und ihn dann doch im Auto liegen gelassen. Wenigstens die rechte Hand war einigermaßen warm.

»Tropf mir hier nicht den Tisch voll«, verlangte die Kollegin mitleidslos. Als hätte das was ausgemacht. Da lag doch nichts drauf, die Platte könnte sie problemlos abwischen.

Bei seinem eigenen Arbeitsplatz wäre das deutlich schlimmer. Die Sedimentschichten aus Schnellheftern, einzelnen Blättern und Briefen, verschieden großen Notizzetteln und Visitenkarten befanden sich in einem empfindlichen Gleichgewicht. Wassertropfen oder Kaffee am falschen Fleck könnten einen Schaden anrichten, der kaum überschaubar wäre. Womöglich würden Sturms mentale Bohrkerne seines organisch gewachsenen Archivs so durcheinandergeraten, dass er nichts mehr wiederfände.

Trotzdem machte Roman Sturm gehorsam einen Bogen um den Arbeitsplatz seiner Kollegin und näherte sich vorsichtig seinem eigenen. Den Kopf mit den triefnassen langen Haaren hielt er dabei ganz gerade. Er ging vor seinem Schreibtisch behutsam in die Knie und zog die Schublade auf, in der er immer saubere Klamotten zum Wechseln und ein Handtuch aufbewahrte. Er hatte es zwar wirklich nicht weit bis nach Hause, denn seine Wohnung lag praktisch gegenüber und er konnte sie vom Büro aus sehen, aber diese Vorratshaltung hatte sich bewährt. Leider hatte er sein Depot lange nicht auf den neuesten Stand gebracht, in der Lade lagen nur Sommersachen. Nicht so schlimm, entschied Roman. Die Jacke hatte zum Glück weitgehend dicht gehalten. Die hing jetzt an der metallenen Türgarderobe mit der Silhouette von Leer.

Allerdings nicht lange, denn die Bürotür öffnete sich so schwungvoll, dass der nasse Stoff auf die abgeschabten senfgelben Teppichfliesen fiel und den weiteren Schwung des Türblattes bremste. Roman hörte ein Schnaufen, dann platzte Dirk Baukloh ins Büro, die Hand an der Nase, mit der er gegen die Tür gedonnert war.

»Moin, Lükka«, näselte er. »Sag mal, hat unser Winnetou vom Dienst ein neues Schlachtross?« Den Kollegen, der am Regal mit der Padmaschine stand und sich zum Warmwerden eine doppelte Portion Kaffee brühte, hatte er offenbar noch nicht entdeckt. Kichernd ging er zu Lükka Tammlings Schreibtisch und hockte sich auf die Kante, ohne auf ihren missbilligenden Blick und die gerunzelte Stirn zu achten. »Das hättest du sehen müssen, wie der gerade auf den Hof geritten ist. Ein Bild für die Götter, sage ich dir!«

»Ich freue mich doch immer, wenn du gute Laune hast«, kommentierte Sturm trocken. Nicht ganz trocken natürlich, seine Haare unter dem Handtuchturban würden noch eine ganze Weile brauchen, bis die Nässe verschwunden war. Nicht zum ersten Mal dachte er über eine Kurzhaarfrisur nach.

Baukloh drehte sich um, ein Anflug von Röte überzog sein milchweißes Gesicht, der sich mit den kupferroten Löckchen biss. Aber dieser Hauch von Verlegenheit verflog sofort, als er Roman Sturm mit dem leuchtend weißen Handtuch um den Kopf entdeckte. Er brach in schallendes Gelächter aus. »Vergiss, dass ich Winnetou gesagt habe!«, keuchte er. »Du bist wohl doch eher Aladin. Nein, ich hab's: Mowgli!« Er verschluckte sich und begann zu husten.

»Hat dich irgendwann schon mal jemand einen Rassisten genannt?«, fragte Lükka mit höflicher Neugier und sah ihn mit gut geheucheltem Interesse an.

»Ach komm, Lükka. Ihr kennt mich doch!« Allmählich kam Dixi Baukloh wieder zu Atem. Er war von der Schreibtischkante gerutscht und stand vornübergebeugt da, die Hände auf den Oberschenkeln. Er keuchte wie nach einem Marathon.

»Eben«, bestätigte Lükka Tammling.

Roman Sturm winkte ab. Wenn es darauf ankam, war auf Dixi Verlass. Er arbeitete lange genug mit dem rothaarigen Drogenfahnder zusammen, um mit seinen schlechten Witzen umgehen zu können, zumindest, wenn er selbst die Zielscheibe war.

Außerdem lief er nicht erst seit gestern mit der milchkaffeebraunen Hautfarbe und den mandelförmigen Augen durch Ostfriesland, die er von seinem hawaiianischen Großvater geerbt hatte. Früher hatte er sich von blöden Sprüchen über sein Aussehen leicht aus der Ruhe bringen lassen und oft war er derjenige gewesen, der hinterher den Ärger bekommen hatte. Aggressionsproblem, mangelnde Impulskontrolle und all so was. Das war vorbei. Fast jedenfalls.

Manchmal gelang es ihm inzwischen sogar, sich mit den Augen seiner Mitmenschen zu betrachten. Jetzt zum Beispiel stellte er sich vor, wie der Kollege seine Ankunft vom Fenster aus beobachtet hatte. Ein über einsachtzig großer, kräftiger Polynesier mit Corona-Plauze und triefend nassen langen schwarzen Haaren. Heroisch gegen den unerbittlich peitschenden ostfriesischen Wind und den fiesen, durchdringenden Regen ankämpfend. Vornübergebeugt, die klammen Finger, fünf mit Handschuh und fünf ohne, um den Lenker eines viel zu kleinen Tretrollers mit erbärmlich schwachem Elektroantrieb gekrallt.

Ganz ehrlich: Den hätte er genauso ausgelacht.

Und das tat er jetzt auch.

Lükka Tammling wartete mit stoischer Ruhe, den linken Ellbogen auf der Armlehne ihres Bürostuhls, das Kinn auf die Faust gestützt.

Schließlich verebbte das Gelächter und die beiden Männer wischten sich einträchtig die Tränen aus den Gesichtern.

»So«, sagte sie, als allmählich Ruhe einkehrte. »Kommen wir nun zu unserem Vermisstenfall, wenn's recht ist.«

Richtig, da war doch was. Der Ärger über seine bockende Karre und die ebenso schweißtreibende wie würdelose Rollerfahrt hatten Lükkas Anruf fast überlagert. Roman Sturm atmete noch einmal tief durch und bemühte sich, seine Kollegin mit der gebotenen Aufmerksamkeit anzusehen. Dass sein Frottee-Turban sich gelöst hatte und ihm ein nasser Handtuchzipfel vor dem Auge hing, störte dabei etwas.

Lükka Tammling begann ungerührt: »Ruben van der Laan. Zweiundvierzig Jahre alt, wohnhaft in Emden. Ist heute nicht zur Arbeit erschienen und wurde von seiner Chefin als vermisst gemeldet.«

Sturm hatte sich auf seinen Schreibtischstuhl gesetzt und hörte wippend zu, die Hände im Nacken verschränkt.

Lükka Tammling nahm einen Notizblock zur Hand, dessen oberstes Blatt mit ihrer sauberen Handschrift beschrieben war, und trug vor, was sie bislang über den verschwundenen Mann wusste.

Sonderlich viel war es nicht, fand Sturm. Ein Lebensmitteltechniker, genauer gesagt ein Milchtechnologe, offenbar alleinstehend, hatte die Arbeit in einer Molkerei in der Krummhörn geschwänzt. Warum sollte sich da gleich die Kriminalpolizei einschalten? Vielleicht machte der Mann einfach nur blau. Oder er war es womöglich. Alkohol gehörte hier in Ostfriesland schon immer zum Leben, in der Stadt ebenso wie in den kleinen Dörfern ringsum. Doppelkorn, Wacholder und Kümmel oder der unsägliche Kräuterschnaps, der Roman Sturm fatal an Hustensaft erinnerte, durften bei keinem geselligen Treffen knapp werden. Sonst war man in der Nachbarschaft oder im Verein unten durch.

Sturm wusste von Neubürgern, denen die Nachbarn zum Einzug ins neue Heim einen Bogen aus Tannenzweigen und Kreppapier gebunden hatten. Die Neuen tischten ordentlich auf: Kaffee, Tee, Schnittchen, Kuchen und Knabberzeug, Saft und sogar ein paar Kisten Bier, obwohl es heiterheller Nachmittag war. Zur tiefen Enttäuschung der Bogenmacher hatten sie jedoch weder lecker Köhm noch eisgekühlten Kruiden auf der Rechnung. Sie waren ziemlich bald wieder weggezogen und Roman Sturm hatte sie aus den Augen verloren.

Zu besonderen Gelegenheiten wie der Geburt eines frischen Ostfriesen wurde auch ganz gefährlicher Stoff ausgeschenkt. Für Ostfriesische Bohntjesopp sogen sich harmlose Rosinen wochenlang in Branntwein und aufgelöstem Kandis voll und garantierten nach dem Umtrunk einen massiven Brummschädel. Dass für ruhigere Nächte der Babyschnuller in diesen Kinnertöön getunkt wurde, war ein Gerücht, hoffte der Kommissar. Andererseits würde es manches erklären, was er im Dienst so erlebte.

Seit die weltumspannende Infektionskrankheit auch das beschauliche Ostfriesland erschüttert, Existenzen ruiniert und soziale Netze zerrissen hatte, wurde noch deutlich mehr gesoffen als früher. In dieser Zeit gab es kein geselliges Bechern mit guten Freunden in der Kneipe oder beim gemeinsamen Grillen und Fußballgucken mehr, sondern vor allem einsames, freudloses Trinken gegen Einsamkeit und Verzweiflung. Dass während des monatelangen Lockdowns außer Supermärkten praktisch nur Wein- und Schnapsläden geöffnet haben durften, hatte vermutlich viele Leute darin bestärkt, dass Alkohol ein unverzichtbares und systemrelevantes Lebensmittel war.

»Wie lange ist dieser van der Laan nicht zur Arbeit erschienen?«, erkundigte sich Sturm. Vielleicht hatte er Lükka Tammling falsch verstanden. Wasser im Ohr oder so.

Sie wiederholte geduldig: »Er ist heute nicht im Betrieb aufgetaucht, sagt seine Chefin.«

Er hatte sich also nicht verhört. Er schüttelte den Kopf und das Handtuch rutschte zu Boden. »Ganz ehrlich, seit wann stufen wir so etwas schon als Vermisstenfall ein, wenn ein erwachsener Mensch weniger als vierundzwanzig Stunden weg ist?«

Seine Kollegin zuckte die Schultern. »Ich habe mich auch gewundert. Aber die Leitung hat angeordnet, den Fall zu priorisieren. Offenbar ist in der letzten Zeit dort in Greetsiel einiges vorgefallen und die Molkerei macht sich berechtigte Sorgen, dass ihrem Käsemeister etwas zugestoßen ist. Die Molkerei liegt zwar in der Krummhörn und damit eigentlich im Beritt der Auricher, aber van der Laan wohnt im Landkreis Leer, also sind wir für ihn zuständig.«

Na dann, dachte Roman Sturm. Sollte er noch kurz nach Hause laufen und sich umziehen? Seine Hosenbeine klebten unangenehm kalt und klamm an der Haut. Auf den Schultern hatte auch sein Hemd einiges abbekommen. Das war ungemütlich. Vom Bürofenster aus konnte er seinen eigenen Balkon sehen. Viel Zeit würden sie dadurch nicht verlieren. Er federte im Stuhl nach vorne und stand auf.

Seine Kollegin sah ihn stirnrunzelnd an. »Am besten ziehst du dich um, ehe wir aufbrechen. So viel Zeit haben wir noch, dass du eben rübergehen kannst.«

Roman hörte Dirk Baukloh kichern.

So weit kam das noch, dass er sich von Lükka Tammling wie ein kleiner Junge zum Trockenlegen schicken ließ. Nun gerade nicht. Schroff wehrte er ab: »Wir fahren gleich los. Ich bin schon fast trocken, den Rest erledigt die Heizung unterwegs.«

Lükka zuckte die Achseln. »Wie du meinst.«

Als sie zur Tür gingen, rief Dixi ihm hinterher: »Sag mal, seit wann hat dein Roller eigentlich eine Heizung?«

Und schon hatte Roman Sturm wieder Kopfkino. *Der gemietete Tretroller mit dem schwachen Elektromotor, vorne am viel zu niedrigen Lenker ein Heizlüfter angeschraubt, der dem gebückten, kräftigen Hawaiianer die langen, tropfnassen Haare aus dem Gesicht bläst. Unterwegs durch die ostfriesischen Weiten, immer am Deich entlang.*

Zoom in die Totale.

Der Roller verschwindet am Horizont.

Jetzt grinste auch Lükka Tammling.

Auf dem Flur fiel Sturm noch etwas ein. Er drehte sich zu Dirk Baukloh um, der ihnen aus dem Büro gefolgt war. »Ich habe übrigens beim besten Willen keinen Käse für die Pizzaparty bekommen. War komplett ausverkauft. Da muss ich nach Feierabend oder morgen noch mal los.«

Baukloh winkte ab. »Lass mal, das ist halb so wild. Ich habe schon eine Quelle gefunden. Online bestellt. Ihr werdet euch wundern, was für einen großartigen Käse ich euch serviere!« Er formte aus Daumen und Zeigefinger einen Kreis, führte ihn an die Lippen und warf seinen Kollegen mit ausladender Geste eine Kusshand zu. »Superb, sage ich dir. Ich muss mir gut überlegen, ob ich euch davon überhaupt etwas abgebe.«

KAPITEL 8

Die rosige Dämmerung war undurchdringlicher Finsternis gewichen. Sein Kopf dröhnte und schien in einer eisernen Klammer zu stecken. Er hatte offenbar deutlich mehr getrunken als geplant, deswegen musste er wohl auch so dringend.

Mühsam versuchte er, sich den Abend ins Gedächtnis zu rufen, aber es gelang ihm nicht. Da war nur Schwärze. Sein Mund war so trocken, dass es schmerzte, die Zunge schien ein dicker Filzlappen zu sein und das Schlucken tat weh. Das konnte nicht nur vom Saufen kommen. Vermutlich war er krank.

Er riss die Augen auf und versuchte, in der Dunkelheit etwas zu erkennen. Zu Hause in seinem eigenen Bett war er jedenfalls nicht, so dunkel und so kalt war es im Schlafzimmer niemals. Und seine Matratze war nicht so hart wie der Untergrund, auf dem er lag. Er schloss die Augen wieder und konzentrierte sich auf seinen Körper. Nacheinander richtete er seine Aufmerksamkeit auf den Hinterkopf, der gegen etwas Hartes drückte. Es raschelte leise, als er den hämmernden Schädel bewegte. Er wanderte gedanklich über den verspannten Nacken zu den steifen Schultern, ließ das Gefühl in die Arme und Hände kriechen, wie er es vor langer Zeit in einem Entspannungsseminar gelernt hatte. Die Arme blieben wie im Tiefschlaf festgeleimt liegen.

Sein Herzschlag beschleunigte sich. Er dachte sich den schmerzenden Rücken entlang bis hinab in die Beine, die wie Bleigewichte an seinem Gesäß hingen. Vorsichtig spannte er die Muskeln an und fühlte erleichtert, dass sie ihm gehorchten. Querschnittgelähmt war er nicht, ein Glück! Er hatte Gefühl in Armen und Beinen. Trotzdem gelang es ihm nicht, das Bein anzuwinkeln.

Er zog seine Aufmerksamkeit zurück, als hätte er sich verbrannt. Sein Puls raste jetzt und das pochende Blut verstärkte den hämmernden Kopfschmerz.

Er zwang sich, ruhiger zu atmen. Solche Albträume hatte er schon früher gehabt, das war nicht real. Er kannte das. Er erwachte dann stets im Dunkeln, unfähig, sich aufzurichten, öffnete die Augen und schaltete das Licht ein und konnte trotzdem nichts sehen.

Irgendwann gelang es ihm dann jedes Mal, wirklich aufzuwachen, mit pochendem Herzen und schwer atmend, die Nachttischlampe tatsächlich anzuknipsen und mit unendlicher Erleichterung nach einer Weile seine gewohnte Umgebung zu erkennen.

Er lockerte bewusst seine verkrampfte Muskulatur, zwang sich, die Arme noch nicht zu heben, um nicht im Gespinst des Albtraums festzukleben. Mit etwas Anstrengung drückte er die verbliebene Luft aus seinen Lungen durch die Nase und zögerte das Einatmen hinaus. Sekunden später setzte der Atemreflex ein. Genüsslich atmete er tief durch den Mund ein und fühlte sich erfrischt. Er ließ die Luft erleichtert entweichen. Gleich würde er die Augen aufschlagen und beglückt erkennen, dass er weder blind noch gelähmt war. Er bildete sich ein, dass seine Augen schon etwas wahrnahmen, und meinte, ein Geräusch zu hören.

Er riss die Lider weit auf und starrte in ein schmerzendes weißes Gleißen.

KAPITEL 9

Natürlich waren sie nicht mit dem E-Scooter in die Krummhörn gefahren, sondern hatten sich im Fuhrpark einen uniformierten Wagen geholt. Schick in Silber und Blau, mit bequemen Sitzen, ordentlich Pferdchen unter der Haube und einer kräftigen Heizung, die den klammen Hauptkommissar aufwärmte, bis sie nach einer Stunde in Greetsiel ankamen. Die Zwillingsmühlen wirkten im grauen, nassen Regendämmerlicht selbst etwas durchgefroren, der rote und der grüne Achtkant der beiden Urlauberlieblinge waren bemoost. Lükka Tammling setzte den Blinker und bog in Richtung Deich ab. Der Gebäudekomplex, der wenig später vor ihnen aufragte, lag ein ganzes Stück vom Dorf entfernt, noch jenseits des Feriengebietes Neu Hauen. Sonst hätten die Urlauber sich bestimmt über den Anblick der riesigen Silos aus blankem Stahl beschwert, die so überhaupt nichts Romantisches ausstrahlten und die als Wahrzeichen und Postkartenmotiv beliebten alten Windmühlen, die ja ursprünglich auch nichts anderes als Industrieanlagen waren, weit überragt hätten.

Sturm hatte offenbar eine dörfliche Käserei erwartet und starrte sichtlich verblüfft auf die Fabrik. Etwa ein Dutzend der runden Metallzylinder drängten sich wie hochkant abgestellte Ofenrohre zwischen einem alten roten Ziegelbau und einem riesigen Hallenquader aus Fertigteilen. Unterschiedlich hoch ragten sie hell gegen den grauen Himmel auf. Ein glänzender Tankwagen mit Anhänger schob sich vor ihnen auf den Fabrikhof und

Lükka folgte ihm. Sie parkte den Streifenwagen vor dem Backsteingebäude mit der Glastür, das am ehesten nach Verwaltung aussah.

Ein stämmiger Mann in der schwarzen Uniform eines Sicherheitsdienstes stand unter dem Vordach, eine schwarze Wollmütze mit eingesticktem Logo auf dem Kopf, die Arme vor der Brust verschränkt. Als die Beamten ausstiegen, kam er herüber. Breitbeinig, als hätte er die Hose voll, die langen Arme auf Hüfthöhe neben dem Körper pendelnd wie pralle Hartwürste, finsterer Blick. Fehlten nur noch klirrende Sporen auf dem regennassen Pflaster und ein Soundtrack von Ennio Morricone. Klar. Aus Streifenwagen stiegen ja auch in aller Regel üble Schurken und wollten den kostbaren Käse klauen, den er heldenhaft bewachte.

Lükka Tammling riss sich zusammen, ehe der Ärger sie überspülte. Sie strahlte den Gorilla entwaffnend an und hielt ihm mit einem schmetternden »Moin, die Hauptkommissare Tammling und Sturm, Polizei Leer-Emden« ihren Dienstausweis vor die breite Nase.

Der Gorilla studierte ihn schweigend eine halbe Minute lang, als könnte er lesen, nickte dann und machte mit einem Grunzen den Weg zur Glastür frei.

Hinter der Tür empfing sie ein Flur mit Marmorboden, gegenüber war eine weitere Tür und an der rechten Seite befand sich eine verglaste Pförtnerloge, die sehr an den Eingangsbereich der Polizeiinspektion erinnerte. Teufel noch eins, die meinten es hier wirklich ernst mit der Sicherheit. Lükka Tammling präsentierte auch dem Pförtner ihren Ausweis. »Frau Miltenberg hat uns angerufen«, ergänzte sie.

Der Pförtner nickte wissend und deutete auf die Tür, die ins Innere führte. »Nehmen Sie einen Augenblick in der Lobby Platz, Sie werden abgeholt.« Er drückte einen Knopf, es summte und die Schleuse öffnete sich.

Nächster Flur, noch mehr Marmor, dann ein runder Raum mit wiesengrünem Teppichboden und hellblau gestrichenen Wänden, auf denen weiße Wattewölkchen die Illusion eines ostfriesischen Sommerhimmels erzeugten. Das Blau zog sich die Wände empor bis hinauf zur gläsernen Kuppel, die die Empfangshalle überspannte wie die verzauberte Decke der großen Halle von Hogwarts. Eine rundum laufende Lichtleiste tauchte den Raum in Sommerlicht, das das Grau draußen überstrahlte. Aus verborgenen Lautsprechern perlte Vogelzwitschern. Große Bilder an den Wänden zeigten eine ostfriesische Postkartenidylle im Panoramaformat. Eine Herde schwarzbunter Kühe graste auf einem weiten Feld, die Greetsieler Zwillingsmühlen prangten völlig moosfrei rot und grün mit vollständigen Flügelkreuzen, der kleine rot-gelb geringelte Pilsumer Leuchtturm thronte auf dem Deich direkt neben der gegenüberliegenden Tür. Mitten im Raum standen zwei plüschige Ostfriesensofas mit geschwungenen Lehnen, davor ein altmodischer Küchentisch, auf dem als Kontrast ein Plexiglashalter bunte Werbebroschüren präsentierte.

Lükka Tammling war unsicher, ob sie beeindruckt war oder diese Inszenierung Ostfrieslands furchtbar peinlich fand. Sie warf einen Blick auf ihren Kollegen. Roman Sturms Gesichtsausdruck verriet Entsetzen und auf seiner Oberlippe entdeckte sie Schweißperlen. Seine Kitsch-Sensoren liefen offenbar Amok. Er starrte durch die Glaskuppel in den wolkenverhangenen Himmel und vermied es, seine Kollegin anzusehen. Dafür war Lükka ihm dankbar. Lachen war zwar gesund, aber kam nicht in jeder Situation gut an. Ein haltlos kicherndes Ermittlerduo würde man womöglich für ein wenig unprofessionell halten.

War sie ungerecht? Beim Besuch in einem bayerischen Traditionsbetrieb hätte sie vermutlich eine folkloristische Dekoration mit braunen Kühen, majestätischer Bergkulisse und geduckten hölzernen Almhütten als völlig selbstverständlich hingenommen und vielleicht sogar sympathisch gefunden. Oder in einem Laden im Schwarzwald eine Frau in Tracht mit Bollenhut für typisch gehalten, auch wenn sie gelernt hatte, dass die nur in einem einzigen Tal getragen wurde. Wieso kam sie in ihrem eigenen Land nicht mit Klischees zurecht?

Die Tür neben dem Pilsumer Leuchtturm öffnete sich, heraus trat allerdings weder Otto Waalkes noch eine Schwarzbunte. Stattdessen segelte eine hochgewachsene Frau mit marineblauem Kostüm und weißer Bluse herein. Ihre blonden Haare waren in der Mitte gescheitelt und umrahmten das gebräunte Gesicht mit der etwas zu straff gespannten Haut herzförmig.

In ihrem Kielwasser schwamm ein sommersprossiger junger Mann mit rotem Haarschopf in den Raum, der in seinen beiden braun gesprenkelten Händen ein voll beladenes Tablett trug. Er scherte aus und beschleunigte, um sie möglichst unauffällig zu überholen. Dann platzierte er das Tablett auf dem Tisch zwischen den ausladenden Polsterbänken. Nach einem schüchtern gemurmelten »Moin« verschwand der Junge hastig, noch ehe seine Chefin bei den Besuchern angekommen war.

Nun nahm auch die Fregatte wieder Fahrt auf, vermutlich hatte sie ihr Tempo absichtlich gedrosselt, um dem Auftritt nicht die Wirkung zu nehmen. Hoffentlich bekam der schüchterne Junge keinen Ärger, weil er zu spät geliefert hatte, das arme Häschen.

Lükka Tammling machte einen Schritt auf die Ankommende zu und begrüßte sie. »Frau Miltenberg, nehme ich an.« Sie stellte sich und Roman Sturm vor. »Sie haben bei uns angerufen.«

Wenn die Gastgeberin sich ärgerte, weil die Besucherin ihre Choreographie durcheinandergebracht hatte, ließ sie es sich nicht anmerken, sondern grüßte lächelnd. »Das ist richtig. Aber bitte – nehmen Sie Platz. Eine Tasse Tee gehört hier bei aller Aufregung dazu.« Die Frau im Kostüm wies mit einer knappen Geste auf die Sofas, wartete, bis die Polizisten Platz genommen hatten, und nahm vom Tablett drei zierliche Porzellantassen mit Rosenmuster, die sie auf dem Tisch verteilte. Dann legte sie in jede Tasse einen weiß bepuderten Zuckerklumpen. Erst, als im goldgelben Tee die Kluntjes knisternd geborsten waren und die Sahne als perfektes Wölkchen an die Oberfläche des dampfenden Gebräus stieg, setzte sich auch Corinna Miltenberg an den Tisch. Sie reichte ein Tellerchen mit Blätterteiggebäck herum, dann streifte sie die Rolle der traditionsbewussten ostfriesischen Gastgeberin unvermittelt ab und setzte sich kerzengerade hin. »Warum, um alles in der Welt, sind Sie hier mit einem Streifenwagen vorgefahren?«, fragte sie entrüstet.

Roman Sturm trank gerade einen Schluck Tee. Jetzt stellte er die Tasse ab und sah Corinna Miltenberg verwundert an. »Sie haben einen Vermisstenfall angezeigt und dabei besonderen Wert auf die Dringlichkeit gelegt.

Nun ermittelt die Polizei. Das sollte Sie nicht überraschen.«

»Nein, natürlich nicht«, wehrte Miltenberg ab. »Das erwarte ich ja auch als Steuerzahlerin. Aber warum kommen Sie gleich im Streifenwagen? Was sollen denn die Leute denken!«

»Dass bei Ihnen etwas passiert ist. Und das stimmt ja wohl auch«, stellte Roman Sturm fest.

Der Braunton auf den Wangenknochen der Molkereichefin wurde dunkler und aus dem Kragen der weißen Bluse kroch Röte halswärts. »Einer meiner wichtigsten Mitarbeiter ist verschwunden. Es ist für uns schwer genug, diesen plötzlichen Ausfall zu kompensieren. Wenn nun auch noch im Dorf geredet wird, schadet uns das zusätzlich.« Ihre Stimme klang angespannt.

»Was sollte denn geredet werden?«, schaltete Lükka Tammling sich ins Gespräch ein. »Ganz abgesehen davon, dass Ihre Molkerei außerhalb des Ortes liegt – wäre es denn ein Problem, wenn man Polizei bei Ihnen in der Firma sähe?«

»Unser Betrieb liegt außerhalb, das stimmt«, räumte Miltenberg ein. »Aber auf dem Weg durch das Dorf hierher sind Sie selbstverständlich gesehen worden. Ich musste nicht einmal aus dem Fenster gucken, um zu wissen, dass die Polizei bei uns auf den Hof fährt.«

Nicht wirklich überraschend, fand Lükka. Der Buschfunk funktionierte auch in Ostfriesland zuverlässig. Ostfriesland war so weit und flach, hieß es, dass man Freitag schon sehen konnte, wer am Sonntag zum Tee kommen würde. Und natürlich auch, wer den Nachbarn zum Tee besuchte. Im Zeitalter von WhatsApp und Facebook wurden Informationen und Desinformationen beinahe in Echtzeit übermittelt. Gerne auch einschließlich Fotos und Videobeweisen.

Ihre Frage war dadurch allerdings noch nicht beantwortet. »Warum dürfen *die Leute,* wer auch immer das konkret ist, nicht wissen, dass die Polizei bei Ihnen ist?«, wiederholte sie deshalb.

Corinna Miltenberg strich sich eine blonde Strähne aus dem Gesicht. Ihre Frisur hatte vorhin perfekt gesessen, wie zementiert, jetzt wirkte sie etwas derangiert. Ein Zeichen von Nervosität, vermutete Lükka.

»Wir arbeiten mit Lebensmitteln«, erklärte die Molkereibesitzerin. »Das ist etwas sehr Emotionales, gerade wenn tierische Erzeugnisse im Spiel sind. Da wird natürlich, und natürlich zu Recht, wie ich betone, genau hingesehen.«

Das klang auswendig gelernt und sagte noch immer nichts aus. Ehe Lükka Tammling nachhaken konnte, um die Unternehmerin zu einer klaren Antwort zu bringen, warf Roman Sturm ein: »Es hat also in der letzten Zeit Vorkommnisse in Ihrem Betrieb gegeben. Und deshalb sehen die Nachbarn jetzt besonders genau hin. Das war es doch, was Sie eigentlich sagen wollten. Waren es Pannen? Gab es Anschläge? Sabotage? Was ist mit van der Laan?«

Miltenberg zuckte unter den schnell abgefeuerten Fragen zusammen wie unter Peitschenhieben. Während Roman Sturm sich auf dem Sofa vorbeugte und sich halb aufrichtete, wich sie mit dem Oberkörper in Richtung der geschwungenen Rückenlehne aus. Sie griff nach ihrer Teetasse, stellte sie aber sofort wieder ab, als sie bemerkte, wie ihre Hand zitterte. Das Schälchen klirrte leise auf der Untertasse. Sie holte tief Luft und es klang wie ein ersticktes trockenes Schluchzen. Dann gab sie sich einen Ruck. »Ja, es ist das eine oder andere vorgefallen«, gestand sie leise. »Wir haben es für Zufall gehalten. Bisher jedenfalls. Sehen Sie, wir gehören nicht nur zu den letzten Familienmolkereien in Ostfriesland, sondern auch zu den größten in ganz Deutschland. Bei uns werden täglich Hunderte Hektoliter frische Milch angeliefert. Und daraus produzieren wir tonnenweise Käse. Da kann auch mal etwas … nicht so optimal laufen, sage ich mal. Es handelt sich zum einen um ein Naturprodukt. Zum anderen gehen damit Menschen um. Und Menschen können Fehler machen. Beim Füttern der Kühe. Beim Melken. Beim Abfüllen und Lagern. Beim Umfüllen in den Tankwagen und so weiter. Dafür haben wir unser Labor, in dem die Milchtechnologen und Laboranten täglich die Qualität kontrollieren.«

Sie machte eine Pause und nahm nun doch behutsam ihre Teetasse, um einen Schluck zu trinken. Das Porzellan trillerte kaum hörbar.

»Trotzdem ist uns in letzter Zeit ein paarmal der komplette Käseansatz verdorben.«

»Verdorben? Sie meinen, als wenn ich …«, Lükka Tammling fingerte in der Luft neben ihrem Kopf nach einem passenden Vergleich, »… zum Beispiel einen Kuchenteig ansetze und dabei ein faules Ei unterrühre?«

Die Molkereichefin lachte kurz und bitter auf. »So ungefähr. Allerdings sind dann bei Ihnen ein Pfund Mehl, ein bisschen Zucker und ein halbes Pfund Butter verdorben und vielleicht drei frische Eier. Sie kippen das ganze Zeug in den Mülleimer, ärgern sich und servieren Ihren Gästen gekaufte Kekse.«

Lükka Tammling fühlte sich ertappt.

Die Fabrikbesitzerin fuhr fort: »Wenn bei uns eine Charge Milch verunreinigt ist oder die Kulturen kaputt sind, dann sind auf einen Schlag fünfzehntausend Liter Milch versaut und wir können eine Tonne Käse nicht produzieren, auf die unsere Kunden schon warten.« Ihre Stimme zitterte, von der geschäftsmäßigen Contenance war nicht mehr viel übrig.

Lükka sah, dass es hinter Roman Sturms Stirn arbeitete, und auch sie versuchte mit Mühe, sich die Menge vorzustellen, von der Corinna Miltenberg sprach. Während sie schließlich bei hundert Badewannen voll Milch ankam, verkündete Sturm ungläubig: »Dafür muss man fünfhundert Kühe melken.« Offenbar verbrachte er zu viel Zeit mit Bauern und Tierrechtsaktivisten.

Corinna Miltenberg sah stirnrunzelnd von einem zum anderen. Offenbar überstieg es ihre Vorstellungskraft, dass diese Milchmenge wiederum die Vorstellungskraft ihrer Besucher überstieg. »Das stimmt, ja«, räumte sie ein. »Oder Sie denken sich vierzig Paletten mit Milchtüten im Supermarktlager. Was immer für Sie passt. Meinetwegen stellen Sie sich auch einfach vor, Sie müssten an der Kasse fünfzehntausend Literpakete Milch bezahlen. Jedenfalls ist das verdammt viel.« Sie wurde rot, als wäre ihr dieser Gefühlsausbruch peinlich.

Lükka überlegte, was sie zuletzt im Supermarkt für einen Liter Milch bezahlt hatte. War es ein Euro gewesen? Vermutlich weniger. Wobei das ja nicht der Preis war, den die Molkerei Miltenberg bezahlte, korrigierte sie sich gedanklich. Es kam doch immer wieder zu Bauernprotesten, weil die Molkereien und vor allem die Discounter die Erzeugerpreise drückten. Stimmt, zuletzt hatte sie etwas von zweiunddreißig Cent pro

Liter gelesen. Mal fünfzehntausend Liter. Eine gewaltige Summe, um sie mal eben so in die Kanalisation zu hauen. Auch noch mehrmals, wenn sie Miltenberg richtig verstanden hatte. Vermutlich konnte man sich gegen so einen Schaden nicht einmal versichern. Und wenn doch, waren die Prämien bestimmt so hoch, dass es sich nicht lohnte.

»Haben Sie eine Vermutung, wie das passieren konnte? War die Milch mit irgendwas kontaminiert oder wurde sie zu stark erhitzt? Hat Ihr Lieferant etwas Falsches gefüttert?«, wollte Sturm wissen.

Ein kaum sichtbares Lächeln kräuselte die Lippen der Molkereileiterin. »Wir sind hier nicht bei Heidi auf der Alm«, erklärte sie. »Wir arbeiten mit pasteurisierter Milch, nicht mit Rohmilch. Und diese Milch kommt nicht von einem einzelnen Lieferanten, sondern natürlich von vielen verschiedenen Höfen aus ganz Ostfriesland. Was glauben Sie, wie moderne Käseproduktion abläuft?«

Lükka Tammling liebte Käse. Ob er cremig mild war, mit Brennnesseln, Beeren oder Nüssen gewürzt, kräftig gereift oder mit Edelschimmel bewachsen, war ihr ziemlich egal. Sie legte ihn aufs Brot, briet ihn in der Pfanne oder buk ihn im Ofen knusprig. Sie rieb ihn über Auflauf oder würfelte ihn in Salat. Und zwischendurch schnitt sie sich auch mal einfach so eine dicke Scheibe ab. Ein Tag ohne Käse war vielleicht kein verlorener Tag, fand Lükka Tammling. Aber sie kannte wenige Gerichte, die mit der geheimen Zutat Käse nicht besser schmeckten. Aber darüber, wie ihr Lieblingsessen entstand, wusste sie nicht viel. Eindeutig eine Bildungslücke.

Also los.

Die Hauptkommissarin stand auf. »Dann zeigen Sie es uns doch jetzt einfach mal, damit wir wissen, wovon Sie reden.«

KAPITEL 10

Er kniff die Augen sofort zu, aber es war zu spät. Auf seiner Netzhaut tanzten grüne, violette und weiße Ringe und Kreise, die auseinanderspritzten und wegdrifteten, als er versuchte, sie zu fixieren. Vorsichtig öffnete er die Lider einen Spaltbreit. Das Gleißen war noch immer da, es schien sich zu bewegen und in verschiedene Quellen aufzuteilen.

Er war wach, daran hatte er jetzt keinen Zweifel mehr. Blind wie in seinen Albträumen war er auch nicht, nur geblendet. Er wollte sich aufrichten, das unangenehme raschelnde Zeug loswerden, auf dem er lag, und dann ab nach Hause. Künftig würde er besser aufpassen, auf was für Blind Dates er sich einließ. So ein Abenteuer konnte tatsächlich zu viel Nervenkitzel bringen. Offenbar war er an eine Braut mit einem ganz und gar schrägen Fetisch geraten. Und mit üblem Fusel oder starken

Drogen, K.-o.-Tropfen womöglich, sonst hätte er jetzt nicht so einen monströsen Kater.

Am Wort »Kater« blieb er hängen.

Das fette gelb gestreifte Katzenvieh auf dem Container.

Der klagende Eulenruf.

Der schwarze Schatten, der sich aus der rosigen Dämmerung löste.

All das wehte als Erinnerungsfetzen durch seinen Kopf. Bruchstückhaft zwar, aber doch klar und deutlich.

Und danach? Danach war nichts mehr. Keine unbekannte Schöne, kein aufregendes erotisches Abenteuer. Wohl eher ein Raubüberfall und ein Schlag auf den Schädel, selbst wenn er sich daran nicht erinnern konnte. Deswegen hatte er wohl auch solche rasenden Kopfschmerzen.

Er wollte seinen Kopf nach einer Platzwunde abtasten, aber er konnte die Hand nicht heben. Auch die andere Hand gehorchte nicht. Er spannte die Bauchmuskeln an und bäumte sich auf, seine Handgelenke schmerzten, als die Fesseln in die Haut schnitten.

Fesseln? Wieso Fesseln?

Wer zum Teufel sollte ihn fesseln? Hatte ihn jemand entführt? Aber warum? Wer sollte für ihn Lösegeld zahlen? Nicht einmal ein Raubüberfall ergab wirklich Sinn. Das einzig Wertvolle, was er außer seinem Smartphone bei sich führte, waren die Einkäufe im Kofferraum seines alten Autos, die er noch nicht abgeliefert hatte.

Auch seine Beine waren von den Knöcheln bis zu den Knien verschnürt und ließen sich nicht bewegen. Er versuchte noch einmal, sich aufzurichten, aber das gleißende Licht bewegte sich und etwas Hartes traf seine Flanke.

Er keuchte und bemühte sich, den Schmerz und die Panik zu unterdrücken, die ihn fluten wollten.

»Was soll das?«, fragte er. Seine eigene Stimme klang dünn und schrill in seinen Ohren. »Was wollt ihr von mir? Macht mich los!« Dass er es mit mehr als einem Gegner zu tun hatte, war ihm inzwischen klar, denn das grelle Weiß kam aus zwei verschiedenen Richtungen. Erkennen konnte er noch immer nur Schemen. Das Licht auf der Seite, von der der Tritt gekommen war, leuchtete ihm schmerzhaft von oben direkt ins Gesicht. Er drehte den Kopf und bemerkte die zweite tanzende Lampe, deren Strahl über dunkle Wände huschte und seinen Angreifer streifte. Kräftige Statur, Stiernacken, Stirnleuchte am Kopf. Und eindeutig niemand, den er kannte.

»Pass doch auf«, schnauzte der Kräftige.

Aus der anderen Richtung kam ein leises, böses Lachen. »Hast du Angst, dass er dich beschreiben kann?«

Jetzt lachte auch der Kräftige und dem Gefesselten brach eiskalter Schweiß aus, so plötzlich, dass es schmerzte wie Nadelstiche. Der Stiernackige trat noch einmal zu, erwischte die kurze Rippe und der Gefangene jaulte vor Schmerz.

»Aber, aber«, sagte der Fremde auf der anderen Seite. Er trat näher heran und entblößte große gelbe Schneidezähne in einem scharf geschnittenen Gesicht, das von kurzen fahlblonden Haaren umrahmt wurde. »Nun sei nicht so grob zu unserem Gast. Wir sind doch keine Barbaren.« Der Blonde beugte sich über den gefesselten Mann, packte ihn am Kragen und riss ihn so weit hoch, wie es die Handfesseln erlaubten. Seine blauen Augen waren kalt wie Gletschereis.

Es zog in den Schultern, aber diesmal konnte der

Gefangene den Schmerzensschrei unterdrücken. Die Genugtuung gönnte er denen nicht. Zwischen den zusammengebissenen Zähnen zischte er: »Was wollt ihr überhaupt von mir? Lasst mich los.«

Der Blonde beugte sich weiter herunter, sodass seine schmale Nase die seines Opfers fast berührte. Sein Atem roch nach frischem Zigarettenrauch. »*Lasst mich los, lasst mich los*«, äffte er den Gefangenen nach. »Du wiederholst dich. Aber ich verstehe dich. Da willst du eine heiße Nacht mit einer geilen Schnitte verbringen, stattdessen sitzt du, Simsalabim, ganz tief in der Scheiße.« Er schnippte mit den Fingern. »Ich sag dir, warum du hier bist. Du sollst deinem Chef eine Botschaft überbringen. Nichts weiter.«

Was für einen Chef meinte das Rattengesicht? Er erledigte doch nur simple Einkäufe, seit er keine Anstellung mehr hatte. Die letzten Pakete hatte er noch gar nicht abgeliefert, die befanden sich noch immer im Wagen. Dabei legte er Wert darauf, schnell und gründlich zu arbeiten, damit er irgendwann einen festen Job bekam. Bestimmt hielt sein Auftraggeber ihn jetzt für unzuverlässig. Hoffentlich wurde die Ware nicht schlecht, sonst würde er den Kram nicht bezahlt bekommen, von seinem Lohn ganz zu schweigen. Wenigstens war es draußen nicht warm.

Rattenzahn ließ den Kragen los und trat ein Stück beiseite, sein Stiefel stand jetzt auf der gefesselten Hand. Der Kopf des Gefangenen knallte auf den Boden, über seine Wangen liefen Tränen, die er nicht unterdrücken konnte.

»Ach, schau nur, was du angerichtet hast«, sagte der Kräftige mit gekünsteltem Mitleid. »Jetzt weint er, der kleine Prinz.« Diesmal traf sein Schuh den Kopf.

Er erkannte den Akzent, er klang nach Rudi Carrell oder Frau Antje. Der Treter war Niederländer.

Nicht, dass dieses Wissen ihm weiterhalf.

»Nicht ins Gesicht, du Idiot. Unser Botschafter soll doch zu erkennen sein.«

Als er in der Hand des Blonden das große Messer sah, hatte er keinen Zweifel mehr, dass er die Botschaft nicht auswendig lernen oder aufschreiben sollte. Für wen auch immer die bestimmt war.

KAPITEL 11

Ebbe Krüsmann machte sich Sorgen. Nicht um die Auftragslage des Unternehmens, für das er seit ein paar Monaten arbeitete. Die könnte nicht besser sein. Aber immer wieder kam es derzeit zu Engpässen. Allmählich wurde der Rohstoff knapp und sie konnten nicht so flott liefern, wie sie es auf der Internetseite versprachen. Es wurde wirklich Zeit für ein Treffen mit dem Chef. Ebbe Krüsmann hatte volles Verständnis dafür, dass Marten Molenaar nicht jede Woche nach Ostfriesland kam, um den Aufbau seiner deutschen Filialen persönlich zu begleiten. Dafür hatte er schließlich Krüsmann engagiert. Der Ostfriese war für den Niederländer PR-Manager, Personalchef und Statthalter des aufstrebenden Imperiums. Und er war stolz darauf. Verdammt stolz sogar. Aber alles nur über Facebook, verschiedene Messenger und Mails zu besprechen, fand er auf die Dauer mühsam. Im direkten Gespräch ließ sich vieles einfach schneller klären als schriftlich, auch wenn der Unternehmer immer ein Ohr für seine Sorgen, Nöte und vor allem für seine Vorschläge hatte.

Ebbe Krüsmann war schon ein Netzwerker gewesen, als dieses Wort noch gar nicht erfunden war. Und lange bevor so etwas im Internet stattfand oder es das Internet überhaupt gab. Eigentlich, fand Krüsmann, müsste im Lexikon unter »Netzwerker« ein Foto von ihm zu sehen sein. Falls das Wort überhaupt im Lexikon stand. In den mehrbändigen dicken Schinken im grünen Kunstledereinband, die seit den Achtzigern bei Krüsmann im Regal standen, bestimmt nicht.

Mit Leuten quatschen, in der Dorfkneipe und nach Ortsratssitzungen, auf dem Wochenmarkt, bei der Chorprobe und auf dem Sportplatz, das konnte er. Im Laufe der Zeit hatte er auf diese Weise mehr Kontakte geknüpft, als er zählen konnte. Schreiben konnte er auch. Bisweilen verdiente er sich damit noch immer sein Geld. PR-Texte flossen ihm ebenso leicht in die Tastatur wie journalistische Berichte über Vereinsversammlungen oder Döntjes aus der Dorfgeschichte. Aber den direkten Kontakt, das Gespräch unter vier Augen, konnte Geschriebenes nicht ersetzen. Ohne Blickkontakt und Körpersprache fühlte er sich nur wie ein halber Mensch, ein fester Händedruck oder ein freundschaftliches Schulterklopfen waren immer wichtige Bausteine seines Erfolgs gewesen. Außerdem bot es sich bisweilen an, die Dinge, die man so besprach, nicht schwarz auf weiß festzuhalten, schriftliche Beweise waren unnötiger Sand im Räderwerk der Beziehungen. Vertrauen hatte immer auch etwas mit Vertraulichkeit zu tun. Informationen bekam er leichter, wenn seine Gesprächspartner sich auf den Informantenschutz verlassen konnten.

Gut, ermahnte sich Krüsmann, er durfte nicht ungerecht sein. Es lief in der Zusammenarbeit mit seinem Arbeitgeber nicht alles nur über Facebook. Marten Molenaar hatte ihn schon mehrmals angerufen. Dummerweise hatte der Chef gerade riesige Probleme mit seinem Internetanbieter. Der hatte es nicht geschafft, bei Molenaars Umzug nach Deutschland den neuen schnellen Internetanschluss wie vereinbart freizuschalten, und Molenaar musste deswegen schon seit Wochen alle Geschäfte übers Mobiltelefon abwickeln. Der Downstream war wohl halbwegs brauchbar, wenn Ebbe das richtig verstanden hatte, aber der Upstream so eine Zumutung, dass Molenaar nicht einmal seine Kamera benutzen oder größere Dateien verschicken konnte. Für einen Unternehmer war das eine mittlere Katastrophe und Krüsmann bewunderte seinen neuen Chef dafür, dass er so entspannt mit den Einschränkungen umging, als wäre er es gar nicht anders gewohnt.

Vermutlich hatten die Niederländer eine größere Gelassenheit. Wenn es Hindernisse gab, wurden die entweder aus dem Weg geräumt oder einfach umgangen. Man musste sich nur mal das Nachbarland anschauen, dann kam man aus dem Staunen gar nicht mehr heraus. Wenn die Holländer einen Jachthafen haben wollten, dann baggerten sie sich einen. Wenn ein Kanal gebraucht wurde, grub man ihn, wenn nicht, schüttete man ihn zu. Wenn Wasser störte, baute man einen Deich und legte ein Stück Nordsee trocken, um Land zu gewinnen. Krüsmann erinnerte sich an seinen ersten Ausflug nach Flevoland. Die jüngste Provinz der Niederlande lag ein ganzes Stück unterhalb des Meeresspiegels und bestand aus Land, das man im 20. Jahrhundert durch den Bau des zweiunddreißig Kilometer langen Abschlussdeichs der Nordsee abgetrotzt hatte. Wo früher die Zuidersee, eine sturmflutgefährdete Meeresbucht, gewesen war, wohnte heute fast eine halbe Million Menschen.

Ebbe Krüsmanns Bewunderung für die westlichen Nachbarn war gewaltig. Deshalb hatte er auch, ohne zu zögern, die Aufgabe übernommen, einem Niederländer bei der Umsetzung seiner ehrgeizigen Pläne zu helfen und so Teil von etwas wirklich Großem zu werden.

Marten Molenaar hatte eine Vision. Er wollte niederländische Kultur und Lebensart nach Ostfriesland bringen und dabei wertvolle Entwicklungshilfe für Krüsmanns Heimat leisten, die ohnehin wegen ihrer Randlage im äußersten Nordwesten des Landes wirtschaftlich schwach war und durch die Folgen der Pandemie inzwischen auf dem Zahnfleisch ging, obwohl es hier lange Zeit nicht viele Infizierte gegeben hatte. Erst im zweiten Jahr der Pandemie hatte sich das geändert, als sich aggressivere Mutationen vor allem unter den Leiharbeitern der großen Werft und der Schlachthöfe in den Nachbarkreisen ausgebreitet hatten. Menschen, die unter ungünstigen Bedingungen schwer arbeiteten und nach Feierabend mit viel zu vielen anderen Menschen auf viel zu engem Raum zusammengepfercht waren, wurden schneller krank und steckten andere an.

Wenn die Welt untergeht, musst du nach Ostfriesland ziehen, hatte es früher immer geheißen. Da passiert alles fünfzig Jahre später als anderswo. Ein verbreiteter Witz in der Anfangszeit der Krise war der Wunsch nach schneller Aufhebung der geltenden Abstandsregeln gewesen. Eineinhalb Meter zu fremden Leuten waren den Ostfriesen einfach zu nah.

Und so blieben die Einheimischen brav für sich, hielten sich von anderen Menschen fern und zeigten Autofahrer mit auswärtigen Nummernschildern auch mal an. Man hatte hier nichts gegen Fremde, wirklich nicht, man lebte schließlich von ihnen. Aber wenn sie keine Ferienhausmieten brachten, keine Kurtaxe zahlten und nicht in den Restaurants aßen, dann erinnerte man sich doch daran, dass diese Fremden nun mal nicht von hier waren. Die sollten ihre Viren schön in ihren eigenen Städten verbreiten.

Klar, es lief dabei nicht alles rund. Der neue Oberarzt der Klinik in der Nachbarstadt hatte einfach Pech gehabt, dass sein Auto auf dem Parkplatz mit Farbe beschmiert worden war, während er im Krankenhaus operiert hatte. Ganz ehrlich, er hätte es ja auch gleich nach dem Umzug ummelden können. Und wer konnte schon ahnen, dass Leute mit Firmenwagen manchmal keine ostfriesischen Kennzeichen am Auto hatten, obwohl sie hier wohnten. Das waren Kollateralschäden. Das Vorhaben, die Infektionszahlen unten zu halten, war den Ostfriesen auf ihrer Halbinsel am Rande der Republik jedenfalls lange Zeit recht gut gelungen.

Allerdings gehörten sie trotz allem zu Deutschland. Und wenn überall sonst die Leute einander anniesten, zusammengluckten, Karneval, Technopartys oder Après-Ski feierten und die Krankenhäuser füllten, dann machte die Mutti in Berlin halt dicht und klopfte den unartigen Bürgern auf die Finger. Lokale zu, Läden geschlossen, nicht nur ein paar Wochen, sondern monatelang. Und nicht einmal, sondern mehrfach. Und leider nicht nur anderswo, sondern auch in Ostfriesland, so brav und seuchenfrei die Friesen auch waren. Nützschanix.

Es war ja auch einzusehen. Ebbe Krüsmann stellte sich vor, man hätte nur in Ostfriesland die Läden offen gelassen, die Cafés und Restaurants hätten Oasen der Normalität gebildet. So schnell hätte man keine Mauer zwischen Ostfriesland und den Nachbarregionen hochziehen können, wie die anderen hergekommen wären und dann womöglich eine Extraportion Viren eingeschleppt hätten. Krüsmann selbst wäre ja auch lieber heute als morgen irgendwo hingefahren, um unbeschwert durch die Innenstadt zu bummeln und in aller Ruhe ein kühles Bierchen zu trinken. Da konnte er es den Nordrhein-Westfalen, Bayern und Badensern nicht verdenken, dass sie denselben Wunsch hatten. Waren ja auch nur Menschen.

Ebbe Krüsmann verstand ebenso die Leute, die sich über die Einschränkungen ärgerten und sie ungerecht fanden. Da gab man sich Mühe, steckte zurück, schränkte sich ein und bekam trotzdem einen übergebraten. Wegen der lange so niedrigen Infektionszahlen gab es für Ostfriesland weder Bonuszahlungen an Krankenschwestern noch rasche Versorgung mit Impfstoff, als der endlich zur Verfügung stand. Und bei den Infektionen zogen die Ostfriesen im zweiten Jahr dann auch nach. Die Schließungen trafen die Ostfriesen genauso wie den Rest des Landes. Kollateralschäden halt, auch hier. In einem armen Land, das wenig Vielfalt an Einnahmequellen hatte und in dem ein großer Teil der Bevölkerung vom Tourismus lebte, machte sich das besonders bemerkbar. Vielleicht nicht so extrem wie auf Mallorca, wo die Schlangen vor den Suppenküchen nach ein paar Monaten ohne Urlauber erschreckend lang geworden waren, aber doch spürbar.

Dass Marten Molenaar in dieser schweren Zeit Hoffnung brachte, beglückte Ebbe Krüsmann. Und er selbst konnte sich einbringen. Ebbe Krüsmann strich mit der Hand über seinen drahtigen Kinnbart und lächelte. Ein findiger, unkonventioneller Selfmademan wie Molenaar, der in vielen unterschiedlichen Branchen zu Hause war und in ganz Europa seine Niederlassungen betrieb, hatte sich ausgerechnet Krüsmanns geschundene Heimat ausgesucht, um mit dem niederländischsten aller Produkte ein Königreich des Genusses zu errichten.

Echter Käse aus Holland würde Ostfriesland den Wohlstand bringen, denn Molenaar plante nicht nur einen schicken Laden mit Versandhandel, sondern eine Käsemanufaktur, in der zweihundert Ostfriesen nach niederländischen Originalrezepten das gelbe Gold schürfen würden. So viele Arbeitsplätze hatte hier lange niemand mehr geschaffen. Marten Molenaar hatte ihm unter dem Siegel der Verschwiegenheit verraten, was das Spitzenprodukt der neuen Käserei werden sollte: Der Friesenzipfel, rot und gelb geringelt wie der Pilsumer Leuchtturm, würde unaufhaltsam die Tische der

Feinschmecker erobern. Als Werbeträger wollte Molenaar Otto Waalkes gewinnen, der auf den Plakaten mit einem Ottifanten vor dem beliebten Seezeichen posieren sollte. Auch das musste Ebbe Krüsmann leider noch für sich behalten. Dabei freute er sich ein zweites Loch in den Mors, wenn er nur daran dachte.

Doch zunächst sollten Restaurants den Ostfriesen so richtig Appetit machen. Leer stehende Dorfkneipen gab es schließlich genug. Erst gestern hatte der Chef ihm geschrieben, dass er den Kaufvertrag für den »Schleusenkrug« unterzeichnet hatte. So beschwingt hatte sich Ebbe Krüsmann lange nicht gefühlt. In dieser Gaststätte seines Heimatortes hatte er viele schöne Stunden bei Bier und deftigem Essen verbracht und unzählige Familienfeiern erlebt. Von der Taufe bis zur Teetafel nach der Beerdigung drehte sich das Leben der Dorfbewohner um den »Schleusenkrug«.

Und dann, an einem nebligen Herbstmorgen noch vor der Pandemie, hatte der alte Gastwirt den Schlüssel zum letzten Mal umgedreht, weil er keinen Nachfolger gefunden hatte. Über Nacht waren die Menschen im Dorf heimatlos geworden und einsam. Keine Silvesterfeiern mit den Nachbarn mehr, kein dampfender Grünkohl mit Pinkel nach einer feuchtfröhlichen Boßeltour im Winter. Kein »Danz up de Deel« und kein plattdeutsches Theater mit der Heimatbühne. Sogar der Shantychor hatte seinen angestammten Probenraum verloren.

Ebbe Krüsmann hatte eine Facebook-Gruppe ins Leben gerufen, um den »Schleusenkrug« für die Dorfgemeinschaft zu retten, mit einem Verein oder einer Genossenschaft. Aber außer virtuellem Schulterklopfen war die Reaktion mau gewesen. Bis vor ein paar Monaten dieser Anruf kam. Ein ausländischer Investor suchte einen Verbindungsmann, der ihm in Ostfriesland ein paar wichtige Türen öffnen könnte. Ob Ebbe Krüsmann mit seiner Erfahrung und seiner Ortskenntnis ihm da jemanden vermitteln würde.

Krüsmann hatte ehrlich nach so jemandem gesucht. Jedenfalls beinahe eine halbe Stunde lang. Er war im Kopf alle seine Bekannten durchgegangen, hatte ihre Stärken und Schwächen abgewägt und war schnell zu dem Entschluss gekommen, dass der Investor für seine großen Pläne den Besten brauchte. Dann hatte er den Agenten zurückgerufen und sich selbst für den Job angeboten. Wenn du willst, dass etwas gut gemacht wird, mach es selbst, lautete sein Wahlspruch.

Das galt aber nicht um jeden Preis und immer, fand Ebbe Krüsmann. Öffentlichkeitsarbeit schön und gut, das nahm er ernst und betrieb es so engagiert, dass die Fangemeinde auf Marten Molenaars Facebook-Seite jeden Tag wuchs. Krüsmann hatte mit Molenaars Zustimmung außerdem eine Diskussionsgruppe gegründet, der sich täglich mehr Dorfbewohner und auch Teilnehmer von außerhalb anschlossen. Die Aussicht auf ein Restaurant, das Käsespezialitäten servierte, hatte alle elektrisiert. Bislang wusste noch niemand, welche Gaststätte Molenaar für sein Flaggschiff gewählt hatte. Krüsmann hatte bis gestern ja selbst keine Ahnung gehabt, wo das erste Lokal der Kette eröffnet werden sollte.

Das schadete der Aufmerksamkeit für das Projekt kein bisschen. Im Gegenteil: Je mehr Namen ins Spiel gebracht wurden, desto lebhafter diskutierten alle. Dabei kamen die Leute auf die absurdesten Ideen, wo das sagenumwobene Käseschloss entstehen sollte. Das war schon der halbe Spaß, fand Krüsmann. Sie redeten sich nicht nur über den möglichen Standort die Köpfe heiß, sondern auch über die künftige Speisekarte.

Eine bessere Marktforschung als über die sozialen Netzwerke konnte er sich kaum vorstellen. Was wollten die Leute essen, womit brauchte man ihnen nicht zu kommen? Krüsmann musste nur mitlesen und sich das Wichtigste kopieren. So viele Rezepte konnte der künftige Pächter außerdem gar nicht in der Schublade haben, wie die Fangemeinde bereitwillig und völlig kostenlos lieferte.

Vor allem in den letzten Tagen fanden sich auf der Seite immer wieder auch gute Wünsche für die Unternehmer und ihre Mitarbeiter und Hinweise, Molenaar solle auf die Gesundheit achten. Die sei doch das höchste Gut. Die eigene Gesundheit und die der Familie. Das wirkte beinahe aufdringlich und ein ängstlicherer Mensch als Ebbe Krüsmann hätte das schon fast bedrohlich gefunden.

Beinahe am wichtigsten waren natürlich die Bestellungen, mit denen die Käsefans die Wartezeit überbrücken wollten, bis der versprochene Laden endlich seine Türen öffnete. Marten Molenaar hatte eine sehr ansehnlich gestaltete Homepage mit schönen Bildern, die Appetit machten. Wenn Ebbe Krüsmann die Seite aufrief, hatte er gleich den würzigen Duft von reifem Käse in der Nase. Seine Nüstern blähten sich beim Anblick der goldgelben Räder, die auf sauberen Holzbrettern auf den Verzehr warteten. Genauso erging es offenbar den meisten anderen Seitenbesuchern.

Leider funktionierte der Internetshop der »Käseprofis« nicht, deswegen konnte man derzeit nur telefonisch oder per E-Mail ordern. Das wurmte Ebbe Krüsmann ein bisschen, weil es unnötige Hürden errichtete und irgendwie unprofessionell wirkte. Molenaar hatte ihm versichert, dass sein Webdesigner im Moment einen großartigen Relaunch des Shops vorbereitete und die Softwareprobleme bald gelöst würden. Na schön, bis dahin mussten sie halt etwas improvisieren. So beschränkte sich Ebbe darauf, nach den schriftlichen oder telefonischen Anweisungen von Marten und Jesper Molenaar Info-Texte auf die Startseite zu stellen. Bestellt wurde trotz der eingeschränkten Möglichkeiten. Und zwar jeden Tag mehr.

Genau das war das Problem, das Ebbe Krüsmann jetzt umtrieb. Er war zwar nicht selbst für die Bestellabwicklung und den Versand zuständig, aber wenn etwas hakte, kamen die Leute doch zu ihm, weil er als Ansprechpartner vor Ort bekannt war. Die gute Gesa Lüken aus dem Kiosk kam kaum noch mit dem Liefern, Packen und Verschicken des Käses hinterher und jammerte inzwischen täglich, dass sie Unterstützung brauchte.

Doch Krüsmann hatte auch Kontakt zu Leuten, die arbeiten wollten. Mit etwas Glück hatte er gerade wieder einen aussichtsreichen Kandidaten gefunden, der sogar vom Fach war. Manchmal lag der Erfolg eben auf der Straße oder stand vor einem Imbiss. Krüsmann schmunzelte zufrieden. Er bildete sich etwas auf seine Menschenkenntnis ein. Und er war felsenfest davon überzeugt, dass dieser junge Mann bald anrufen würde. Nach einer Dusche und einem ordentlichen Haarschnitt wäre er auch präsentabel.

Der Arbeitskräftemangel war das eine Problem, mit dem Krüsmann sich herumschlug. Aber jetzt wurden offenbar auch noch einige Käsesorten knapp, dabei waren sie so stolz auf die Vielfalt. So konnte das nicht weitergehen, ein guter Ruf war schnell ruiniert. Um alles konnte und wollte sich Ebbe Krüsmann auch nicht kümmern. So etwas Grundsätzliches war Chefsache, fand er.

Krüsmann griff zum Handy und suchte aus der Kontaktliste Marten Molenaar heraus. Er startete den Anruf, aber die Verbindung brach sofort ab. Vermutlich war der Chef wieder einmal in einer wichtigen Besprechung mit internationalen Geschäftspartnern. Krüsmann seufzte ungeduldig. Immerhin würde Molenaar in der Anrufliste sehen, dass sein Stellvertreter ihn dringend sprechen musste, denn er rief nur in wirklich wichtigen Fällen an.

Krüsmann atmete tief durch und ging in die Küche, um eine Kanne Tee aufzubrühen. Irgendwie musste er sich beruhigen und die Zeit überbrücken.

Als das Wasser im Kocher sprudelte und er es über die dunkelbraunen Blätter goss, klingelte sein Telefon, das im Arbeitszimmer auf dem Tisch lag. Krüsmann hastete in den Nebenraum und nahm das Gespräch an. Er schnaufte noch, als er sich meldete.

»Moin, Ebbe«, drang es aus dem Lautsprecher. Das war nicht der Chef, sondern eine weinerliche Frauenstimme. Verdammt, und dafür hatte er sich so beeilt!

»Wer spricht?«, bellte Krüsmann ins Mikrofon.

»Ik bün dat. Gesa Lüken. Van de Post«, antwortete die Frau eingeschüchtert. War ja klar, dachte Krüsmann und seufzte. Sie rief mittlerweile wirklich fast jeden Tag an und jammerte ihm die Ohren voll.

»Gesa, ich bin am Ball, hab ich dir doch gesagt«, schnarrte er ungeduldig. »Wir sorgen dafür, dass dir bald jemand hilft. Wir lassen unsere Kollegen doch nicht hängen. Ich hab sogar schon wen im Auge, der für dich die Rechnungen schreibt.« Das war glatt gelogen.

»Ja, nee«, stammelte Gesa Lüken. »Ich mein, das ist wunderbar, wirklich. Aber erst mal muss ich was haben, das ich verschicken kann. Ich krieg überhaupt keinen Nachschub mehr.«

Krüsmann runzelte die Stirn. »Vielleicht kriegst du im Augenblick nicht immer alle Sorten. Aber neue Ware wird dir doch jeden Tag gebracht.«

»Even neet«, trotzte Gesa Lüken. »Anners kwamm jo alltied disse ol Schojer.« Sie schaltete wieder ins Hochdeutsche zurück. »Dieser dürre Landstreicher mit der Warze auf der Nase.« Als Krüsmann abwartend schwieg, begriff sie wohl, dass er den Fahrer nicht kannte, der ihr immer den Käse zum Verschicken lieferte. »Na egal. Jedenfalls hat der nichts gebracht. Schon drei Tage nicht. Und hier stapeln sich die Bestellungen. Dat is so een Malöör, de Wark geiht mi över de Kopp!« Sie klang, als würde sie gleich in Tränen ausbrechen. Das fehlte ihm gerade noch.

»Hör zu, Gesa, das klärt sich bestimmt schnell auf«, besänftigte er die verzagte Frau. »Pass auf, ich hab jetzt gleich eine wichtige Konferenz mit der Unternehmensleitung, da bringe ich das als Erstes auf den Tisch. Du weißt doch, wir haben immer ein Ohr für eure Sorgen. Jetzt mach dir erst mal einen schönen starken Tee und beruhige dich. Sobald ich was weiß, ruf ich dich an.« Er verabschiedete sich, drückte das Gespräch weg und blähte die Backen.

Puh, die Gesa hatte wirklich nah am Wasser gebaut. So war sie nun mal, schon früher in der Schulzeit. Ganz glücklich war er nie mit der Lösung gewesen, ihr den Versand der »Käseprofis« anzuvertrauen. So ein Sensibelchen brauchte mehr Sicherheit. Wenn man ein Unternehmen aufbaute, musste man flexibel und stressresistent sein. Gesa Lüken hatte jahrelang den Kiosk im Ort betrieben und dort außerdem Briefmarken verkauft und Pakete angenommen und ausgegeben. Das kam der Qualifikation für die Logistik am nächsten. Wenn das Imperium erst einmal richtig florierte, würde man auch den Versand optimieren. Dass dann für eine Gesa Lüken noch Platz war, bezweifelte Krüsmann. Aber bis dahin brauchte die Frau Unterstützung. Und Tee.

Krüsmann fiel sein eigener Tee ein. Na toll. Der war inzwischen komplett verzogen. Er goss sich trotzdem eine Tasse ein und verzog das Gesicht, als er das bittere Gebräu schmeckte. Er löffelte Kandiszucker in die Tasse und schüttete Milch dazu. Dem Aussehen des dunkelbraunen Suds half das wenig, dem Geschmack auch nicht. Sollte er die ganze Kanne wegkippen und neuen Tee aufsetzen? Solche Verschwendung widerstrebte ihm. Während er noch mit sich haderte und dabei die Tasse halb leer trank, klingelte das Telefon wieder.

Diesmal signalisierte der VIP-Ton, dass Molenaar zurückrief. Darauf hatte er vorhin gar nicht geachtet.

Krüsmann lachte auf. Früher hatte man Witze darüber gemacht, dass man den Anrufer am Klingeln erkannte. Damals, als Telefone mit einer kurzen Leitung in die TAE-Dose eingestöpselt waren und das »Düdelü – Düdelü« des beigen Komfort-Telefons Alpha mit Tastenfeld dem staunenden Besucher unmissverständlich klarmachte, dass der Gastgeber technisch auf dem allerneuesten Stand war und sich mehr leisten konnte als das graue oder moosgrüne Standardmodell mit Wählscheibe und schnarrender Klingel. Manchmal wünschte sich Krüsmann diese Zeit zurück, als man noch nicht ständig erreichbar war und in der Hosentasche kein Hochleistungscomputer steckte. Und als man noch über die Vorstellung lachte, einen Anrufer am Klingeln erkennen zu können.

Ebbe Krüsmann packte ein dynamisches Lächeln in seine Stimme und nahm das Gespräch entgegen.

KAPITEL 12

Mit Heidis Almidylle hatte die Produktion in der Käserei Miltenberg etwa so viel gemeinsam wie ein Kasperletheater mit einem Blockbuster aus Hollywood.

Roman Sturm hatte Kasperletheater immer gemocht.

Schon die Milchannahme mit ihren weißen Fliesen und den blanken Edelstahltanks erinnerte ihn an eine Mischung aus Großküche und Campingplatzwaschhaus. Ein junger Mann mit blauer Schutzkleidung, Plexiglasvisier und Plastikhaube patrouillierte mit einem langstieligen Wischer zwischen den Kesseln und tat anscheinend den lieben langen Tag nichts anderes, als den Boden zu wischen.

Andere Arbeiter flanschten dicke Schläuche an die Tanks, durch die der Inhalt der Tankwagen pulsierte. Kaum war der eine Wagen leer, wurde umgestöpselt und der blaue Plastikmann hatte wieder was zu wischen. Ein süßlicher Milchduft hing in der Luft, den Roman Sturm angenehm gefunden hätte, wenn der scharfe Putzmittelgeruch ihn nicht fast überdeckt hätte.

Das Labor, in dem eine Milchtechnologin leidenschaftslos den angelieferten Rohstoff überprüfte, kam Sturm schon sehr wissenschaftlich vor, bis die Inhaberin die Polizisten ins chemische Labor eskortierte und die Vorgänge der verschiedenen Untersuchungen erklärte. Hoffentlich machte sich Lükka Tammling fleißig Notizen, denn er selbst konnte dem Vortrag von Corinna Miltenberg kaum noch folgen. Er beschränkte sich deswegen lieber darauf, die Chefin zu beobachten, deren Lebensgeister durch die Führung wieder erwachten. »Im nächsten Raum beginnt die eigentliche Fertigung«, verkündete sie schließlich und blieb stehen. »Da kann ich Sie leider nicht hineinlassen.«

Och nö, wie schade, dachte Roman Sturm. Er hatte sich schon darauf eingestellt, auch noch die allerletzte romantische Vorstellung von der Käseproduktion zu verlieren. »Kommen da die Löcher in den Käse?«, witzelte er lahm und Corinna Miltenberg lächelte angemessen gequält.

»Das erledigen unsere Praktikanten ganz am Schluss mit dem Bohrer«, entgegnete sie trocken. »Hier hingegen residiert der Hüter der Mikrobenwelt. Wir züchten unsere eigenen Bakterienkulturen, die aus der guten ostfriesischen Milch den perfekten ostfriesischen Käse zaubern.«

Roman Sturm fühlte sich wie in der Sendung mit der Maus. Obwohl – die Maus war nicht so herablassend im Ton. Da machte Lernen mehr Spaß.

Corinna Miltenberg fuhr fort: »Was wir überhaupt nicht gebrauchen können, sind fremde Keime, die uns hier eingeschleppt werden. Aber Sie können gleich noch einen Blick ins Reifezentrum werfen.«

Nun ja, das war in etwa so erhellend, als hätte man bei einem Besuch in der Autofabrik die Anlieferung des Blechs gesehen und dürfte danach auf den Parkplatz, auf dem die fertigen Autos auf den Abtransport warteten. Aber schließlich waren sie nicht zum Spaß hier, sondern wollten sich einen Überblick über die Arbeit des vermissten Käsemeisters verschaffen. Und die, da war Roman Sturm sicher, spielte sich genau zwischen diesen beiden Stationen ab. Pech gehabt.

»Was ist denn nun van der Laans Aufgabe?«, fragte er, als sie wieder in der Empfangshalle bei den Ostfriesensofas auf dem grünen Wiesenteppich standen. »Was tut so ein Käsemeister den ganzen Tag?«

»Die korrekte Berufsbezeichnung ist Milchtechnologe«, berichtigte Miltenberg. »Er überwacht den kompletten Herstellungsprozess unserer Käsespezialitäten. Davon haben wir hier natürlich nicht nur einen.«

Klar, alles andere hätte Sturm gewundert in dieser riesigen Fabrik.

»Ruben van der Laan hat jedoch von allen Milchtechnologen in unserer Firma die größte Berufserfahrung und ein geradezu begnadetes Händchen für den Käse«, lobte seine Chefin. »Nach all den Jahren und vielen Fortbildungen im In- und Ausland braucht er nur auf einen Laib zu klopfen und erkennt am Klang, ob der Käse reif ist. Zudem sind seine Rezepte für neue Sorten immer wieder erfolgreich. Wenn andere Brennnesseln oder Bärlauch im Käse noch für innovativ halten, kommt er mit Sanddorn oder Queller an. Und den Kunden schmeckt es.«

Das hörte sich nach einer Spitzenkraft an. Warum vermisste Roman die ehrliche Begeisterung in Corinna Miltenbergs Stimme?

Weil die nicht da war.

»Trotzdem gab es Differenzen«, stellte er in den Raum.

Corinna Miltenberg erbräunte. Touché.

»Ein lebendiger Arbeitsprozess braucht Diskussionen. Wer immer in der Komfortzone bleibt, schläft ein.«

Welcher windige Unternehmensberater hatte ihr das wohl eingeflüstert? Roman Sturm arbeitete gerne in der Komfortzone. Streit blockierte ihn und belebte ihn keineswegs.

»Ruben van der Laan hält Sie also wach.« Das klang schräg, merkte er selbst. »Rein dienstlich«, hängte er schnell an und wusste gleich: noch schlimmer. Jetzt war es auch egal. »Wie ist denn so Ihre Beziehung zu Herrn van der Laan?«

»Nicht existent«, schnappte sie. »Wir arbeiten sehr konstruktiv zusammen. Privat haben wir keinen Kontakt.«

Teufel, er könnte wetten, da ein »mehr« im Subtext zu hören. »Meinen Sie, van der Laan hat etwas mit den Vorfällen der letzten Zeit zu tun?«

Sie zögerte einen Augenblick zu lange, ehe sie endlich widersprach.

Roman Sturm war noch unsicher, welches Szenario er für wahrscheinlicher hielt. Ein abservierter Lover, der seiner Ex ordentlich eines auswischen wollte? Oder ein ehrgeiziger Angestellter, der sich für sein Wissen und seine Qualifikation nicht genügend geschätzt fand, dessen Ideen ein paarmal zu oft abgebügelt worden waren? In beiden Fällen hätte Ruben van der Laan aus Rache gewaltigen Schaden angerichtet und sich anschließend vom Acker gemacht. Und Corinna Miltenberg wollte ihn möglichst schnell in die Finger bekommen.

Oder hatte seine Chefin ihm womöglich Avancen gemacht, er hatte sie abblitzen lassen und Miltenberg sann auf Vergeltung, indem sie ihm jetzt Sabotage in die Schuhe schob? Auf jeden Fall hatte sie es offenbar sehr eilig, ihn zu finden. Deswegen die Vermisstenanzeige am ersten Tag, den der Käsemeister nicht bei der Arbeit erschienen war. Warum die Chefetage der Polizeiinspektion den Fall als dringend eingestuft hatte, obwohl van der Laan noch keine vierundzwanzig Stunden abgängig war, konnte Sturm nur vermuten. Tennisschläger, Golfbälle und pummelige Turnierpferde in rosa Ballettröckchen tanzten vor seinem inneren Auge Ringelreihen, obwohl er keine Ahnung hatte, ob sein eigener Chef Spaß an solchen Sportarten hatte. Vorurteile gehörten manchmal auch in die geliebte Komfortzone. Solange er immer wieder selbst merkte, dass es Vorurteile waren, sah Roman Sturm das nicht als wirkliches Problem an. Die Grenzen zwischen Vorurteil und Intuition verschwammen ebenso häufig wie die zwischen Berufserfahrung und Racial Profiling. Da kannte Sturm beide Seiten der Medaille.

Vielleicht kam die Bitte um bevorzugte Bearbeitung des Vermisstenfalls auch von ganz oben, aus Richtung Osnabrück. Wer wusste schon, welche Verbindungen so eine Molkereibesitzerin pflegte.

Wie auch immer, sie hatten den Auftrag, Ruben van der Laan zu finden.

»Wir benötigen alle Angaben zur Person, Wohnort, Kontaktadressen, Telefonnummern.«

»Bekommen Sie gleich alles vom Personalbüro«, versprach Miltenberg.

»Und ein möglichst aktuelles Foto«, ergänzte Sturm. Wenn sie jetzt eins aus der Brieftasche zieht, weiß ich Bescheid, dachte er.

Sie tat ihm den Gefallen nicht. Natürlich nicht. Stattdessen zupfte sie mit spitzen Fingern eine der Imagebroschüren aus dem Prospekthalter. »Wenn ich mich richtig erinnere, ist da ein Bild von ihm drin.«

Sie schickte sich an, das Hochglanzheftchen aufzublättern, als der sommersprossige Junge auftauchte, der ihnen vorhin den Tee gebracht hatte. Diesmal hielt er ein kleines Paket in den Händen.

»Entschuldigen Sie die Störung«, murmelte er. »Frau Miltenberg, das wurde gerade an der Pforte für Sie abgegeben. Es sei eilig, sagte der Fahrer.«

»Danke, Niklas. Das werden die neuen Entwürfe aus der Werbeagentur sein.« Corinna Miltenberg legte die Broschüre wieder auf den Tisch und nahm ihm das Päckchen ab. »Auf die habe ich schon gewartet.« Sie wandte sich ihren Besuchern zu. »Frau Tammling, Herr Sturm, wir sind hier ja fertig. Bitte lassen Sie mich gleich wissen, wenn Sie etwas Neues erfahren.« Mit achterlichem Wind segelte sie auf den rot-gelb geringelten Pilsumer

Leuchtturm zu und war im nächsten Augenblick hinter der Ostfrieslandkulisse verschwunden.

KAPITEL 13

»Wenn du zurückfährst, kümmere ich mich unterwegs schon um die Fahndung«, bot Lükka Tammling an. Sturm war das sehr recht. Er konnte natürlich mit dem Smartphone umgehen, aber seine Kollegin war dabei deutlich routinierter und schneller. Und offenbar bereitete ihr das technische Gedöns auch noch Vergnügen. Eigentlich, dachte Roman Sturm, müsste es doch umgekehrt sein. Nicht wegen irgendwelcher dämlicher Rollenklischees, beileibe nicht. Lükka Tammling stand in ihrer Freizeit auf Fantasywelten, Mittelalterlager und archaische Jagdmethoden. Er selbst hingegen war überzeugter Trekkie und hätte seine Wohnung am liebsten komplett der Brücke der Enterprise nachgebaut. Allerdings erschöpfte sich darin seine Faszination für Technologie.

Egal. Wenn sie durch Lükkas Technikbegeisterung eine Stunde früher mit der Suche nach Ruben van der Laan anfangen konnten – umso besser.

Roman Sturm fing den Schlüssel mit einer Hand und öffnete die Wagentüren. Während er noch den Fahrersitz zurückschob und die Spiegel einstellte, blätterte Lükka Tammling bereits in der Imagebroschüre, die sie aus der Molkerei mitgenommen hatte.

Roman startete den Wagen, der sofort ansprang, ließ ihn über die Zufahrtsstraße rollen und gab vorsichtig Gas. Machte richtig Freude, gestand er sich ein, als das Auto kräftig davonzog. Sofort bekam er ein schlechtes Gewissen seinem armen, alten, treuen Auto gegenüber, das vermutlich noch immer frierend und nass auf dem Supermarktparkplatz in Leer stand. Obwohl, so treu war es ja in letzter Zeit auch nicht gewesen, das konnte ihm eigentlich gar nichts vorwerfen oder einen auf eifersüchtig machen, nur weil er sich mal mit einem jungen, flotten Flitzer vergnügte. Und was hieß hier Macho-Gehabe? Es ging schließlich immer noch um ein Auto. Roman Sturm drückte das Gaspedal trotzig ein bisschen weiter durch.

»Ah, hier ist er.« Lükka Tammling drehte das Heft so, dass ihr Kollege aus dem Augenwinkel einen Blick auf das Foto werfen konnte.

Ruben van der Laan trug seine langen schwarzen Haare streng nach hinten gekämmt und zu dünnen Zöpfchen geflochten, die Roman an einen aus Altersgründen ausgemusterten niederländischen Fußballstar erinnerten. Der Tunnel in seinem Ohrläppchen war mit einer glänzenden Metallöse eingefasst, der dazu einlud, dort einen Karabinerhaken einzuklinken. Im Nasenflügel glitzerte ein Steinchen, das auf dem Foto aber eher wie ein angetrockneter Popel aussah.

Roman Sturm richtete seine Aufmerksamkeit wieder auf die schlammverkrustete Straße, als ihnen ein Traktor mit Güllefass auf dem Anhänger entgegenkam. Der Fahrer verlangsamte und glotzte mit unverhohlener Neugier in den Streifenwagen. Sturm musste sich sehr beherrschen, um dem Bauern nicht die Zunge herauszustrecken. Ja, sieh mal einer an. Am Steuer eines niedersächsischen Polizeiwagens kann heutzutage ein Farbiger sitzen, gewöhn dich beizeiten dran, dachte er. Genau wie der Keno mit seinem Trecker als »De schwatten oostfrees Jung« mit plattdeutschen Videos über die Arbeit auf dem Bauernhof zum Star im Internet werden kann.

Und in einer ostfriesischen Molkerei kann ein studierter Käsemeister mit Rastazöpfchen und Öse im Ohr die Herstellung der Erfolgsprodukte überwachen, dessen Vorfahren aus Suriname, Aruba oder einem anderen niederländischen Überseegebiet in der Karibik oder Südamerika stammen. Nur weil einer Käse herstellt, muss er schließlich nicht käsig aussehen, oder?

»Mach ihm keine Angst«, mahnte Lükka Tammling mit einem Seitenblick.

Hatte er etwa die Zähne gefletscht?

»Ach Quatsch, ich habe ihn ganz freundlich angelächelt«, widersprach Sturm schuldbewusst.

»Wie du meinst.« Die Kollegin hatte das Werbeheft auf den Oberschenkeln liegen und fotografierte van der Laans Porträt mit dem Handy, um es gleich in die Datenbank zu laden. Dann schickte sie eine Aufnahme des Notizzettels mit van der Laans Kontaktdaten an die Kollegen von der Fahndungsabteilung. Sehr effizient, dieses mobile Homeoffice, musste Roman Sturm sich eingestehen. Sie hatten noch nicht einmal die halbe Strecke durch die Krummhörn zurückgelegt, trotzdem konnte die offizielle Suche nach dem Vermissten schon beginnen.

Kurz vor der Autobahnabfahrt Leer quakte Lükkas Smartphone. Nach einigen Ahas, Achs und Mhms beendete sie das Gespräch und verkündete: »Der Fall ist keiner mehr. Das war die Wache. Frau Miltenberg hat gerade in der PI angerufen und die Vermisstenanzeige zurückgezogen.«

Na großartig. So etwas liebte er. Erst konnte es gar nicht dringend genug sein, jedes einzelne Pferd in Niedersachsen wurde scheu gemacht, und dann – pffft – nichts als heiße Luft.

»Van der Laan ist also wieder aufgetaucht?«, fragte Sturm.

Lükka Tammling zuckte die Achseln. »Das nehme ich mal an. Sie sagte wohl, die ganze Aufregung tue ihr leid, es habe sich um ein Missverständnis gehandelt.«

Klar, als Vortäuschung einer Straftat würde sie ihre Anzeige selbst bestimmt nicht einstufen, wenn sie schlau war. Sturm setzte den Blinker und ordnete sich in die Ausfahrt ein.

»Weißt du, was schade ist?«

Seine Kollegin sah ihn mit schiefgelegtem Kopf abwartend an.

»Wir haben völlig vergessen zu fragen, ob die dort in der Molkerei auch Käse direkt ab Werk verkaufen. Wir hätten uns schön für Dixis Pizzafete eindecken können.«

KAPITEL 14

Der blonde Mann setzte das Messer an, drückte die Schneide leicht nach unten und zog sie durch die oberste Schicht.

Ein guter Käse hatte eine Rinde, die an Tierhaut erinnerte, duftete würzig und bestach das Kennerauge durch eine gleichmäßige Farbe. Marten Molenaar stemmte sich von oben auf die Klinge und schnitt eine Scheibe ab, so breit wie zwei seiner Finger. Er legte den Brocken auf die vorbereitete Klarsichtfolie, wickelte ihn ein und packte ihn an die andere Seite der Arbeitsfläche, wo schon mehrere ähnliche Klumpen lagen.

Die Rinde dieses Käses hatte dummerweise nicht die entfernteste Ähnlichkeit mit Tierhaut und der Geruch des Milchproduktes war bestenfalls mild und nichtssagend. Aber das größte Problem für Marten Molenaar war die Tatsache, dass der blassgelbe Käsequader mit seiner spröden Wachshülle inzwischen fast aufgebraucht war. Er benötigte dringend Nachschub, denn sein Versandhandel hatte sich prächtig entwickelt. Dass er Käse importieren musste, ehe seine eigene Molkerei aufgebaut war, verstand jeder. Aber abreißen durfte die Lieferkette nicht, sonst wurden die Kunden ungeduldig.

Genau das war jetzt passiert. Dabei hatte es so gut angefangen. Die erste größere Charge aus den Niederlanden war prompt gekommen. Mit den Einnahmen aus dem Versand konnte er die Molkereirechnung schnell bezahlen und hatte gleich großzügig nachbestellt. Aber seit kurzer Zeit hakte es. Höhere Lieferkosten, Vorkasse und alle möglichen Gründe, warum die bestellten Sorten doch nicht pünktlich geschickt wurden. Man könnte fast glauben, die Niederländer wollten ihren Käse gar nicht mehr nach Deutschland verkaufen, verdammt und zugenäht.

Molenaar wog den letzten Käsekanten in der Hand, klatschte ihn auf die Folie und sah ihn stirnrunzelnd an. Dann zuckte er die Achseln, halbierte das Stück und wickelte zwei Portionen ein. Ein Kunde mehr, den sie versorgen konnten. Nachwiegen würde schon niemand, wie viel geliefert wurde.

Molenaar legte das Messer auf die Arbeitsplatte und wischte sich die Hände an den Oberschenkeln ab. Dämliche Kaaskoppen! Jetzt stand er hier mit diesen kläglichen Resten eines noch kläglicheren Käses, statt so richtig fett durchzustarten. Der Einkäufer, den er damit beauftragt hatte, sich um den Käsenachschub zu kümmern, war offenbar ein unzuverlässiger Windhund, denn er hatte sich seit Tagen nicht gemeldet.

Er zog das Handy aus der Gesäßtasche seiner Jeans und suchte im Adressbuch die Nummer von Ebbe Krüsmann. Der alte Kruuskopp musste endlich mal wieder was tun für das Geld, das sein Chef ihm versprochen hatte.

Mit dem tutenden Smartphone in der Hand ging er ins Wohnzimmer. Im nächsten Augenblick erschien Krüsmanns rundes Gesicht im Display. Auf der blanken Glatze glänzte Schweiß, der graue Schifferbart am Kinn wirkte zerzauster als sonst. Automatisch überprüfte Molenaar, ob der Aufkleber über seiner eigenen Kamera richtig saß. Er selbst war im Moment schließlich auch nicht durchgestylt wie ein Businessman. Er grinste. Krawatte trug ohnehin nur sein Profilbild.

»Gut, dass Sie zurückrufen, ich muss wirklich dringend mit Ihnen reden«, pustete Krüsmann ins Mikrofon. »Leihen Sie mir doch eben Ihr Ohr. Ich kann Ihren Bruder nicht erreichen wegen der Umbaumaßnahmen im geplanten Laden. Und Gesa Lüken sagte mir vorhin, der Kurierfahrer mit der neuen Lieferung war immer noch nicht da. Ich …«

»Nun mal ganz langsam, Kruuskopp«, unterbrach ihn Molenaar mit rollendem R. »Ich habe nicht angerufen, um mir dein destruktives Genörgel anzuhören. Du bist viel zu negativ in deiner Ausstrahlung.« Er sah zufrieden, dass Krüsmann in sich zusammensank wie ein angepikter Wasserball. Es war mal wieder Zeit, dem aufgeblasenen PR-Burschen klarzumachen, wer hier die Musik bestellte. Dass Krüsmann den Spitznamen hasste, wusste Molenaar natürlich. Aber der passte nun mal so gut zu seiner Glatze und der Drahtwolle am Kinn. Er grinste und war froh, dass Krüsmann es nicht sehen konnte.

»Pass auf«, kommandierte Molenaar, »du gehst heute endlich mal wieder an die Presse. Wir müssen den Topf am Kochen halten, oder wie sagt man das bei euch?«

»Joa, kann man wohl so sagen«, entgegnete Krüsmann zögernd.

Er wirkte nicht so enthusiastisch wie sonst, da musste man gegensteuern, sonst färbte sein Defätismus noch auf andere ab. Im Augenblick lief ohnehin nicht alles so rund, wie Molenaar das gerne hätte. Nicht nur die Kunden mussten ihm gewogen bleiben, sondern vor allem die Behörden, von denen er Lizenzen und Baugenehmigungen haben wollte. Dafür brauchte es ein dynamisches Geschehen, damit die Sesselpuper in ihren Amtsstuben sich gar nicht erst gemütlich zurücklehnten und bei den Unterlagen kleinlich wurden.

»Wie auch immer«, fuhr Molenaar energisch fort. Er schaltete den Lautsprecher ein und stellte das Handy so auf den Wohnzimmertisch, dass er seinen Gesprächspartner gut im Blick hatte. Dann ließ er sich ins Sofa fallen und verschränkte die Hände hinter dem Kopf. »Du gibst heute noch ein offizielles Bulletin an die Medien. Richtig groß. Für die neue Manufaktur suchen wir Fachleute. Lebensmitteltechniker, Laboranten und natürlich will ich den allerbesten Affineur. Ich kann nur die Crème de la Crème für mein Imperium gebrauchen, du verstehst. Komm mir dafür nicht mit blutigen Amateuren um die Ecke, hörst du?« Er wartete gerade lange genug, um Krüsmann Zeit zum Nicken zu geben, und fuhr fort: »Für die Cheeseria besorgst du mir eine Geschäftsführerin und auch ein paar Verkäuferinnen. Ein bisschen was fürs Auge, du verstehst. Maximal fünfundzwanzig.«

»Fünfundzwanzig Verkäuferinnen?« Krüsmanns Augen rundeten sich vor Staunen. Molenaar stellte sich vor, dass sie gleich wie Murmeln aus dem Schädel ploppen und über den Fußboden rollen würden. Er zog ein Zigarettenpäckchen aus der Brusttasche seines karierten Hemdes, nahm eine heraus und schnupperte genüsslich daran.

»Fünfundzwanzig Jahre«, korrigierte Molenaar. »Mit dem Verkauf will ich in …«, er zögerte, als müsste er ganz genau nachrechnen, »vier Wochen anfangen.« Er zündete die Zigarette an, inhalierte tief und ließ den Rauch genüsslich durch die Nase entweichen.

Krüsmann schnappte nach Luft wie ein Karpfen auf dem Trockenen. »Vier Wochen?«, krächzte er. Nach einem heftigen Räuspern wiederholte er heiser: »Sie wollen den Laden in vier Wochen eröffnen? Aber der ehemalige Burgershop in der Fußgängerzone muss doch noch komplett renoviert und eingerichtet werden.« Er atmete tief ein und straffte entschlossen die Schultern. »Dann werde ich jetzt sofort mit dem Tischler sprechen. Und der Kältetechniker muss einen verbindlichen Liefertermin nennen.« Er kraulte seine Drahtbürste. »Für das Kassensystem habe ich glücklicherweise schon jemanden an der Hand. Wenn Ihr Bruder mir die Liste mit den Preisen schickt, können wir das gleich programmieren lassen.«

»Ich sage Jesper Bescheid«, versprach Molenaar. »Ich habe zwar alles längst fertig auf dem Rechner, aber ich selbst kann dir das leider nicht mailen. Du weißt ja, ich habe immer noch kein Internet hier im Büro.« Er blickte suchend auf dem Tisch umher, dann stippte er die Asche in die leere Obstschale.

Krüsmann nickte mitfühlend.

»Aber keine Sorge, mit dem Burgerladen könnt ihr euch ohnehin Zeit lassen«, besänftigte ihn Molenaar, während er parallel auf dem Laptop seinen Facebook-Account öffnete, was Krüsmann natürlich nicht sehen konnte. »Das hat überhaupt keine Priorität. Wir fangen mit dem Geschäft erst einmal in Ditzum an. Die frühere Schlachterei dort ist schon perfekt ausgestattet, da müssen nur ein paar Eimer Farbe an die Wände und die Verkaufsregale angemessen werden, dann können wir so durchstarten.«

»Aha …« Hinter Kruuskopps hoher Stirn arbeitete es sichtlich, die rotierenden Zahnräder schoben die Augenbrauen aufeinander zu und drückten die Schweißperlen aus den Poren. Offenbar versuchte er sich zu erinnern, um welchen Laden im Rheiderland es ging und was es dort für bauliche Voraussetzungen gab. »Aber im ›Schleusenkrug‹ geht doch alles im normalen Zeitplan weiter?«, vergewisserte er sich.

Molenaar ließ sich Zeit mit der Antwort, denn er war abgelenkt. Auf seiner eigenen Seite und dem offiziellen Firmenaccount hatte er die Kommentarfunktion für Außenstehende deaktiviert, aber in der Gruppe »Wir für Genuss«, die Ebbe Krüsmann für die »Käseprofis« pflegte, waren einige Beiträge aufgelaufen, um die er sich selbst kümmern musste. Vor allem ein impertinenter Schmierfink fragte immer wieder nach, wann die konkreten Pläne für die Käserei und das Lokal denn nun veröffentlicht wurden und ob überhaupt die erforderlichen Genehmigungen von der Gemeinde schon vorlägen. Was bildeten sich diese Leute eigentlich ein? Das waren verdammt noch mal Geschäftsgeheimnisse. Molenaar spürte, wie ihm der Zorn den Hals emporkroch. Was gingen den Kerl seine Genehmigungen an?

Andere wünschten den »Käseprofis« und ihren Angehörigen gute Gesundheit. Die sei doch das Wichtigste. Viel wichtiger als Expansion. Das klang zweideutig, fand Molenaar. Aber vermutlich war er heute überempfindlich.

»Der ›Schleusenkrug‹?«, brachte Krüsmann sich in Erinnerung.

»Ja. Ja, die Planung geht natürlich weiter«, sagte Molenaar geistesabwesend. »Warum sollte sie nicht? Aber Vorrang hat für uns jetzt zunächst einmal das ganz große Projekt.« Er machte eine Kunstpause und Krüsmann lehnte sich vor, als wollte er durchs Telefon kriechen. Sollte er ihm den saftigen Happen schon hinwerfen? Ach nein, ein bisschen Ungewissheit würde Kruuskopps Eifer befeuern, so gut kannte er ihn inzwischen. Molenaar kostete die Neugier seines PR-Managers aus, dann raunte er geheimnisvoll: »Unterschrieben ist der Vertrag noch nicht, aber das ist eine Frage von wenigen Tagen, ach was: Stunden. Ich sage nur: direkt in Leer. Beste Lage. Allerbeste sogar. Am Wasser.« Als Krüsmann zu neugierigen Fragen ansetzte, bremste er ihn sofort. »Äh, äh, äh. Ich sage dir nichts, ehe die Tinte trocken ist. Du kennst mich doch. Ich will hier nichts zerreden.« Er hieb mit der flachen Hand auf die Platte und verfehlte die gläserne Obstschale um zwei Zentimeter. Verflixt, das war knapp. »So, und jetzt an die Arbeit. Ad eins: die Stellenausschreibungen auf die Homepage stellen und bei Facebook posten. Ad zwei: der Pressetext. Ich erwarte, ihn noch diese Woche in allen Zeitungen zu lesen.«

Der Glatzkopf schnappte nach Luft, schluckte, versprach aber nicht, sein Bestes zu tun. Dass Marten Molenaar genau das von ihm erwartete, verstand sich schließlich von selbst.

»Wird umgehend erledigt«, kündigte er stattdessen zackig an. Dann fiel ihm noch etwas ein. »Ehe ich es vergesse: Ich habe genau den richtigen Mann für die Manufaktur gefunden.« Jetzt leuchtete sein Mondgesicht vor Stolz. »Ich schicke Ihnen gleich die Kontaktdaten. Ein junger, dynamischer Typ. Lange Erfahrung in einer der renommiertesten Molkereien des Landes. Hat den Käse sozusagen mit der Muttermilch aufgesogen.«

Na, wenn das nicht vielversprechend klang. »Ich schaue ihn mir an«, versprach Marten Molenaar.

Er wollte das Gespräch beenden, aber aus dem Hörer ertönte der Westminsterschlag von Krüsmanns Haustürglocke. Pfeif auf Privatsphäre, es war immer gut zu wissen, mit wem seine Handlanger Kontakt hatten.

Kruuskopp wiederum wagte nicht, das Gespräch selbst wegzudrücken. Stattdessen trug er seinen Chef durch den Flur. »Einen Augenblick«, bat er und Molenaar wurde schwindelig, als auf dem kleinen Bildschirm Möbel, Garderobe und Wände vorbeisausten und er plötzlich an die getäfelte Decke des Korridors blickte.

Entfernte Stimmen, Türklappern, Schritte, dann flogen Holzdecke, Raufasertapete und Jacken wieder in entgegengesetzter Richtung vorüber und Ebbe Krüsmann entschuldigte sich für die Verzögerung. »Der Postbote«, erklärte er und zeigte auf ein Päckchen, das jetzt auf seinem Schreibtisch neben der Computertastatur stand.

»Was Wichtiges?«, fragte Molenaar neugierig.

Kruuskopp sagte nicht, dass ihn das einen feuchten Dreck anginge, auch wenn er damit sogar recht gehabt hätte. Er stellte das Telefon auf den Tisch, schlitzte mit einem Messer umständlich die Klebestreifen auf, die den kleinen Karton verschlossen, und öffnete den Deckel. Jedenfalls klang es so.

Molenaar reckte den Hals, was natürlich überhaupt nichts half. Er sah vorwiegend Kruuskopps Glatze und die Oberkante eines Bücherregals. Er kam sich auf einmal blöd vor und beschloss, diese unwürdige Situation zu beenden.

»Hör mal, Krüsmann«, sagte er, »du weißt ja, was du als Nächstes zu tun hast, wir sind hier erst einmal fertig.«

Im Lautsprecher raschelte es, als Krüsmann im Paket wühlte, und ein paar grüne Styroporchips rieselten ins Bild.

Krüsmann antwortete nicht.

Verdammt, der sollte sich gefälligst anständig von seinem Arbeitgeber verabschieden. »Krüsmann?!«

Der Bildausschnitt bewegte sich, dann erschien Kruuskopps Visage auf dem Display. Lag es an der Beleuchtung oder war der PR-Mann tatsächlich grün im Gesicht?

»Hör zu, Krüsmann, ich habe noch Termine, wir sprechen uns ein andermal wieder«, sagte Molenaar energisch. »Und wenn was ist, ruf an. Du weißt ja, ich habe immer ein Ohr für dich.«

»Nicht nötig«, sagte Ebbe Krüsmann. Seine Stimme klang belegt. Vor seinem runden, grünen Gesicht tauchte seine große Hand mit einer Spanschachtel auf, die er jetzt in Richtung Telefon kippte. »Ich habe schon eins.«

KAPITEL 15

Natürlich war es wunderbar, dass der verschwundene Käsemeister sich offensichtlich wieder angefunden hatte. Vor allem natürlich für Ruben van der Laan selbst, der nicht mehr auf der Vermisstenliste stand und demnach keinem Verbrechen zum Opfer gefallen war. Aber auch für die Molkereichefin, deren Experte für Milchveredelung jetzt wieder Hektoliter von Milch in gewinnbringende Käselaibe verwandeln konnte.

Ob der unangemeldete freie Tag dem Mann eine Abmahnung einbringen würde oder er mit einem Rüffel davonkam, musste die Polizei nicht interessieren. Vielleicht hatte die Chefin auch die Dienstpläne ihrer vielen Mitarbeiter nicht im Blick gehabt und Ruben van der Laan war gar nicht AWOL, sondern ordnungsgemäß im Urlaub und verreist. In dem Moment, in dem Corinna Miltenberg die Vermisstenanzeige zurückgezogen hatte, war die Polizeiinspektion Leer-Emden jedenfalls nicht mehr für die Aufenthaltsermittlung zuständig.

Lükka Tammling hatte den Sinn dieser Ermittlung ohnehin angezweifelt. Erwachsene Menschen im Vollbesitz ihrer geistigen und körperlichen Kräfte, wie es so schön hieß, konnten selbst bestimmen, wo sie sich aufhalten wollten. Ein Fall für die Polizei war ihr Verschwinden nur dann, wenn man befürchten musste, dass ihnen etwas zugestoßen war. Einfach nur mal weg zu sein, ohne jemandem Bescheid zu sagen, war kein Fall für die Behörden. Lükka Tammling hatte mehr als einmal Menschen gefunden, die von ihren Angehörigen als vermisst gemeldet worden waren, die ihrerseits aber diese Angehörigen überhaupt nicht vermissten.

Gefahr für Leib und Leben bestand in solchen Fällen eher in der Nähe des Menschen, der die Anzeige aufgegeben hatte. Wenn sie eine Frau bei Freunden, Verwandten oder im Frauenhaus aufstöberte, war die dort meist deutlich besser aufgehoben als bei ihrem prügelnden Kerl, der sie von der Polizei suchen ließ und nur darauf wartete, dass die Behörden ihm sein Opfer wieder frei Haus lieferten.

Einige Menschen brauchten wiederum einfach eine Auszeit und meldeten sich nach einer Weile von selbst zurück. Aus dem Urlaub, vom Pilgern oder aus einer neuen Heimat weit weg vom alten Leben, das nicht mehr passte wie eine zu eng gewordene Hose.

Andere meldeten sich nicht, und auch das war dann ihre Privatangelegenheit. Wenn solche Vermissten von der Polizei gefunden wurden, fragte man sie, ob man den Angehörigen Bescheid geben sollte, wo sie waren. Falls nicht, ließ man sie in Ruhe und schloss die Akte, sofern sie nichts angestellt hatten oder Opfer einer Straftat waren.

Fall gelöst, Aufklärungsquote ein Stückchen höher.

Der Drucker summte und das Blatt mit dem Protokoll zur Vermisstensache van der Laan schob sich aus dem Gerät. Lükka Tammling legte es vor sich auf die Tischplatte, überflog es ein letztes Mal und griff zum Kugelschreiber. Der Stift schwebte wenige Millimeter über dem Papier, doch die Hauptkommissarin zögerte, den Vorgang mit ihrer Unterschrift abzuschließen und dann ordentlich abzuheften. Sie hatte nichts gegen aufgeklärte Fälle, wirklich nicht. Auf ihrem Schreibtisch lag genügend anderer Kram, um den sie sich kümmern musste.

Das Fachkommissariat 1 der Polizeiinspektion Leer-Emden war für Mord, Totschlag und Brandstiftung zuständig und gerade mit Feuer hatten sie es in letzter Zeit wieder häufig zu tun gehabt. Meist konnten sie nach der Brandermittlung zum Glück einen Haken dran machen und bei der Ursache »technischer Defekt«

ankreuzen. Seit fast kein Ostfriese oder Neubürger mehr Lust hatte, bei Wind und Wetter mit reiner Muskelkraft durch die schöne flache Landschaft zu radeln, holten sich immer mehr Leute den eigenen Brandsatz ins Haus und entfachten mit überhitzten E-Bike-Akkus, die sie über Nacht aufladen wollten, ein Feuer in ihrer Bude. Den Rekord im Schnellzündeln hielt wohl der Leeraner, der sich an Heiligabend ein elektrisches Fahrrad gegönnt hatte und schon in der Weihnachtsnacht von der Feuerwehr aus dem Bett geholt werden musste.

Auf den Campingplätzen der Umgebung schliefen die Leute derzeit auch nicht besonders ruhig, denn immer wieder brannten dort Wohnwagen. Dabei handelte es sich allerdings nicht um technische Defekte, sondern tatsächlich um Brandstiftung. Ob sich diese Anschläge gegen Touristen oder Campingplatzbetreiber richteten oder ob sie purer Vandalismus waren, hatten sie noch nicht herausbekommen.

Genug zu tun also. Und trotzdem …

Lükka Tammling legte das Protokoll zum Fall van der Laan in ihr Ablagekörbchen mit den Papieren, die sie noch bearbeiten musste, und schaute auf die Uhr. Sie wurde das Gefühl nicht los, etwas Wichtiges vergessen zu haben. Dann zuckte sie die Achseln. Sie hatte mindestens so viele Überstunden angehäuft wie Roman Sturm, und der hatte sich nach der Rückkehr aus Greetsiel gleich verabschiedet, weil er sich um seine Schrottkarre kümmern musste. Besser gesagt, hatte Lükka ihn bei seinem Kumpel abgesetzt, der den Wagen in Pflege genommen hatte.

Sollte sie sich die Unterlagen zum letzten Wohnwagenbrand noch einmal vornehmen? Sie griff nach dem

Ordner, überlegte es sich jedoch anders. Da ging sie besser morgen frisch ausgeruht ran, damit sie nichts übersah.

Der Gedanke, sich heute Abend zu Hause an den Computer zu setzen und einfach ein paar Stunden inkognito durchs Netz zu streifen, reizte sie. Die Polizei hatte zwar eine gute Fahndungsabteilung, die gezielt im Internet nach Spuren von Verdächtigen suchte, aber Lükka Tammling stöberte gerne auch mal so in den sozialen Netzwerken. Völlig ungezielt. Wäre jemand auf die Idee gekommen, das als anlasslose Schleierfahndung zu bezeichnen, hätte sie ihm energisch widersprochen. Sie war da privat unterwegs, mischte sich mal hier in eine Diskussion ein oder leuchtete dort in eine dunkle Ecke. Wenn sie dabei über etwas Illegales stolperte, konnte sie genau wie jeder Bürger die Polizei einschalten. Wie kurz der Dienstweg dabei war, stand auf einem anderen Blatt.

Ihre Dienststelle hatte eigene Social-Media-Konten, auf die ihr Polizeidirektor besonders stolz war. Immer ansprechbar, bürgernah und für jeden erkennbar zu sein, fand er sehr wichtig und hatte seinen Account jahrelang auch außerhalb der Dienstzeit betrieben. Inzwischen waren andere in seine Fußstapfen getreten.

Lükka Tammling hielt sich dienstlich im Netz zurück. Es wäre ja auch eher unpraktisch, bei einer verdeckten Ermittlung plötzlich einer Facebook-Bekanntschaft gegenüberzustehen, die sie sofort als Bullette identifizierte. Zudem war sie auf Anfeindungen außerhalb der Arbeitszeit überhaupt nicht scharf, im Dienst reichte ihr das völlig. Polizei und Rettungskräfte waren ebenso wie Journalisten in den letzten Jahren für zu viele Menschen Freiwild geworden. Feuerwehrleute wurden verprügelt und Sanitäter bedroht, nur weil sie ihren Job machten.

Journalisten zertrümmerte man die Ausrüstung, wenn sie über Demonstrationen berichteten. Warum sollte sie als Kriminalbeamtin sich bei Facebook präsentieren, womöglich mit Privatfotos?

Hier seht ihr die Hauptkommissarin beim Baden an der Kieskuhle, dort streift sie mit Pfeil und Bogen im Elbenkostüm beim Rollenspiel durch den Heseler Wald und da feiert sie so richtig hart beim Metal-Festival ab. Und die will sich jetzt als Respektsperson aufspielen und uns wegen irgendwelcher Verstöße verfolgen?

Sie war doch nicht mit dem Klammerbeutel gepudert!

Noch mehr schreckte sie die Vorstellung, jemand könnte über die Daten, die sie preisgab, an ihre unbeteiligten Freunde und Verwandten herankommen. Lükka Tammling versuchte, Beruf und Privates so gut wie möglich zu trennen. Dabei half ihr, dass ihre Verwandtschaft nicht begeistert von ihrer Berufswahl war und sie nur widerwillig akzeptiert hatte. Entsprechend wenig fragten sie nach Einzelheiten über ihre Arbeit. Außerdem war Lükka kein Familienmensch. Ob das an ihr oder an ihrer Familie lag, darüber gab es sehr unterschiedliche Ansichten. Trotzdem sollte niemand in Gefahr geraten, weil man ihn mit ihr in Verbindung brachte.

Also betrieb Lükka Tammling ihre Hintergrundrecherchen mit Tarnumhang und streifte unter verschiedenen Decknamen durch die Korridore des Internets. Eher Troll als Elbenkrieger, aber so war das nun mal. Heute hatte sie wieder richtig Lust, in eine ihrer Tarnidentitäten zu schlüpfen und als Internettroll ein bisschen zu stöbern oder mit Kommentaren Unruhe zu stiften. Ein bisschen Spaß musste sein. Und wer weiß, vielleicht kam sie ja zufällig dahinter, warum in den Supermärkten der Käse knapp war. Oder wo der Kollege Dirk Baukloh dann doch welchen gefunden hatte. Sie selbst brauchte auch dringend Nachschub.

KAPITEL 16

»Was meinst du denn, wann du mit meinem Auto fertig bist?« Roman Sturm lehnte sich an den Stahlbügel, der früher einmal die Schweinekoben voneinander getrennt hatte und jetzt das Ersatzteillager in Ahrend Berghaus' Schrauberwerkstatt vom Arbeitsbereich abgrenzte. Mitleidig starrte er auf sein geschundenes Auto, das über dem Stallboden schwebte. Nicht nur hilflos, sondern vollkommen radlos präsentierte es ihm die Naben mit den Bremsscheiben wie offene Wunden. Wie konnte er seinem Wagen so etwas antun? Waidwund und würdelos hing er da, fürchterlich.

Andererseits tat er ihm vielleicht unrecht, wenn er es sich recht überlegte. Viel eher wirkte es doch, als wollte das Auto gleich in bester Transformer-Manier auf den leuchtend blauen Scherenbeinen der Hebebühne quietschend und rasselnd davonschreiten, das hatte auch was.

»Fertig, sagst du?« Ahrend Berghaus kratzte sich mit der linken Hand am kurz geschorenen Hinterkopf und dann verlegen am Kinn. »Na ja, den Motor habe ich ziemlich einfach wieder in Gang bekommen. Das waren letztlich nur die Kohlebürsten am Anlasser. Und dann hast du natürlich mit deinen Startversuchen auf dem Parkplatz die Batterie leergenuckelt. Aber die habe ich aufgeladen.«

Da war wohl doch mal eine frische Batterie fällig, die hatte auch schon eine ganze Weile durchgehalten. Verschleißteile mussten ab und zu ersetzt werden, das hatte er inzwischen akzeptiert. Aber sonst klang das doch gut, fand Roman Sturm. »Schön, dann kann ich ihn gleich mitnehmen? Wenn du die Räder eben noch dranschraubst, heißt das.«

»Du weißt schon, dass diesen Monat die Hauptuntersuchung fällig ist?« Berghaus zeigte auf die TÜV-Plakette.

»Mensch, ja, hast recht. Kannst du das für mich erledigen? Ich komme nicht wirklich dazu.« Er sah seinen Kumpel treuherzig an. Ahrend war seit der Schulzeit sein bester Freund. Seine Bärenruhe hatte Roman in vielen Situationen eine Tracht Prügel erspart, wenn er sich mal wieder so richtig in die Scheiße geritten hatte. Ahrends Ruhe und seine zwei Meter Körpergröße und die breiten Schultern, um genau zu sein. Das wirkte zusammen sehr deeskalierend. Gepaart mit seiner Fachkenntnis war das beim TÜV bestimmt eine gute Kombination, um Problemfälle durch die Prüfung zu begleiten.

»Ich habe einen Feuerwehrkollegen, der nimmt auch die HU ab«, sagte Berghaus.

Na siehste, wunderbar, dachte Roman Sturm. So habe ich mir das vorgestellt. Kleiner Plausch unter Kollegen, Plakette drauf, zwei Jahre Ruhe.

»Wir sind mal zusammen durchgegangen, was da so zu machen ist«, fuhr sein Freund fort. »Hier, die Bremsen sind auf jeden Fall nötig.« Mit dem Kunststoffgriff des Schraubendrehers klopfte Berghaus nachdrücklich gegen den Achsstumpf und Roman Sturm zuckte zusammen. Dann steckte Berghaus das Werkzeug in den Gürtel und rüttelte mit seinen riesigen Händen kräftig an der Achse, die beleidigt knarrte und quietschte. »Die Achslager sind ausgeschlagen, die Schwingungsdämpfer durchgerostet. Ich könnte dir die Liste vorlesen, aber dann bekommen wir heute kein Abendbrot mehr, wäre schade um das frische Brot und den guten Käse. Und der Auspuff – weißt du ja selber.«

»Der Sound ist doch ganz kernig. Andere lassen sich das für viel Geld nachrüsten.«

Berghaus lachte. »Solange du nicht undercover ermitteln willst, mag es gehen … Schleichfahrt ist jedenfalls nichts mit dem Ding. Da hören die Ganoven schon vier Straßen weiter, wenn du anrückst. Wirst du beim Fahren manchmal müde? Das liegt dann vermutlich an den Abgasen, die ins Auto ziehen. Kommt durch die Löcher im Boden. Das Blech sieht aus wie ein Schweizer Käse.«

Was meinte er denn damit? Löcher im Boden? So ein Käse. Ein bisschen Rost unten an den Kanten bei der Fahrertür hatte das Auto und ein paar Blüten links vorne neben der Scheibe. Da wollte er schon längst mal mit dem Lackstift drübergehen, doch man kam ja zu nichts. Aber Löcher im Boden? Das konnte er sich nicht vorstellen. Und es war ja auch immer noch der Teppich da.

»Müde?« Roman Sturm überlegte. »Weiß nicht, ich fahre meistens mit offenem Fenster wegen der frischen Luft. Manchmal kriege ich sonst auf langen Strecken Kopfschmerzen.«

Berghaus zuckte die Schultern. »Sag ich doch. Abgas im Wagen. So kriegst du den jedenfalls nicht durch den TÜV. Abgesehen davon, dass Kohlenmonoxid so ein ganz klein wenig tödlich ist.«

Mist. »Meinetwegen. Dann brat mir halt einen neuen Topf drunter, das kostet nicht die Welt, oder?« Als sein Freund nicht sofort antwortete, ergänzte Sturm: »Na gut, und repariere auch noch die Bremsen, wenn es unbedingt sein muss. Am besten machen wir gleich für nächste Woche einen Termin aus. Jetzt will ich nur noch nach Hause.«

Ahrend Berghaus wischte sich umständlich die öligen Hände mit einem Lappen ab. Er sah seinen Freund bedauernd an. »Damit kann ich dich nicht vom Hof lassen, der Wagen ist nicht verkehrstüchtig. Auch dann nicht, wenn ich die Räder wieder anbaue.« Er grinste mitfühlend. »Ich weiß, du hängst an dem Ding. Aber manchmal ist ein neues Auto eine feine Sache.«

Roman Sturm schnappte nach Luft. »Ja, nee, das geht doch nicht. Ich brauche ein anständiges Auto. Mit Platz, so wie dieser hier. In dem ich alles dabeihabe, was ich so brauche.« Er starrte seinen Kumpel fassungslos an. »Wo soll ich denn von jetzt auf gleich Ersatz herbekommen?«

»Platz sagst du? Alles dabeihaben?« Ahrends Grinsen wurde breit. »Du meinst also, du brauchst so was wie dein rollendes Zeltlager hier mit Schlafsack, Zelt, Klamotten und Vorräten für den Katastrophenfall? Nur richtig? Komm mal mit da rüber, ich habe gerade was in Arbeit. Just for fun. Ist noch nicht ganz fertig, aber vielleicht kannst du dich ja damit anfreunden.«

KAPITEL 17

Eine knappe Stunde, nachdem sie die Bürotür hinter sich geschlossen hatte, saß Lükka Tammling zu Hause im Wohnzimmer, die Beine in der wohnlichen Jogginghose aufs Sofa gezogen, ihren zweiten Teller Spaghetti mit Olivenöl und einem duftigen Berg Grana Padano und ein Glas Rotwein in Reichweite, das Laptop auf den Oberschenkeln. Im CD-Player rotierte eine alte Scheibe von Amorphis, auf dem Bücherregal zwischen den Lautsprecherboxen leuchtete das schmelzende Wachs ihrer Lavalampe im Schein der altmodischen Glühbirne rot und begann schwerfällig, sich in aufsteigende zähe Blasen zu teilen. Der Mix aus traditioneller finnischer Musik, melodischem Progressive Metal und orientalischen Elementen breitete einen magischen Klangteppich über den Raum, in den Lükka sich einmummelte wie in ihre flauschige Lieblingsdecke.

Sie ließ sich von der wohligen Trägheit einhüllen, öffnete den Browser im Inkognito-Modus und wählte aus der Reihe ihrer Facebook-Accounts den aus, der am besten zu ihrer Stimmung passte. Weil sie es heute gemütlich haben wollte, nahm sie eine Identität, bei der sie nur wenig Fantasie und Konzentration beim Posten brauchte. Keine großartigen Lügengeschichten über ihren Wohnort, keine Märchen über exotische Reisen, bizarre Hobbys oder extreme Ansichten. Das artete zu schnell in Arbeit aus, wenn sie ihre Tarnung nicht gefährden wollte. Ihr heutiger Avatar war weder in Impfgegnergruppen noch in dumpfnationalen Communitys angemeldet, sondern nur ganz brav in ein paar ostfriesischen Gemeinschaften, die sich vor allem mit schönen Landschaftsbildern, traditionellen Rezepten und Ausflugstipps die Zeit vertrieben. Sie wollte sich diesmal vor allem umschauen, nicht mit Provokationen auffallen und anecken. Jedenfalls nicht allzu sehr. In diesem Profil hatte sie außerdem die Möglichkeit für Freundschaftsanfragen so stark wie irgend möglich beschränkt.

Als sie noch wenig Erfahrung beim Trollen hatte, waren ihrem ersten männlichen Account so viele eindeutige Angebote von mehr oder weniger bekleideten Frauen ins Haus geflattert, dass sie mit dem Löschen und Blockieren gar nicht mehr hinterhergekommen war. Hätte sie blanke Titten in diesen Mengen sehen wollen, hätte sie sich um eine Stelle im Mammobil beworben.

Ihre weiblichen Tarnprofile bekamen auch Freundschaftsanfragen, aber das waren dann meist seriös wirkende Witwer, die mit hübschen Hunden, gepflegten Kindern oder teuren Jachten posierten oder wohl eher die entsprechenden Fotos geschickt zusammengeklaut hatten. Weniger geschickt gingen sie dann bei der Gestaltung ihrer Profilseiten vor. Entweder war außer ein paar nichtssagenden Bildern oder erbaulichen Sprüchen und widersprüchlichen Angaben zu Wohnort und Biografie überhaupt nichts darauf zu finden. Oder in der zusammengepfuschten Freundesliste wurden nordeuropäisch bleiche Porträtfotos mit klangvollen afrikanischen Namen kombiniert. Manchmal auch umgekehrt. Aus Spaß akzeptierte sie ab und zu solche Anfragen. Meist dauerte es nur Augenblicke bis zur ersten Messengernachricht.

Auch heute wurden ihr gleich nach dem Einloggen mehrere Freundschaftsanfragen angezeigt. Sie hatte angegeben, dass nur »Freunde von Freunden« ihr Anfragen schicken durften. Das dämmte die Flut wenigstens ein kleines bisschen ein. Aber weil von ihren »Freunden« längst nicht jeder gut aufpasste, rutschten trotzdem noch einige schräge Vögel durch. Sie überflog die Liste und suchte sich ein paar Anfragen aus. Zwei oder drei Profile machten den Eindruck, als gehörten sie zu echten Menschen. Bei einem durchgestylten Typen namens JelTo mit himmelblauem Sakko und Schmalztolle war sie nicht ganz sicher, aber er hatte zumindest ein paar Angaben zu Hobbys und Musikgeschmack auf seiner Seite gemacht, die authentisch wirkten, deswegen nahm sie die Anfrage an. Eine blonde Frau, angeblich aus einem Dorf in der Nähe, gehörte zu mehreren Gruppen, in denen Lükka sich ebenfalls angemeldet hatte. Auch deren Anfrage akzeptierte sie. So ganz allein ohne Kontakte war ein soziales Netzwerk schließlich langweilig.

Ein paar andere nahm sie einfach nur deshalb an, weil die einen unterhaltsamen Abend versprachen. Jedenfalls wenn man ein Troll war. Da war ein sonnengebräunter Kurzgeschorener vor Sternenbanner, angeblich im Irak stationiert, der arme Kerl.

Ein ebenfalls sonnengebräunter Kurzgeschorener vor Palmen und strahlend blauem Himmel, der gerade ehrenamtlich im Jemen verletzte Kinder operierte.

Ein – selbstverständlich – sonnengebräunter Witwer, diesmal mit dunklen Haaren, der mit zwei herzigen Knaben neben einem schnittigen Sportcoupé stand.

Den nächsten lächelnden Sonnengebräunten mit geölten Muskeln entfernte sie achselzuckend gleich wieder aus der Liste. Wenn sie nicht einmal die Schriftzeichen in einem Profil entschlüsseln konnte und die automatische Übersetzungsfunktion kapitulierte, hatte eine Kommunikation wenig Sinn.

Es folgten ein dunkelhäutiger Halbwüchsiger mit Fußball unter dem Arm und ein paar nett ausgesuchten Fotos, und dann noch ein smarter Anzugträger vor einer idyllischen Landschaft, die Lükka sehr an ihren Besuch in der Greetsieler Molkerei erinnerte.

Sekunden später leuchtete neben der pinkfarbenen Sprechblase mit dem Blitz eine Eins auf und zeigte eine neue Nachricht an. Während sie sich Spaghetti in den Mund schob, schloss Lükka mit sich selbst eine Wette ab, ob ein neuer Internet-Freund ihr einen Kredit oder Kosmetikprodukte verkaufen, sie zu einem Selbstoptimierungskurs einladen oder ihr plumpe Komplimente machen würde, ehe sie ihn blockierte. Es war nur das Übliche: »Hello, Beauty, dein Bild ist wunderschön!« Langweilig. Schreiber blockiert, Nachricht gelöscht.

Die nächste Nachricht war auf Englisch, freundlich und unaufdringlich formuliert. Lükka plauderte eine

Weile mit dem kleinen afrikanischen Fußballer Anayo, der ihr nach wenigen Sätzen anvertraute, er sei erst zwölf Jahre alt und müsse sich ganz allein um seine jüngeren Geschwister kümmern. Tapferes Kerlchen. Seine Eltern seien beide gestorben, die arme, alte Großmutter krank und jetzt brauchte auch noch die jüngste Schwester teure Medizin. Die Hoffnung, als frommer Mensch würde sie ihn doch bestimmt dabei unterstützen, konnte sie ihm leider nicht erfüllen. Sie war weder fromm noch blöd. Das einzig Echte an seinem Profil war vermutlich sein Wohnort in Nigeria. Dort versorgte er aber keine kleinen Geschwister und kranke Omas, sondern hatte in einem Callcenter den Job, gutgläubige Europäerinnen zu Tränen zu rühren und ihnen Geld aus der Tasche zu leiern. Das Internet erinnerte sie immer häufiger an Tom Riddles Tagebuch aus dem zweiten Harry-Potter-Band. Die kleine Ginny Weasley hatte dem gefundenen Buch ihre Geheimnisse anvertraut und alle Anweisungen befolgt, die von Zauberhand auf den Seiten erschienen. Dass sie dabei vom Oberschurken Lord Voldemort für ihre Zwecke ausgenutzt wurde, bemerkte sie nicht, weil sie den Grundsatz missachtet hatte, keinem denkenden Ding zu trauen, bei dem man nicht sehen kann, wo es sein Gehirn hat.

Sie schloss das Nachrichtenfenster.

Die Blonde, die auch bei den »Stolt Oostfreesen« und in anderen Regiogruppen Mitglied war, lud sie zu einer Gruppe ein, die sich »Oostfreesen unner sück« nannte. Mal schauen, wie sehr die Ostfriesen hier unter sich bleiben wollten, dachte Lükka Tammling und ging auf die Seite. Eine Geburtsurkunde als echter Einheimischer wurde wenigstens nicht verlangt und in den Gruppenregeln stand, selbstverständlich seien alle willkommen, die Ostfriesland im Herzen trügen. Lükka Tammling erforschte ihr Herz, fand durchaus etwas Ostfriesland darin und akzeptierte die Einladung. Dann kratzte sie den letzten Rest Nudeln und die allerletzten Käsekrümel vom Teller und begann zu lesen, was auf der Seite das angesagte Thema war. Sie fand eine lebhafte Diskussion über Einkaufsmöglichkeiten im Landkreis Leer.

Ach ja, sie wollte noch recherchieren, woher Dixi Baukloh den Käse bekommen hatte, von dem er ihnen so vorgeschwärmt hatte. Ihren geliebten Grana Padano hatte sie beim Abendessen bis auf einen kleinen steinharten Rest aufgebraucht, der Appenzeller roch bereits nach schwitzigen Füßen, der Gorgonzola war verschimmelter, als ihm zustand, und der Romadur lief fast an ihr vorbei aus der Küchentür, als sie vorsichtig die Schachtel öffnete. Es war Zeit, für Nachschub zu sorgen.

Im Messenger tauchte jetzt wieder der kleine Fußballer auf und fragte schüchtern, warum sie denn nicht mehr mit ihm reden wolle. Ob sie etwas gegen ihn habe. Das fände er traurig, weil sie doch so eine hübsche, freundliche Lady sei.

Lükka Tammling überlegte kurz, ob sie ihn mit ein paar Fragen ins Schwitzen bringen sollte. Warum er so eine prima funktionierende Internetverbindung hatte, wenn sein Heimatdorf doch so bitterarm und abgelegen war. Und ob er nicht lieber sein Smartphone gegen ein paar warme Mahlzeiten für die hungrigen Geschwister eintauschen wollte. Ach nee, heute nicht. Vielleicht ein anderes Mal. Statt ihn gleich zu blockieren, beteuerte sie, sie müsse sich mit ihrer Ehefrau zusammen gerade dringend um eine ferkelnde Sau kümmern, und versprach, ihm später ein Video davon zu schicken, das sei sehr spannend. Es kam keine Antwort mehr vom armen kleinen Anayo. Stattdessen verblasste das Profilbild und es erschien die Meldung, dieser Nutzer sei im Chat nicht verfügbar.

Lükka grinste und nahm einen großen Schluck aus ihrem Weinglas.

Aber jetzt war es Zeit für die wirklich wichtigen Dinge des Lebens. Sie begann zu schreiben. »Moin, danke für die Aufnahme. Wo kann man derzeit guten Käse kaufen?«, tippte sie in die Timeline der Ostfriesengruppe.

Es dauerte nur wenige Momente, dann zeigten die tanzenden drei Pünktchen unter ihrem Post, dass jemand eine Antwort schrieb.

»Lese mal mit.«

»Möchte ich auch wissen.«

»Ich hab welchen im Supermarkt gekauft. Ist aber schon vier Wochen her, weiß nicht, ob die noch welchen haben.« Hauptsache irgendwas antworten. Musste ja nicht hilfreich sein. Aber zumindest waren sie und Roman mit ihrem Käseproblem nicht allein.

»Habe in drei Läden nichts gefunden.«

»Wer braucht schon was, das aus Kuheutern kommt und von toten Kälbern vorverdaut wurde??« Der unvermeidliche Extremveganer war sehr schnell auf das Thema eingestiegen. Vermutlich lauerte er den ganzen Tag in Gruppen und wartete auf solche Reizthemen. Lükka Tammling überprüfte, ob sie den Schreiber kannte, aber der Benutzername war ihr nicht vertraut, wenn er überhaupt echt war und nicht nur als Agent Provocateur ein bisschen Stimmung machen wollte. Unter dem Kommentar brach natürlich sofort der ebenso unvermeidliche Streit aus. Die Kommissarin war nicht sicher, ob sich überhaupt ein relevanter Prozentsatz der Streithähne wirklich für das Thema Tierschutz interessierte. Wahrscheinlich stänkerten viele Trolle einfach zum Zeitvertreib herum, sobald sie eine Gelegenheit dazu fanden. Sie verzichtete darauf, ihrerseits mit Begriffen wie »Soja«, »Palmöl« oder »Viehtransport« die Diskussion anzuheizen. Schließlich hatte sie sich vorgenommen, einen entspannten Abend auf dem Sofa zu verbringen, und war nicht auf Krawall gebürstet. Informationen über Einkaufsmöglichkeiten waren hier jedenfalls nicht zu erwarten, nur zahlreiche nicht sehr abwechslungsreiche Vorschläge, wo man sich Kommentare, Käse oder vegane Ersatzprodukte hinschieben könnte. Deswegen klappte sie den Antwort-Thread ein und las weiter.

Die Links zu großen Internetplattformen, die andere Mitglieder dieser Gemeinschaft posteten, waren auch nicht das, was Lükka Tammling jetzt wollte. Darauf würde sie nur im äußersten Notfall zurückgreifen. Die großen Internetkonzerne und Lieferfirmen waren sowieso ziemlich die Einzigen, die von der Pandemie profitiert hatten. Ladenschließungen und Kontaktbeschränkungen waren nicht nur eine willkommene Ausrede für die eigene Bequemlichkeit, denn nicht alle Einkäufe ließen sich aufschieben. Manchmal gingen Dinge kaputt und mussten ersetzt werden. Statt einen Termin im Geschäft zu vereinbaren und dann vielleicht trotzdem nichts Passendes zu finden, blieb man mit dem Smartphone gemütlich auf dem Sofa und bestellte gleich vier Stücke zu Auswahl. Von denen schickte man mindestens drei wieder zurück, die dann im Logistikzentrum sofort in den Müllcontainer wanderten. Deshalb waren inzwischen durchgehend mindestens so viele gestresste Paketboten unterwegs wie früher nur vor Weihnachten. Lükka hatte Zweifel, dass sich das irgendwann wieder ändern würde.

Allein die Vorstellung, wie viel Verpackungsmaterial nötig war, um so ein mickriges Stück Käse gekühlt durch Europa zu verschicken, verdarb Lükka Tammling außerdem den Appetit. Bei Lebensmitteln fand sie den Versandhandel sowieso völlig überflüssig. Selbst in der dritten Pandemiewelle, als Einzelhandel, Gastronomie und Kultur monatelang geschlossen bleiben mussten, hatten Supermärkte ohne Einschränkungen geöffnet. Ganz am Anfang der Krise hatte es Hamsterkäufe gegeben. Im ganzen Land waren Klopapier, Desinfektionsmittel, Mehl, Öl und Hefe ausverkauft gewesen. Viele der Menschen, die darüber spotteten, schleppten beim nächsten Einkauf trotzdem Vorräte für Monate nach Hause. Lükka hatte sich selbst dabei ertappt, wie sie lieber ein Kilo Mehl und eine Flasche Öl mehr als sonst in den Wagen packte und eine extra große Packung Toilettenpapier, mit der sie als Single vermutlich noch bis nächstes Jahr auskommen würde, falls die nächste Epidemie nicht den Verdauungstrakt betraf. Aber nachdem Händler und Lieferanten sich auf den Bedarf eingestellt hatten, gab es in den Läden praktisch keine Engpässe mehr.

Na ja, bis auf die akute Käseknappheit im Landkreis Leer.

Eine neue Einladung wurde ihr angezeigt. Ein Nutzer namens Marten Molenaar hatte sie zur Gruppe »Wir für Genuss« hinzugefügt. Sie überprüfte, ob sie dieser Gruppe wirklich angehören wollte. Schau an, dort ging es tatsächlich, wer hätte das gedacht, um Käse. Ganz oben auf der Seite stand eine Art Werkstattbericht von den Vorbereitungen für ein neues Lokal. Donnerwetter, da wollte jemand tatsächlich ein Restaurant nur mit Käsespezialitäten eröffnen. Das war ja zu schön, um wahr zu sein. Neugierig las Lükka Tammling die Beiträge und erfreute sich an den Fotos von Käserädern auf scheinbar endlosen Holzbrettern und von einem Reifezentrum in einem riesigen Felsenkeller. Bei den Detailaufnahmen von perfekt gereiftem goldgelbem Käse, der angeschnitten auf einem sauberen Brett lag, ertappte sie sich dabei, wie sie sich die Lippen leckte.

Sie stellte das Laptop auf den Wohnzimmertisch, warf die Decke beiseite und stand bereits auf Socken an der Küchentür, ehe ihr mehrere Dinge auffielen. Erstens hatte sie gerade gut und reichlich gegessen, zweitens hatte sie kaum noch Käse im Kühlschrank und drittens war sie der Werbestrategie auf den Leim gegangen wie ein kleines Kind, das nach Schokoriegeln quengelte, weil es Fernsehreklame dafür gesehen hatte.

Faszinierend. Peinlich, aber faszinierend.

Sie ließ sich wieder auf die Couch fallen und war froh, dass niemand sie beobachtet hatte. Sie verdrängte den Appetit auf würzigen, cremigen Käse, nahm ihren Computer vom Tisch und vergewisserte sich aus Gewohnheit, dass die Kamera noch abgedeckt war. Vielleicht war ihre Vorsicht übertrieben, aber sie hasste die Vorstellung, irgendjemand könnte sich trotz Virenscanner und Firewall in ihren Rechner hacken und sie über die eingebaute Kamera beobachten. Deswegen entfernte sie das Papier über der Linse nur, wenn sie tatsächlich an einer Videokonferenz teilnahm. Sie hatte nichts zu verbergen, aber schließlich ließ sie auch nicht bei voller Festbeleuchtung die Vorhänge an den Fenstern geöffnet, obwohl sie üblicherweise nicht nackt durch die Wohnung tanzte. Und wie hieß es so richtig: Dass ich paranoid bin, heißt noch lange nicht, dass mich niemand verfolgt.

»Wir für Genuss« also. Wirksame Werbung mit dem appetitlich fotografierten Käse. Aber wo gab es den, wenn nicht in ihrem Kühlschrank? Sie fand einen Link zu einer Facebook-Seite mit dem Selbstsicherheit ausstrahlenden, wenn auch etwas einfallslosen Namen »Käseprofis«. Dort hieß es: »Wir verkaufen traditionellen Käse aus den Niederlanden, Frankreich, Deutschland, Österreich und der Schweiz.« Das war doch genau das, was Lükka jetzt brauchte. Wo war der Laden? Neugierig las sie weiter. Die Angebote waren verdammt günstig, stellte sie stirnrunzelnd fest. Zwei Kilogramm Käse für 3,49 Euro, meine Güte. Und kostenlose Lieferung versprachen die »Käseprofis« auch noch. Sie klickte auf ein Foto mit Sonderangeboten und landete auf einer Homepage mit noch viel mehr und noch schöneren Bildern von Käse aller Sorten, höhlenartigen Reifekellern, großen Kupferkesseln.

Die Selbstdarstellung unter dem Logo im Stil einer Delfter Kachel las sich ganz nett, aber auf jeden Fall vollmundig.

»Herzlich willkommen bei den ›Käseprofis‹!«, stand da zu lesen. »Die Niederlande sind das Land der echten Käseköpfe!«

Lükka Tammling hätte sich niemals getraut, einen Niederländer als »Kaaskopp« zu bezeichnen. Sie hätte auch keinen Italiener »Spaghetti« genannt und ließ sich selbst ungern »Kartoffel« oder »Weißbrot« schimpfen. Das war eher Dirk Bauklohs Stil. Bei dem klang es in Lükkas Ohren schon rassistisch, wenn er Begriffe wie

»Z-Wort«, »Fachkräfte« oder »Paprikaschnitzel« verwendete. Es machte halt immer der Ton die Musik. Ein süffisantes Grinsen und eine spezielle Betonung konnten das unschuldigste Wort zur Beleidigung werden lassen.

Manchmal hatte Lükka Tammling das Gefühl, dass Rassisten sich einen Sport daraus machten, andere Menschen sprachlich vor sich herzujagen und zu schauen, wie viel Terrain sie erobern konnten, indem sie immer mehr harmlose Wörter besudelten und aus dem normalen Sprachgebrauch in die Schmuddelecke drängten.

In ihrer Kindheit und Schulzeit hatte man ihr beigebracht, welche Wörter für Menschen mit dunklerer Hautfarbe angemessen waren und welche beleidigend und abwertend. Was heute als »N-Wort« auf dem Index stand, war damals die politisch korrekte Formulierung, weil es von »nigreos«, dem lateinischen Ursprungswort für »schwarz«, abgeleitet war. Dann war das Wort auf einmal unerwünscht, Kinderlieder wurden umgedichtet. Mark Twains Huckleberry Finn wurde in den Giftschrank verbannt, weil darin ein noch viel verpönteres N-Wort gebraucht wurde, um die damaligen Zustände zu illustrieren. Auf die Spitze getrieben wurde die Diskussion aus Lükkas Sicht, als Kinderbuchklassiker wie Pippi Langstrumpf und Jim Knopf nur wegen einzelner Wörter, die in der Zeit des Autors die anerkannten Begriffe waren, auf einmal als rassistisch eingeordnet und »umgeschrieben« wurden, statt einfach eine Erläuterung über die Entwicklung von Sprache in den Anhang zu schreiben. Für Lükka war das eindeutig Zensur.

Die Kriminalbeamtin erinnerte sich an ein Gedicht, in dem ein dunkelhäutiger Mensch forderte, man solle ihn gefälligst »schwarz« nennen und nicht »farbig«, denn von der Geburt bis zum letzten Atemzug sei er schwarz, wohingegen die »Weißen« je nach Stimmung und Gesundheit alle möglichen Hautfarben trügen. Vielleicht war das sogar von Malcolm X, sicher war sie nicht. Sie hatten es irgendwann in der Schule durchgenommen.

In diesem Jahr sagte man politisch korrekt »Person of Color«, was auch nichts anderes als »farbig« hieß, nur dass es nicht einmal mehr der deutschen Sprache entstammte. Damit vermied man gleichzeitig noch die vermeintliche Peinlichkeit, jemanden ungefragt als Mann oder Frau anzusprechen, ohne vorher zu fragen, welche Identität er bevorzugte. Lükka Tammling fand, dass diese ganzen gekünstelten Formulierungen Menschen zu Sachen reduzierten und damit dem respektvollen Miteinander eher schadeten. War die Gesellschaft nicht schon viel weiter gewesen? Seit einiger Zeit brauchte es offenbar immer mehr Schubladen, in die man seine Mitmenschen einsortierte, statt sie einfach nur als Mitmenschen zu sehen, völlig unabhängig von Herkunft, Geschlecht, Hautfarbe und was auch immer. In der Ausbildung hatte sie ein Vorgesetzter ermahnt, in den Berichten für die Presse immer auf ihre Wortwahl zu achten. Sie sollte nicht von »Personen« oder gar »Personenschaden« sprechen, wenn es um verletzte Menschen ginge. Das schaffe zu viel Distanz und verhindere Mitgefühl mit den Opfern von Straftaten und Unfällen. »Schaden« beträfe nur Gegenstände.

Über die Schwierigkeiten bei der korrekten Beschreibung von Mitmenschen machten sie sich in der PI gerne mal lustig. Wie formulierte man einen Fahndungsaufruf oder eine Vermisstenmeldung, ohne auf äußere Merkmale und Kennzeichen einzugehen? »Gesucht wird eine Person m/w/d«? Na dann, viel Erfolg bei der Suche!

Lükka Tammling hatte sich ebenfalls aufgeregt, als Kollegen in Nordrhein-Westfalen bei der Sicherung von Veranstaltungen gezielt Männer kontrollierten, die aussahen, als könnten sie Einwanderer aus Nordafrika sein, und diese als »Nafris« bezeichneten. Aber war es tatsächlich gleich Racial Profiling, wie der Polizei immer wieder unterstellt wurde, wenn man bei der Suche nach einem Menschen auch auf äußere Übereinstimmungen achtete? Lükka Tammling dachte da ganz pragmatisch: Wenn sie genau wusste, dass der Verdächtige ein dünner, rothaariger weißer Mann zwischen zwanzig und dreißig Jahren war, musste sie dann bei der Fahndung alle braunhaarigen Frauen, blonden Übergewichtigen und dunkelhäutigen Sechzigjährigen mit kontrollieren, nur damit sich niemand wegen seines Äußeren diskriminiert fühlte? Dann würden sie vermutlich so bald nicht mit ihrer Arbeit fertig werden.

Lükka Tammling verstand gut, dass Menschen, die von Geburt an keinem der beiden biologischen Geschlechter angehörten, sich über die Möglichkeit freuten, sich ein »Divers« in den Pass schreiben zu lassen. Die Zahl der Betroffenen bewegte sich im Promillebereich, doch auch wenige hatten das Recht, wahrgenommen zu werden. Aber das waren biologische Fakten und keine Frage der Einstellung oder Selbstwahrnehmung, fand sie. Es war ein gesellschaftliches Phänomen, das Lükka in den letzten Jahren verstärkt beobachtete. Alte, verstaubte Rollenklischees, die sie für längst überholt und eingemottet gehalten hatte, schienen inzwischen wieder so wichtig und absolut, dass viele Menschen verunsichert waren, weil sie meinten, in diese engen Schubladen nicht hineinzupassen. Schließlich hatte jeder Mensch Eigenschaften, die eher dem einen oder anderen Geschlecht angedichtet wurden. Das sah sie ja schon bei sich und ihrem Kollegen immer wieder. Der emotionale, impulsive Roman Sturm hatte vermutlich mehr angeblich weibliche Eigenschaften als sie selbst, die meist nüchtern denkende, analytische Frau mit der Begeisterung für Technik. So war das halt. Wie sagte man im Rheinland: Jeder Jeck ist anders. Statt achselzuckend zu akzeptieren, dass eine Persönlichkeit viele schillernde Facetten hatte, definierten sich die Menschen dann gleich als komplett neues Geschlecht.

Wäre es besser, jemanden bei der ersten Begegnung nach seiner sexuellen Identität oder gar Orientierung zu fragen, ehe man ihn mit einem weiblichen oder männlichen Adjektiv ansprach? Es war doch Privatsache und es war Lükka in den meisten Fällen scheißegal, solange sie selbst nicht auf Partnersuche war.

Der Trekkie in der Polizeiinspektion war Roman Sturm, aber auch Lükka Tammling kannte und schätzte den vulkanischen Grundsatz der unendlichen Vielfalt in unendlichen Kombinationen.

Bei dieser ganzen Debatte um erlaubte und verbotene Wörter, um Angriffe und Ausgrenzung ging es obendrein gar nicht um Inhalte, sondern nur um Signalwörter, fand Lükka. Als würden die Menschen gar nicht mehr selbst denken und Texte als Ganzes wahrnehmen, sondern nur noch Algorithmen nach verdächtigen Begriffen suchen lassen. Bei Facebook wurden regelmäßig Beiträge zensiert, die sich gegen Rassismus wandten, wenn sie mit Screenshots und gekennzeichneten Zitaten rassistische Postings dokumentierten. Dass Algorithmen keinen Kontext verstanden, war klar. Wenn Maschinen das irgendwann gelernt hätten, wäre die künstliche Intelligenz wohl auf einem Level angekommen, auf dem die Menschen keine Chance mehr gegen Computer hätten. Aber Menschen waren doch fähig, auf Kontext und Zwischentöne zu achten.

Lükka Tammling riss sich zusammen. Sie wollte sich heute Abend entspannen, nicht alle Probleme der Gesellschaft neben sich auf dem Sofa sitzen haben. Und wenn diese Käseleute selbst mit dem Begriff »Käsekopf« werben und mit platten Klischees über das Nachbarland spielen wollten, war das wohl ihre eigene Entscheidung.

Lükka las weiter. »Holländischen Käse gibt es in allen Sorten und Größen, der eine schmackhafter als der andere.« Oha, sehr eloquent und aussagekräftig. »Niederländischer Käse ist nicht nur lecker, sondern auch gesund: Er ist reich an gesunden Proteinen und enthält von Natur aus viel Kalzium. Wir bieten ein breites Sortiment an holländischen Käsesorten vom Gouda bis zum friesischen Nelkenkäse.« Lükka Tammling bildete sich ein, einiges von Käse zu verstehen, aber friesischen Nelkenkäse hatte sie noch nie probiert. Das musste sie dringend nachholen.

»Der in den deutschen Supermärkten angebotene ›holländische Käse‹ trägt die Aufschrift ›Gouda‹ oder ›Edamer‹, aber diese sind nicht aus den Niederlanden, sondern werden in Deutschland hergestellt«, behaupteten die ›Käseprofis‹. »Sie verwenden die Rezepte aus den Niederlanden, inklusive Logo. Sie bemerken den Unterschied sofort, wenn Sie eine Deutsches Gouda oder ein

Stück holländisches Gouda geschmackvoll in den Mund nehmen.«

Lükka Tammling lachte. Wer hatte wohl diesen holprigen Text verfasst? Für eine Werbekampagne auf einem neuen Markt hätten die besser einen professionellen Übersetzer engagiert. Aber vielleicht fanden sie das fehlerhafte Deutsch ja charmant und versprachen sich davon Sympathiepunkte.

Sie las weiter.

»Seit vielen Jahren bewerben wir den Hollandsche Käse in Deutschland zusammen mit dem Sortiment der berühmten Kuchen Gouda Siropwaffeln und Groninger Kuchen in einem unserer Geschäfte und auf über hundertsechzig Wochen- und Jahresmärkten in Niedersachsen.« Beim dritten Lesen verstand sie zumindest einigermaßen, was der Verfasser mitteilen wollte. Vom eingangs angepriesenen Käse aus Frankreich und der Schweiz war schon längst kein Wort mehr zu finden, schade.

Eine Ladenadresse entdeckte sie selbst nach langem Suchen nicht. Auch einen Internetshop gab es nicht, sondern nur eine Hotline, über die man telefonisch bestellen konnte, eine Abholadresse fürs »Click and Collect« war nicht angegeben. Also war es leider doch Versand, aber wenigstens von einem regionalen Händler, besser als die international aktiven Steuersparer.

Dann entdeckte Lükka einen Hinweis, der sie regelrecht elektrisierte. »Demnächst eröffnen wir im Landkreis Leer eine neue Filiale, wo täglich über dreihundertneunzig verschiedene holländische und andere Käsesorten, Nüsse, Schokolade, Siropwaffeln und Groninger Kuchen, eine große Auswahl an Weinen und frisch zubereitete Sandwiches angeboten werden.« Das war doch genau der richtige Laden für eine Käseliebhaberin wie Lükka. Hoffentlich war der nicht allzu weit von ihr entfernt. Weine würde sie nicht zuallererst in einem niederländischen Spezialitätenladen suchen, dafür hatte sie ihren Stammhändler, der wusste inzwischen, was ihr schmeckte, und beriet sie gut. Sie setzte ihr Glas an die Lippen, stellte fest, dass es leer war, und füllte es wieder mit dem samtig leuchtenden Roten auf. Auch die CD war abgelaufen und sie legte eine neue Scheibe ein.

Sie stöberte weiter auf der Seite, fand aber nichts Konkretes zum Unternehmen. Wo saßen diese Profis eigentlich? Das Impressum gab nicht viel her außer einer niederländischen Postanschrift und dem Verweis auf »Mehr Infos«.

Zack, war sie wieder auf der Facebook-Seite. Nun gut. Vielleicht konnte sie ja dort erst einmal mehr herausfinden. Das Profil gefiel jedenfalls vielen Leuten, wenngleich kaum Kommentare auf der Seite standen. Hatte Dixi Baukloh hier seine geheimnisvolle Käsequelle angezapft? Wenn er zu den Fans des Holländers gehörte, war er genau wie sie selbst mit einem Tarnprofil angemeldet, denn unter seinem Klarnamen fand sie ihn auf der Plattform nicht. Lükka stöberte ein bisschen und brauchte nicht lange, bis ihr Trolldetektor Alarm schlug. Den Namen fein gehackt und durch den Buchstabenquirl gejagt, Profilfoto im Gegenlicht aufgenommen. Ziemlich einfallslos, lieber Kollege. Du brauchst dringend eine Fortbildung im Trollen. Auf jeden Fall gehörte er zu den Abonnenten der Käseseite. Hatte sie es doch geahnt.

Lükka klickte sich zurück in die Genuss-Gruppe, denn dort war deutlich mehr über den Händler zu finden als auf dessen eigenem Profil. Tatsächlich waren die meisten Kommentare positiv, einige lobten in den höchsten Tönen die schnelle Lieferung, zudem sei das Preis-Leistungs-Verhältnis einfach unschlagbar.

Das weckte aber auch Argwohn. Nicht zuletzt Lükkas eigenen.

»Im Ernst«, schrieb ein Gruppenmitglied, »wie kann denn das mit dem Preis stimmen? Zwei Kilo Mozzarella für 3,49 Euro ist doch nicht normal!«

»Es gibt Menschen mit geringem Einkommen, die sich dann auch mal Qualität leisten können«, wandte ein anderer ein.

Qualität? Bei dem Preis? Lükka Tammling runzelte die Stirn. Sie hatte schon im Discounter mehr für Käse bezahlt.

Jetzt schaltete sich ein gewisser Ebbe Krüsmann ein: »Genau das wollen wir. Vielen Menschen echte holländische Käsequalität nahebringen.« Wir? Gehörte der zu dieser Käsefirma? Dann wusste er ja sicher auch, wo man einkaufen konnte, dachte Lükka. Sie nahm sich vor, das Profil gleich mal näher anzuschauen, und öffnete es in einem neuen Tab.

Aber erst einmal ging die Diskussion munter weiter.

»Willst du den Käse gleich geschenkt haben oder warum meckerst du hier rum?«, zickte eine Frau, ohne Vorwarnung auf Krawall gebürstet.

Die hatte offenbar nicht begriffen, worum es ging. Lükka schaltete sich in die Debatte ein und probierte es wider besseres Wissen mit sachlichen Argumenten: »Wenn man Milch, Herstellung, Transport und Verkauf rechnet, ist das viel zu billig.« Die Erinnerung an ihren Besuch in der großen Molkerei war noch taufrisch.

Einige gaben ihr recht. »Gute Qualität unter einem schon absolut verdorbenen Discounter-Preis kann nicht hinhauen«, schrieb einer, der Nächste fragte: »Ist das jetzt Ausbeutung von Werktätigen oder Quälen von Büffeln? Ein solcher Preis ist nicht normal; ich hoffe, es ist Fake.«

Andere forderten Aufklärung, was Lükka davon verstünde, ob sie Einzelhändlerin oder Bäuerin sei oder womöglich Veganerin. Sie solle nicht gleich alles schlechtreden, nur weil sie selbst so ein tolles Projekt niemals auf die Beine stellen könne. Lükka seufzte. Sie hatte heute wirklich keine Lust, sich anpöbeln, als Miesmacher, Parasit, Lügner oder eingebildeter Schmarotzer beschimpfen zu lassen.

Jesper Molenaar wiederum, der sie vorhin in die Gruppe geholt hatte, lud sie ein, die Qualität des holländischen Käses und der angebotenen niederländischen Spezialitäten zu testen. Sie würden auch frei Haus liefern.

Ebbe Krüsmann hingegen hatte die vorsichtige Nachfrage wohl auf dem völlig falschen Fuß erwischt. »Unsere Preise sind kein Fake«, blaffte er. »Sie sind Ausdruck unserer Philosophie, Ware höchster Qualität zu attraktiven Preisen an Verbraucher weiterzugeben. Wir bitten Sie, solche Vermutungen und Verdächtigungen künftig zu unterlassen.« Hoppla!

»Verdächtigungen und Kränkungen sind uns gleichgültig. Wir überzeugen durch unsere Produkte«, schrieb ein Nutzer mit Administratoren-Status. Er hieß ebenfalls Molenaar, allerdings nicht Jesper, sondern Marten. Während Jesper ein sportlich wirkender junger Blondschopf im lässigen Look war, trug Marten Molenaar Anzug und wirkte eher wie ein Banker. Anscheinend hingen beide mit den »Käseprofis« zusammen und führten außerdem in der Gruppe »Wir für Genuss« das große Wort. Auch Ebbe Krüsmann gehörte zu den Gruppenadmins, sah Lükka.

Marten Molenaar schwärmte jetzt von der guten Handwerkskunst des Käsemachens und warb damit, dass ihre Firma den holländischen Gouda und Edamer noch täglich von Hand herstellte. Darunter postete er das Bild eines Mannes, der mit bloßen Händen körnigen Käsebruch in ein löcheriges Gefäß drückte, das an eine Waschmaschinentrommel erinnerte. Soso, dachte Lükka, mit dieser archaischen Methode wollen die also in ganz Europa hundertsechzig Läden und Marktstände mit Käse beliefern und dabei noch alle Konkurrenten unterbieten. Niedlich. Für diese Mengen brauchte man eher hochtechnisierte Produktionsanlagen, wie die Molkerei Miltenberg sie hatte. Aber für Werbung machte sich solche romantische Handarbeit natürlich viel besser, so unhygienisch und personalintensiv sie auch war.

In der Reklame wurden ja auch immer saubere, glückliche Kühe gezeigt, die mit ihren Artgenossen im Sonnenschein auf grünen Wiesen herumtollten. So wie auf den großformatigen Bildern in der Lobby der Molkerei Miltenberg. In Wirklichkeit bekamen die meisten modernen Hochleistungskühe ihr kurzes Leben lang keine frische Luft und keinen Auslauf mehr. Statt saftiges Gras zu rupfen, erhielten sie teures Spezialfutter und ihre Kraft sollten sie nicht beim Toben auf der Weide verbrauchen, sondern ausschließlich in die Milchproduktion stecken. Dafür standen sie tagein, tagaus kurz angebunden im Stall und lieferten doppelt so viel Milch wie eine Freilandkuh. Allzu billiger Käse konnte also nicht von glücklichen Kühen stammen, das musste einem doch der gesunde Menschenverstand sagen, fand Lükka. Ostfriesland war tatsächlich eine der wenigen Gegenden Deutschlands, in denen man noch die schwarzbunten Rinder auf den Weiden grasen sah.

»Wer so schnell expandiert wie die ›Käseprofis‹, muss besonders auf seine Gesundheit achten«, empfahl jemand. Ein merkwürdiger Einwurf, dachte Lükka.

Der Käse von den »Käseprofis« schmecke wirklich gut, beteuerte eine Frau. Sie habe zwar Edamer bestellt und stattdessen Gouda bekommen, aber die Lieferung sei schnell da gewesen und der Käse lecker. Und das sei doch die Hauptsache. Fehler passierten nun mal.

So nachsichtig kannte Lükka ihre Mitmenschen eigentlich nicht.

Welchen Käse man denn jetzt bei der Bestellung erhalte, fragte einer, Emmentaler oder Gouda? Oder beides? Der Fragesteller hatte sich offenbar verschrieben, denn in der Anzeige standen Gouda und Edamer. Der Unterschied zwischen dem milden holländischen Edamer und dem kräftig würzigen Schweizer Käse konnte kaum größer sein. Die Antwort des Anbieters kam prompt. Die »Käseprofis« hätten eine niederländische Version des Emmentalers mit einem weichen, cremigen Geschmack im Sortiment, deswegen sei das nebensächlich. Lükka schüttelte den Kopf, ihre Finger schwebten schon über der Tastatur, aber sie pfiff sich zurück. Dieser Marten Molenaar war vielleicht ein Vermarktungsexperte, verstand aber offenkundig nicht sonderlich viel von Käse. Hauptsache, die Mitarbeiter in der Molkerei besaßen das nötige Wissen über das, was sie herstellten.

»Wo bekomme ich den Käse denn?«, fragte sie. »Gibt es im Landkreis Leer schon einen Laden oder ein Restaurant?«

»Wir werden bald mehrere Traditionsgaststätten übernehmen«, kündigte Marten Molenaar an.

»Nicht vergessen: Auch die Familie ist wichtig und braucht Schutz.« Schon wieder so ein seltsamer Bursche. Wahrscheinlich war das ein selbst ernannter Lebensberater und Wellnesscoach, wie sie sich scharenweise bei Facebook herumtrieben. Die gaben ihren Senf gerne überall dazu.

Marten Molenaar ignorierte den Kommentar. »Die Netherlands Cheese Manufacture Ltd. baut außerdem eine moderne Produktionsstätte, in der mindestens zweihundert Ostfriesen Arbeit finden werden«, versprach er.

Schön und gut. Arbeitsplätze waren in Ostfriesland immer ein wichtiges Argument. Aber wo es den angepriesenen Käse gab, wusste Lükka noch immer nicht. War dieser Bursche ein Geschäftsmann, der seine Ware verkaufen wollte, oder doch eher ein Politiker? Sie hatte jedenfalls das Gefühl, ihre Fragen würden von Heuballen verschluckt.

So ging es anscheinend auch dem anderen Schreiber, der vorhin den Preis zu niedrig gefunden hatte. Er bohrte nach: »Vielen Dank für die Antwort. Ich kann jedoch trotzdem nicht verstehen, warum so hochwertige Lebensmittel zu einem so niedrigen Preis auf den Markt geworfen werden. Die Wertschätzung für Lebensmittel und die Arbeit der Landwirte fängt bei einem auskömmlichen Preis an.«

Verdammt richtig, wenn auch unbequem.

Zu unbequem für Ebbe Krüsmann. Während Jesper Molenaar noch beteuerte, sie hätten nun mal ein warmes Herz, und Marten Molenaar erklärte, auch Menschen mit weniger Geld sollten sich seiner Ansicht und Firmenphilosophie nach Luxus leisten können, drohte dieser Krüsmann gleich mit dem Firmenanwalt, wenn diese Verleumdungen nicht aufhören würden.

Meine Güte, da wurde doch nur nachgefragt, von Verleumdung war da keine Spur, fand Lükka. Warum reagierten die so überempfindlich? Stank dieser Käse womöglich und der Sprecher ritt deswegen gleich eine Attacke gegen jeden Kritiker? Wie auch immer, der scharfe Gegenwind hatte die Skeptiker vertrieben.

Für Ablenkung sorgte jetzt Marten Molenaar mit dem Foto eines urig eingerichteten Gastraums, das er gerade veröffentlicht hatte. Schummerig, viel Holz und Kupfer. »Alle, die unseren Käse und die holländische Lebensart lieben, können sich jetzt besonders freuen!«, schrieb er dazu. »Wir werden ein Filetstück der ostfriesischen Gastronomielandschaft übernehmen und darin das beste Käserestaurant eröffnen, das man in Deutschland je gesehen hat!«

Lükka vergrößerte das Bild, konnte es keinem Laden zuordnen, den sie kannte, und tippte sich gleich darauf an die Stirn. Klar, wenn diese »Käseprofis« das Lokal erst übernahmen, konnte sie es ja nicht kennen. Das Foto musste in einem anderen Restaurant der Firma aufgenommen worden sein.

Die Diskussion bog sofort von den niedrigen Käsepreisen auf eine andere Schiene ab und nahm Fahrt auf. Molenaar vermochte Edamer vielleicht nicht von Emmentaler zu unterscheiden, aber er war ein geschickter Weichensteller. Jetzt überschlugen sich die Kommentatoren in ihrem Eifer, das Geheimnis zu lüften. Welches Filetstück meinte Molenaar, wo sollte das Restaurant entstehen? Zunächst postete der Niederländer das Foto eines großen Hauses mit dem Schild »Smeltkroes« über der Tür. »Unser Stammhaus in Amsterdam«, schrieb er darunter. »Dieser *Schmelztiegel* serviert Fonduespezialitäten, Überbackenes und andere Leckereien aus Käse.«

Nun war Fondue nicht gerade eine niederländische Erfindung, aber das störte hier offenbar keinen. Auch Lükka sah das nicht so verbissen, Hauptsache, es schmeckte. Vielleicht würde das neue Restaurant ja sogar echtes Raclette anbieten. Nicht den deutschen Silvesterspaß mit den Bergen von Fleisch und Gemüse unter einer Schicht Alibi-Käse, sondern das Schweizer Original, bei dem halbe Käselaibe angeschmolzen und die davon abgeschabte cremige Masse nur mit Pellkartoffeln und sauren Gurken gegessen wurde. Das wäre das Schlaraffenland, dachte Lükka sehnsüchtig. Leider war beim Bild kein Link hinterlegt. Sie hätte gerne die Homepage des Lokals durchstöbert und einen Blick auf die Speisekarte geworfen. Auch andere fragten danach und wunderten sich, dass sie das abgebildete Restaurant nicht im Internet fanden.

Niemand sei dazu verpflichtet, sich im Internet zu präsentieren, bügelte Ebbe Krüsmann diese Kommentare ab.

Klar, dachte Lükka, aber ohne einen Auftritt im Netz kam heute eigentlich keiner mehr aus. Das wäre entweder mangelnder Geschäftssinn oder extremer Snobismus. Getreu dem Motto: Das haben wir doch gar nicht nötig, dass Kreti und Pleti uns im Internet finden können. Vielleicht hatten die Kommentatoren auch nur bei der Suche Schreibfehler eingebaut, wusste der Geier.

Die Kommissarin nahm sich vor, irgendwann zu recherchieren, ob sie diesen »Schmelztiegel« fand. Aber so wichtig war es ihr im Augenblick auch nicht. Viel interessanter war da doch das neue Bild, das Marten Molenaar gerade eben gepostet hatte. Es zeigte die historische Waage in Leer, jahrelang die beste Adresse für Feinschmecker, wunderbar gelegen, aufwendig saniert, gemütlich eingerichtet und seit dem Fortgang des letzten Pächters ohne Wirt. Da wollte das Käserestaurant rein? Na, wenn das keine Bombe war!

Trotzdem wusste Lükka Tammling noch immer nicht, wo sie frischen Käse kaufen konnte. Sie wollte sich gerade wieder dieser wichtigen Ermittlung zuwenden, als ihr Smartphone quakte. Sie nahm es in die Hand, warf dabei ihr halb volles Glas um und fluchte. Während sie mit einem Papiertaschentuch den kostbaren Wein aus dem flauschigen Stoff ihrer Decke tupfte, las sie die Nachricht mit den vielen Ausrufezeichen und Großbuchstaben, die ihre Mutter ihr geschickt hatte.

Endlich fiel ihr ein, was sie den ganzen Nachmittag vergessen hatte. Es war nichts Dienstliches, was im Hintergrund ihres Hirns darauf gelauert hatte, dass sie sich daran erinnerte. Ein Einsatz in Mutters Garten stand im Kalender, Rosenschneiden und Gestrüpp bündeln, damit es morgen pünktlich zur Strauchschnittabfuhr an der Straße lag. Sie starrte in die Dunkelheit vor ihrem Fenster, wütend auf sich selbst. Jetzt musste sie mit drei Gläsern Rotwein im Kopf ihre Mutter besänftigen und sich fürs nächste freie Wochenende einen Anhänger mieten, dann das verdammte Grünzeug schneiden und anschließend auch noch zur Deponie fahren. Warum hatte sie bloß den Termin verschwitzt, so ein Käse.

KAPITEL 18

Ein Auto war unverzichtbar, wenn man in einem Kuhkaff mit nichts als Landschaft drumrum leben musste. Von einem anständigen Nahverkehr konnten die Ostfriesen nur träumen. Ein Bus pro Stunde fuhr zu Schulzeiten, der letzte kam abends um sieben aus den umliegenden Dörfern zurück in die Kreisstadt. Und dann klemmte man für zwanzig Kilometer Strecke eine Stunde lang mit lärmenden, stinkenden, klebrigen Kindern im vollgepfropften Bus, wenn man überhaupt mitgenommen wurde. Zu Schulbeginn und mittags dauerte es doppelt so lange, wenn der Fahrer in jedem Dorf die Bälger einsammelte und praktisch an jeder Milchkanne eins rauswarf. Nee danke, aus dem Alter war er raus.

Es hieß nicht umsonst, das beliebteste Hobby der jungen Ostfriesen sei es, sich am Wochenende besoffen und bekifft auf dem Heimweg von der Disco totzufahren. Bei den Fahrgemeinschaften, die sich für den Trip bildeten, lohnte sich das dann auch gleich richtig, weil die Karren regelmäßig bis zum Gehtnichtmehr vollgestopft wurden, einschließlich Kofferraum oder Ladefläche. Nach Hafenfesten nutzte man dafür auch mal Motorboote, aber Standard waren Autos mit viel PS und noch mehr Watt in den Boxen.

Watt jetzt nicht im Sinne von Schlick, klar. Der kam erst in die Boxen, wenn die Chaise in Ems oder Leda oder in einem der vielen Kanäle wasserte. Dass die durch die Dörfer auch immer diese bescheuerten Kanäle graben mussten und dann auch noch direkt neben der Fahrbahn. Straßen allein taten es doch auch. Aber wahrscheinlich sollten die Touristen was zu gucken haben und dann war es natürlich logisch, dass man die Kanäle und die weißen Klappbrücken von der Straße aus sah.

Jedenfalls, ohne Auto war alles Käse, fand Okko Wildeboer. Er hatte früher ein richtig krasses Teil gehabt, leuchtend orange, super breite Weißwandschluffen drunter, hinten keine Rückbank, dafür amtliche Lautsprecher, die mit ihren Bässen nachts den ganzen Supermarktparkplatz zum Beben brachten. Die Kollegen waren immer blass vor Neid geworden, wenn er bei den Treffen den Subwoofer aufgedreht hatte, und die Nachbarn hatten fast jedes Wochenende die Bullen geholt, weil ihnen die Hörgeräte aus den Ohren geflogen waren.

Schnee von gestern, Wasser unter der Brücke. Er hatte den Hobel einem Kumpel verkauft, der noch einen festen Job hatte. Aber irgendwann würde er sich das Auto zurückholen oder noch ein geileres anschaffen, das hatte Okko Wildeboer sich geschworen.

Vom Arbeitslosengeld und dem bisschen Grünzeug, das er an Schüler vertickte, konnte er das aber nicht bezahlen. Deswegen stand er jetzt mit dem Handy auf dem Parkplatz hinter dem Rathaus und entriegelte elektronisch eins der silbern lackierten Autos. Ein braver, sauberer Kleinwagen, hinten drin ein Kindersitz, vermutlich nicht mal ein Radio eingebaut. Gut, besser ein geteiltes Auto als gar keins.

Wenn er den Job bekam, den dieser Krüsmann ihm vermittelt hatte, brauchte er sich bald nicht mehr mit Carsharing abzuplagen. Dann gab es wieder eigene Wheels. Inklusive laufender Kosten für Steuern, Versicherung und Reparaturen, okay, das war dabei. Und inklusive Parkplatzsuche, was in Leer auch ätzte. Aber: ein eigenes Auto! Er konnte es kaum erwarten und schmiedete auf dem Weg aus der Stadt und über die Bundesstraße schon Pläne. Gedanklich ging er Modelle und mögliche Tunings durch.

Man sall neet ehrder danzen, as de Fiedel geiht, hörte er im Geist die Stimme seiner Großmutter. Hast ja recht, Oma, noch habe ich den Job nicht, dachte Wildeboer. Sie hatte ihn auch immer davor gewarnt, das Fell des Bären zu verteilen, solange der es noch anhatte. Er hatte dann immer sofort das Bild eines räudigen, missgelaunten Viehs vor Augen, das gereizt mit der Pranke nach ihm ausholte.

»Sie haben Ihr Ziel erreicht«, flötete die Navigationsschnecke. Schön wär's. Aber was verstand die schon von seinen Zielen. Okko Wildeboer parkte den Mietwagen am Rand der schmalen Siedlungsstraße. Hinter dem grünen Drahtzaun und dem kugelig getrimmten Gebüsch ein stinknormales Einfamilienhaus. Rote Backsteine, weiße Windfeder, weiße Fensterrahmen und an der weißen Kunststoffhaustür mit Milchglaseinsatz ein

Türkranz mit trockenem Gestrüpp und bemaltem Dekozeug. Typisch ostfriesisch halt, sah aus wie bei Muttern daheim. Okko schauderte.

Ebbe Krüsmann hatte ihm einen Job in einer Molkerei in Aussicht gestellt, der sei perfekt für jemanden wie ihn, der reiche Erfahrung in der Käseherstellung hatte.

Ein bisschen mulmig war ihm inzwischen. Vielleicht hatte er den Mund doch zu voll genommen, als er vor dem Imbiss mit dem Typen gequatscht hatte. Eigentlich hatte er in die Greetsieler Käsefabrik nur reingeschnuppert, sozusagen. Die meiste Zeit hatte er in der Milchannahme und zwischen den großen Käsefertigern mit dem langstieligen Wischer in der Hand verbracht und verschüttete Milch aufgefeudelt. Mit der eigentlichen Käseproduktion hatte er bei Miltenberg nichts zu tun gehabt.

Aber schließlich war er ein cleverer Bursche, da würde er schnell auch andere Aufgaben übernehmen können. So schwer konnte das schon nicht sein, das hatte er im Praktikum gesehen. Und von gutem Käse verstand er wirklich was, er wusste, was schmeckte und was nicht. Notfalls musste er sich bei Youtube ein paar Videos anschauen, dann klappte das schon.

Der holländische Kaaskopp, dieser Molenaar, hatte sich schon kurz nach Wildeboers Bewerbung selbst per Messenger bei ihm gemeldet, ihn nach seinen Erfahrungen gefragt und ihn schließlich zum Vorstellungsgespräch eingeladen. Allerdings sollte das bei einem Mitarbeiter stattfinden, nicht beim Chef persönlich und auch nicht bei Krüsmann. Vermutlich war das ein hochrangiger Personalmanager, der sich hier dauerhaft im Homeoffice eingerichtet hatte, dachte Wildeboer. Viele Arbeitgeber waren ganz zufrieden mit diesem Trend, weil sie so Büroflächen samt Miete, Energiekosten und Reinigung einsparten.

Okko Wildeboer hatte ein bisschen im Netz gesucht, hatte aber nicht herausbekommen, wo diese große Firma überhaupt saß, bei der er sich vorstellen sollte. Die einzigen Kontaktdaten, die er gefunden hatte, waren die Anschrift des PR-Managers Krüsmann und eine niederländische Postadresse, kein Hinweis auf eine große Molkerei in Ostfriesland.

Im Augenblick konnte ihm das egal sein. Er würde schon rechtzeitig erfahren, wo sein Arbeitsplatz war. Die Homepage sah jedenfalls schick aus, vor allem die Bilder waren klasse. Die Stellenangebote lasen sich auch gut. Anständige Bezahlung selbst bei geringen Vorkenntnissen – wer wollte das nicht? Dass für die Läden in erster Linie gut aussehende Frauen bis fünfundzwanzig Jahre gesucht wurden, störte Wildeboer nicht im Geringsten. Man will beim Einkaufen ja was fürs Auge haben und wenn die Kolleginnen hübsch sind, schadet das auch nicht, dachte er. Selbst als Verkäufer hinter der Ladentheke stehen wollte er nicht, deshalb war es ihm wurscht, dass für den Käseladen nicht geschlechtsneutral ausgeschrieben wurde.

Sein heutiger Ansprechpartner jedenfalls hauste in einem piefigen Spießerschuppen mit buntem Mühlenmodell im Vorgarten und lackierten Holzschuhen vor dem Eingang. Auf dem Keramikschild neben der Tür stand kein Name, sondern nur »Haus Möwennest«. Sah ganz nach Ferienhaus aus. Wildeboer drückte den einfachen weißen Klingelknopf und lauschte dem entfernten Gong und dann den Schritten, die sich näherten.

Der dürre, graublonde Mann mit der Warze auf der Nase, der ihm die Haustür öffnete, sah ihn mit freundlicher Neugier an, erwiderte Okko Wildeboers Gruß nickend mit einem »Moin«, stellte sich als Markus Müller vor und trat beiseite, um den Besucher ins Haus zu lassen. Erst jetzt sah Okko, dass sein Gastgeber sich mit dem linken Arm auf eine Krücke stützte, eine zweite Unterarmstütze lehnte an der Garderobe neben einem blinkenden Router. Müller griff sie im Vorbeigehen und deutete damit auf seinen Fuß. »Bänderriss. Kommen Sie mal mit durch.«

Als sie den Spiegel passierten, sah Wildeboer, dass Müller und er gleich groß und gleich mager waren. Beide trugen sie verwaschene Jeans und karierte Hemden. Unwillkürlich überlappten sich für einen Moment die beiden Bilder und er fragte sich, ob er wohl in dreißig oder vierzig Jahren, wenn seine eigenen Haare nicht mehr braun waren, ebenso hager, grau und heruntergekommen aussehen würde wie dieser alte Hinkefuß. Wildeboer verscheuchte den unerfreulichen Gedanken und nahm sich vor, so bald wie möglich seine Frisur auf Vordermann zu bringen, daran hatte er bei der übereilten Bewerbung überhaupt nicht mehr gedacht.

Er folgte Müller in ein hell eingerichtetes Wohnzimmer, das wie eine Ausstellungsfläche von Ikea wirkte und damit in krassem Gegensatz zum altmodisch ostfriesischen Äußeren des Hauses stand. Bilder und Deko waren Möbelhauskitsch und völlig unpersönlich. Eindeutig ein Ferienhaus, dachte Wildeboer. Vermutlich waren die alten Besitzer im Heim oder gleich weggestorben und die Erben vermieteten Oma ihr klein Häuschen jetzt an Touristen oder Zeitarbeiter. Die wollten natürlich nicht in Opas vollgefurztem Plüschsessel unter der Lampe mit staubigen Troddeln sitzen und auf schwere, dunkle Vertikos mit Häkeldeckchen starren. Da war ein Raid im schwedischen Möbelhaus bestimmt eine gute Investition.

Müller deutete mit der Krücke auf einen Schwingsessel, ließ sich selber stöhnend aufs Sofa sinken und legte den linken Fuß auf dem Couchtisch zwischen einer gläsernen Obstschale und einem zugeklappten Laptop ab.

»Hach, verdammt«, ächzte er. »Jetzt habe ich gar nichts zu trinken geholt.« Er machte Anstalten, sich mit den Krücken mühsam wieder aus dem Sofa zu wuchten.

Wildeboer hob den Hintern, der gerade erst das Sesselpolster berührt hatte, wieder an. Das war jetzt bestimmt schon Teil des Bewerbungsgesprächs. Wie gut konnte er mit unausgesprochenen Aufträgen umgehen, wie hilfsbereit und arbeitswillig war er, das wollte dieser Müller testen. Wildeboer brauchte einen Job, also war er arbeitswillig wie ein – was auch immer.

»Wo … ich meine …« Er gestikulierte. »Soll ich eben was holen?« Dieser hilflose Tattergreis sollte sich jetzt nicht mit seinen Krücken durch die Wohnung schleppen. Es ging ja nicht nur um den Job, das gehörte sich einfach nicht, fand Wildeboer. So viel gute Kinderstube hatte ihm die Oma mitgegeben.

Der hilflose Tattergreis zündete sich eine Zigarette an und wies mit der Kippe in der Hand zum Flur. »Richtung Ausgang, erste Tür links. Im Kühlschrank.«

Wildeboer ging in den Flur und glaubte, aus den Augenwinkeln ein zufriedenes Grinsen hinter den Rauchwolken wahrzunehmen. Anscheinend hatte er den ersten Test bestanden.

In der Küche lag ein benutztes Messer auf der Arbeitsfläche neben einer Rolle Klarsichtfolie und einer Küchenwaage, mehrere Folienpäckchen lagen daneben aufgestapelt. Ein bisschen erinnerte ihn das Setting an seine eigene Küche, in der er die Schultüten für seine Kundschaft mit Gras, Pilzen und anderen Naturprodukten füllte. Er sah sich in dem kleinen Raum um. Hinter welcher dieser Türen versteckte sich der Kühlschrank? Er öffnete ein paar Klappen, fand ordentlich gestapelte Vierergedecke und wenige Töpfe, die den Ferienhauseindruck bestätigten. Kein Krempel, nichts, was sich in einem Haushalt so nach und nach ansammelte. Offensichtlich hatte sich dieser Müller hier nur vorübergehend einquartiert. Wahrscheinlich für die Auswahl der neuen Mitarbeiter.

Wildeboer nahm zwei Gläser aus dem Schrank und stellte sie neben das Messer auf die Ablage. Endlich fand er den Kühlschrank. Darin stand auch nicht viel mehr als bei ihm zu Hause, aber außer etwas Butter, Aufschnitt und Käse immerhin eine angebrochene große Flasche Cola, eine Milchtüte und ein paar Discounter-Bierdosen. Bier war beim Vorstellungsgespräch wahrscheinlich nicht die richtige Wahl, also trug er Gläser und Brauseflasche ins verqualmte Wohnzimmer, goss erst Müller, dann sich selbst etwas ein und setzte sich wieder in den Ikeasessel.

Müller prostete ihm zu. »Auf gute Zusammenarbeit«, sagte er. »Krüsmann sagt, Sie haben Erfahrung mit Käse.«

»Ja. Ich habe eine Weile in der Molkerei Miltenberg gearbeitet«, antwortete Wildeboer.

»Auch im Labor?«

Wildeboer zögerte mit der Antwort, dann nickte er entschlossen. Der Sessel wippte bestätigend unter seinem

Hintern. Auch im Labor hatte er schließlich immer wieder mal den Boden gewischt. »Außerdem war ich in der Fertigungsabteilung und im Reifezentrum eingesetzt.«

Hoffentlich fragte Müller ihn nicht nach Details. Okko Wildeboer hätte nach dem Praktikum wirklich sehr gerne eine Ausbildung in Greetsiel gemacht, aber der Abteilungsleiter hatte ihn bei der Chefin angeschwärzt. Zu viele Pausen, zu viele ungewischte Ecken, hatte van der Laan behauptet, der blöde Sack. Und dann hatte er ihn auch noch dabei ertappt, wie er einem der Azubis ein Tütchen Weed verkauft hatte. Das war ein echter Karrierekiller. Dabei sah der Typ aus wie ein ganz gechillter Rastafari. Vermutlich hätte Wildeboer sich mit einer etwas größeren Packung Marihuana rauskaufen können, aber hinterher war man ja immer schlauer.

Nervös trank Wildeboer einen Schluck Cola. Abgestandene Billigplörre aus der Plastikflasche, igitt. Das war die Höchststrafe. Da hätte er doch lieber eine der Bierdosen geknackt.

Markus Müller hakte zu Wildeboers Erleichterung nicht nach, welche Aufgaben sein Bewerber im Labor erfüllt hatte. »Wie sieht es bei Ihnen mit Vertrieb und Logistik aus?«, fragte er stattdessen.

Wildeboer versuchte, sich die Erleichterung nicht anmerken zu lassen. Logistik und Vertrieb, das waren seine Spezialgebiete. Er redete sich richtig in Feuer. Ankauf en gros, Konfektionieren, Kommissionieren, Direktvertrieb. Auspacken, Einpacken, Umpacken, Verpacken, Verschicken und Verteilen. Das waren Arbeitsabläufe, die er im Schlaf beherrschte. Dazu kam der direkte Kundenkontakt inklusive Feedback vom Endverbraucher. Während er erzählte, wurde er immer lockerer, beinahe hätte er sich sogar verplappert, um welche Art von Ware es bei ihm ging.

Glücklicherweise fragte Müller nicht nach Einzelheiten der Branche, sondern quittierte Wildeboers Eifer mit beifälligem Nicken.

»In Ordnung«, sagte er schließlich. »Unsere Molkerei befindet sich derzeit im Aufbau, deswegen ist im Bereich Labor und Fertigung der Bedarf an Arbeitskräften momentan noch gering. Sie können aber trotzdem sofort anfangen.«

Okko Wildeboer konnte sein Glück nicht fassen. »In der Käserei?« Wie cool war das denn? Er sah sich schon abschmecken, neue Sorten ausprobieren. Vielleicht ließ sich ja sogar eine Produktlinie für den besonderen Geschmack aufbauen. Butterkäse mit Hanf statt mit Brennnesseln, Psilos statt Champignons in der Frischkäsemischung. Das wäre bestimmt der Burner und würde ganz neue Käuferschichten erschließen.

»Später«, bremste Müller mit erhobener Hand. »Sobald die Fertigungsanlagen komplett stehen, das Labor eingerichtet ist und die Lieferverträge mit den Milchbauern unter Dach und Fach sind. Dann brauchen wir Ihre Expertise auf diesem Gebiet. Aber ich will Sie mir jetzt schon als Arbeitskraft sichern. Nicht, dass jemand anders Sie mir abwirbt.« Er lachte gutmütig. »Außerdem bin ich im Moment wegen dieser Bändersache nicht so mobil, wie ich gerne wäre.« Er klopfte auf sein Bein. »Ich brauche jemanden, der für mich ein paar Einkäufe und Botentouren erledigt. Zur Überbrückung, bis Ihr eigentlicher Arbeitsplatz zur Verfügung steht, setzen wir Sie also zunächst im Bereich Einkauf und Logistik ein. Ist das in Ihrem Sinne?«

Was für eine Frage! Einen besseren Einstieg konnte Wildeboer sich nicht vorstellen. Langsam reinwachsen in den neuen Job, sozusagen. Auf bekanntem Gelände erst einmal Duftmarken setzen und beweisen, was er draufhatte. Über die Bezahlung wurden sie sich schneller einig, als er gedacht hatte.

»Muss ich jetzt noch einen zweiten Termin beim Chef machen?«, fragte er zur Sicherheit.

Ganz kurz runzelte Müller die Stirn, als müsste er überlegen, aber dann winkte er mit großer Geste ab. »Herr Molenaar vertraut mir in diesem Punkt vollständig«, beruhigte er Wildeboer. »Natürlich auch in allen anderen. Er ist ein sehr beschäftigter Unternehmer, das können Sie sich bestimmt vorstellen. Er besitzt in ganz Europa Firmen in vielen unterschiedlichen Branchen und ist sehr diversifiziert. Da muss man delegieren können. Er weiß genau, auf wen er sich verlassen kann. Wir sprechen hier mit einer Stimme, sozusagen. Stellen Sie sich also ruhig vor, Sie hätten dieses Gespräch direkt mit ihm geführt.«

Wildeboer atmete auf. »Das ist cool. Will sagen, optimal. Weil ...« Er verhaspelte sich, verdammt, wie sollte er das jetzt sagen? »Ich habe momentan ein kleines Transportproblem.« Er merkte, wie ihm Röte ins Gesicht stieg. Es war so unendlich peinlich, kein eigenes Auto zu haben und sich mangels Moos auch keins kaufen zu können. »Ich bin vorübergehend nicht völlig mobil, sozusagen. Ich bin mit einem Mietwagen hier.« Seine Stimme wurde immer leiser. Oh, *crap*, bestimmt war's das jetzt mit der neuen Stelle. Einkauf und Logistik per Carsharing. Am Arsch.

»Transportprobleme kennen wir nicht.« Müller winkte großzügig ab. »Melden Sie sich bei Ebbe Krüsmann, seine Nummer haben Sie ja. Der sagt Ihnen, wo Sie den Dienstwagen abholen können. Ich gebe ihm Bescheid, dass Sie kommen.« Er sah Wildeboer scharf an. »Über die Details unserer Vereinbarung und über Ihre genauen Aufgaben erwarte ich vollkommene Diskretion.«

Als Wildeboer überrascht und geschmeichelt nickte, stand Müller auf und ging hinüber zur Essecke. »Den Wagen können Sie natürlich auch für Privatfahrten nutzen.« Er nahm einen Notizblock, schrieb etwas darauf und riss das oberste Blatt ab. »Hier ist Ihr erster Auftrag. Die Lieferung erwarte ich morgen Nachmittag.«

Okko Wildeboer nahm den Zettel und wollte ihn gleich lesen, aber Müller hatte es auf einmal eilig und ging mit forschen Schritten in Richtung Flur.

»Das machen Sie nachher ganz in Ruhe, Sie müssen ja auch den Mietwagen pünktlich abgeben.«

Das stimmte natürlich. Wildeboer warf einen Blick auf die Uhr. Die Zeit reichte gerade noch, um zurückzufahren, ohne in die nächste Preisgruppe zu rutschen. Müller verabschiedete ihn mit Handschlag und Schulterklopfen.

Erst als er wieder in dem silbernen Kleinwagen mit dem Kindersitz Richtung Leer unterwegs war, wunderte er sich über die Krücken, die der Alte neben dem Sofa vergessen hatte.

KAPITEL 19

»Haben sie die Botschaft verstanden?« Don Mascarpone schaufelte den dritten Löffel braunen Zucker in seine Espressotasse, rührte um und legte das Löffelchen auf die Untertasse. Es klirrte, der Löffel hüpfte einmal und flüchtete sich dann auf die Tischplatte. Der Don grunzte unwillig, nippte an dem starken schwarzen Kaffee und verzog angewidert das Froschgesicht. »Ich werde nie verstehen, wie man so etwas trinken kann«, schimpfte er und schippte noch zwei Ladungen Zucker ins Tässchen. Dann kippte er sich den Koffeinsirup mit einem Ausdruck von Todesverachtung in den Mund.

Und ich werde nie verstehen, warum der Don die teure Espressomaschine angeschafft hat, wenn er den Kaffee doch so hasst, dachte Coniglio. Er sog den aromatischen Dampf ein, der sich aus seiner eigenen Tasse kräuselte, und trank dann genüsslich den bittersüßen Extrakt.

Aber eigentlich verstand er es doch. Don Mascarpone war kein Italiener, aber er fühlte sich als Oberhaupt seiner Unternehmensfamilie der Tradition von 'Ndrangheta und Cosa Nostra verpflichtet und war davon überzeugt, zu Kalabrien, Sizilien oder Kampanien gehörten Espresso, Pizza und Pasta. Das machte ihn jedoch keineswegs zum Anhänger italienischer Lebensart, auch wenn er guten Käse durchaus mochte und zumindest die Speisekarten italienischer Restaurants kannte. Wahrscheinlich waren ihm, dem bodenständigen Handwerker aus Gouda, die Eigenarten von Russenmafia, Sinaloa und Triaden kulturell noch viel fremder als das Mediterrane. Und so tauschte er bei Arbeitstreffen das vertraute niederländische Kopje Koffie mit Milch und Zucker gegen Espresso. Basta. Obwohl er nichts davon verstand, gönnte er sich dafür selbstverständlich die beste Maschine und die teuersten Röstungen. Er fand, das war er seiner Stellung schuldig. Coniglio war es sehr recht. So kam er immer wieder in den Genuss wunderbaren Kaffees.

»Ihr habt meine Botschaften doch richtig überbracht?«, hakte der Don nach.

Pecorino nickte. »Alles wurde zugestellt. Ein Paket ging direkt an den Empfänger. Beim anderen mussten wir ... einen Umweg in Kauf nehmen.«

Er wirkte richtig verlegen, fand Coniglio. Kein Wunder, schließlich bildete der Sicherheitschef sich immer so viel auf seinen detektivischen Spürsinn und sein gutes Netzwerk von Informanten ein. Dass er trotzdem immer noch nicht wusste, von wo aus der verhasste Käsekönig sein Start-up-Imperium organisierte, musste ihn fürchterlich wurmen.

Marten Molenaar war aus dem Nichts gekommen wie Fußpilz, und jetzt war er da, genauso lästig, und breitete sich ebenso unaufhaltsam aus. Er informierte auf seiner Facebook-Seite seine vielen Fans und Kunden über die Angebote und geplanten Neueröffnungen seiner Firma, aber wo er dabei saß, hatten sie nicht herausbekommen. Auf die mehr oder weniger dezenten Hinweise, er sollte auf seine Gesundheit achten und sich mehr um die Sicherheit seiner Familie als um die Vergrößerung seines Unternehmens kümmern, ging er überhaupt nicht ein. Deswegen hatte der Don beschlossen, deutlicher zu werden.

Die verschiedenen Läden und Restaurants, die demnächst eröffnen sollten, standen allesamt im südlichen und westlichen Ostfriesland, das neueste Projekt mitten in Leer, in bester Lage sogar. Aber war dort auch Molenaar? Oder saß der in den Niederlanden, vielleicht bei Don Mascarpone im Nachbarhaus? Zog er womöglich die Fäden von einer Finca an der Costa Blanca aus, beim Posten mit Meerblick? Sie tappten noch immer im Dunkeln.

Worauf man sich aber verlassen konnte, war der kurze Draht zwischen dem Käsekönig und seinem Statthalter in Ostfriesland. Dieser Ebbe Krüsmann fuhr blitzschnell jedem über den Mund, der unbequeme Fragen stellte, und trat als Außenminister des Käsereichs auf. Im Gegensatz zu seinem König war er nicht aus dem Nebel aufgetaucht und kein bisschen öffentlichkeitsscheu, sondern hielt seinen kahlen Eierkopf vor jede Kamera und hatte in den vergangenen Jahren schon ein paar spektakuläre Projekte betreut. Dabei war er sehr vielseitig. Sie hatten bei ihren Nachforschungen Ankündigungen für riesige Open-Air-Konzerte mit Schlagerstars in kleinen Kuhkäffern gefunden, Promotion für ein Mixgetränk, für das angeblich ein berühmter Komiker seinen Namen hergab, oder auch Crowdfunding-Aufrufe für den Erhalt einer ranzigen Dorfkneipe.

Auffällig fand Coniglio, dass wenig bis gar nichts über den Erfolg dieser Aktionen zu lesen war, dafür umso mehr über Hickhack, Streit und Schadenersatzforderungen. Aber mit denen hatte Krüsmann meist selbst nichts mehr zu schaffen, sondern wandte sich neuen Aufgaben zu, sodass seine Rolle bei Flops offenbar beim nächsten Projekt längst vergessen war. Cleverer Bursche, das musste Coniglio neidlos anerkennen.

Und jetzt war dieser Krüsmann also PR-Manager des Käse-Imperiums geworden und vertrat Marten Molenaar in der Öffentlichkeit. Während er seinen Boss perfekt abschirmte, war seine eigene Adresse problemlos zu finden. Nettes, kleines Einfamilienhaus mit Gartenzwergen auf einem Dorf in der ostfriesischen Pampa.

Presse, Public Relations, Personalfragen – alles bekam Ebbe Krüsmann auf den Tisch.

Auch das Päckchen mit dem abgeschnittenen Ohr vom Käse-Kronprinzen Jesper Molenaar in einer hübschen Spanschachtel. Dazu Molenaars eigenen Angebots-Flyer für holländische Käsespezialitäten zu Dumpingpreisen und ein Ultimatum, bis wann der Käsekönig seine Geschäfte in Deutschland einstellen sollte. Die ganzen Warnungen vorher hatte der Käsekönig offenbar nicht ernst genommen. Aber hierauf musste Molenaar reagieren, wenn ihm etwas an seinem Bruder und Geschäftspartner lag.

»Die erste Botschaft ist auf jeden Fall nicht nur angekommen, sondern auch *angekommen*«, schaltete sich Vitello ein. »Wir haben mit der Molkerei Miltenberg bereits einen Vertrag über eine Tonne Hirtenkäse und ebenso viel Schnittkäse abgeschlossen. Wöchentlich, versteht sich.« Der Vertriebsleiter grinste. »Das Ohr ihres hochgeschätzten Käsemeisters, liebevoll in Gießharz eingeschlossen und poliert, war sehr überzeugend. Das war hervorragende Arbeit.«

Vielleicht benutzt Corinna Miltenberg es als Briefbeschwerer, dachte Coniglio. So etwas hat schließlich nicht jeder. Ein echtes Kunstwerk. Vor allem der Flesh Tunnel.

Vitello fuhr fort: »Der Krummhörn-Käse wird künftig von Greetsiel nach Appingedam gebracht und dort umgepackt. Prezzemolo liefert unser Fabrikat ebenfalls von Delfzijl nach Appingedam. Dort werden die Produkte sozusagen verheiratet. In der Erprobungsphase lassen wir einen Teil unseres Produktes wie bisher in den Schnittkäsebarren einschweißen«, referierte er. »Das hat sich bewährt, weil nicht einmal die Zollköter es dort finden« Er grinste. »Die zweite Charge Crystal kommt portionsweise eingeschweißt in die Trommeln mit der Salzlake, anstelle des Weichkäses aus Greetsiel. Danach geht die Lieferung zurück nach Deutschland. Im Zentrallager sortieren die Packer, die auf unserer Payroll stehen, die markierten Pakete und Dosen aus und stellen sie zur Abholung bereit. Der bestellte Miltenberg-Käse wird an die Supermärkte verteilt. Beide Käsesorten sind drüben beliebt, also wird sich der Absatz erhöhen und unsere Vertriebswege sind wieder frei. Unsere Vertreter haben bereits erste Erfolge gemeldet.«

Kompliziert, dachte Coniglio. Auf die Weise war der ostfriesische Käse, der den Kunden als tolles regionales Erzeugnis verkauft wurde, ganz schön viel unterwegs.

Andererseits wurde auch der Granat, den die Greetsieler Fischer mit ihren Kuttern aus der Nordsee holten, nach Marokko und danach wieder zurück nach Ostfriesland transportiert, weil das Pulen in Afrika viel billiger war. Außerdem hatten die Deutschen vor Jahren aus hygienischen Gründen verboten, dass die Fischersfamilien und die Frauen aus den umliegenden Dörfern am heimischen Küchentisch die kleinen Garnelen schälten.

Also reiste jede einzelne Nordseekrabbe zweieinhalbtausend Kilometer nach Tanger, wurde von fleißigen Mauren, die sich über mickerige fünf bis sechs

Euro Lohn am Tag nicht beschwerten, ruckzuck aus dem Panzer gefummelt und landete nach weiteren zweieinhalbtausend Kilometern ohne ihre Chitinhülle wieder in Greetsiel auf dem Krabbenbrötchen. Den Touristen schmeckte es und sie zahlten pro Brötchen den Tageslohn eines marokkanischen Krabbenpulers, ohne mit der Wimper zu zucken. Wenn sie Pech hatten, raubte ihnen dann eine verfressene Möwe das teure Luxus-Brötchen auch noch aus der Hand, aber das gehörte zum ostfriesischen Urlaubsfeeling dazu und wurde als lustiges Ferienerlebnis bei Instagram gepostet.

Warum also sollte sich jemand drum scheren, was der original friesische Käse für eine Reise hinter sich hatte?

Don Mascarpone nickte, die Mundwinkel wie üblich nach unten gezogen und die Regenwurmlippe vorgeschoben. »Es ist ein Anfang. Aber durch den doppelten Transport steigen die Kosten, das gefällt mir gar nicht. Ich hoffe, ihr seid mit dem nächsten Schritt weitergekommen, unsere eigene Produktion hier aufzubauen. Und diesen verfluchten Käsekönig vom deutschen Markt zu fegen.«

»Ich rechne damit, dass wir bald anfangen können, jedenfalls mit dem Testlauf.« Nocciola hatte bisher nur zugehört, lässig in seinem Stuhl zurückgelehnt, die Arme vor der Brust verschränkt. Ein Lichtstrahl glitzerte auf dem Steinchen, das in seinem Nasenflügel klebte wie ein Popel. Jetzt meldete er sich zu Wort. Sein Niederländisch hatte einen hörbar deutschen Akzent und die anderen am Tisch grinsten mehr oder weniger breit. »Die Milchtanks und das Stahlbassin für das Salzbad sind bereits geliefert, der Käsefertiger soll in den nächsten Tagen kommen …«

»Ich höre immer: *bald*. Und: *in den nächsten Tagen*«, unterbrach der Don. »Das ist mir zu schwammig, verstehst du? Du arbeitest jetzt für uns. Ich frage dich: *wann*?«

Nocciola schluckte, als wollte er seinen Adamsapfel herunterwürgen. Trotzdem schaute er Don Mascarpone trotzig an, sein haselnussbraunes Gesicht war nur eine Spur grauer als vorher. »Es gibt viele Faktoren, die ich nach der kurzen Zeit nicht einschätzen kann. Sind die Monteure pünktlich, reicht die Stromversorgung aus, kann die elektronische Steuerung gut kalibriert werden und so weiter. Wir arbeiten schließlich nicht mit einem Kupferkessel über dem Holzfeuer.«

Coniglio hielt die Luft an, aber Don Mascarpone, bleich wie ein Mozzarella, sah Nocciola nur schweigend an, bis dieser in sich zusammenfiel wie ein Käsesoufflé und nervös sein ausgeleiertes Ohrläppchen mit dem leeren Piercingloch knetete.

»Vier Wochen. Dann will ich den ersten Käse aus unserer eigenen Produktion hier auf dem Tisch haben.« In Don Mascarpones Stimme knisterten Eiskristalle.

Coniglio sah das Entsetzen in Nocciolas weit aufgerissenen braunen Augen. Verständlich, denn schon ein schlichter Hirtenkäse brauchte zwei Monate Reifezeit in der Salzlake und der langweiligste junge Gouda kam nicht unter vier Wochen davon. Dann war er aber auch noch nicht viel mehr als fest gewordene Milch. Doch Coniglio würde den Teufel tun und sich einmischen. Sollte der Neue ruhig ein bisschen schwitzen. Er hatte sich von der Aussicht auf eine großartige berufliche Zukunft, hohe Bezahlung und ungeahnte Aufstiegsmöglichkeiten locken lassen und seinen bequemen Arbeitsplatz in Greetsiel gegen den neuen Job als Käsemeister bei Don Mascarpone eingetauscht. Jetzt musste er halt liefern.

Der Don wandte sich Pecorino zu. »Und wie weit seid ihr mit diesem Molenaar? Dankt der Käsekönig endlich ab?« Er sah seinen Securitychef erwartungsvoll an.

Pecorino schüttelte zögernd den Kopf. »Nichts bisher, Don Mascarpone, es tut mir leid«, sagte er ungewohnt kleinlaut. »Keine Reaktion. Ich bin sicher, sein PR-Mann muss ihn informiert haben. Wir haben ihm unsere Kontaktadresse und das Ultimatum übermittelt, aber …« Er breitete die Hände in einer ungewohnt ratlosen Geste aus. »Gestern ist das Verfallsdatum abgelaufen, das auf dem Käseflyer stand. Und was macht dieser Molenaar? Er benimmt sich, als ginge ihn das alles gar nichts an. Postet großmäulig bei Facebook, schreibt, dass er als nächstes Restaurant die historische Waage in Leer übernehmen will, und wirbt für seinen Billigkäse. Business as usual.«

»Ein ganz harter Brocken also.« Der Don nickte beinahe anerkennend. Anscheinend sah er die Herausforderung sportlich. »Dann müssen wir noch deutlicher werden, damit er begreift, dass wir uns unseren Käse nicht von ihm verderben lassen. Entweder er geht freiwillig oder er bekommt ein Paar Betonschuhe. Der Käsehandel zwischen Deutschland und den Niederlanden ist *Cosa Nostra*.« Don Mascarpone drückte auf den Knopf der Gegensprechanlage. »Susina, bring uns Genever.« Er wandte sich wieder Pecorino zu. »Schluss mit den Missverständnissen und halben Sachen. Du sorgst mit Biroldo zusammen dafür, dass der Käsekönig diesmal unsere Botschaft versteht. Liefert sie ihm zu seinem neuen Restaurant.«

KAPITEL 20

Bei Sonnenschein war der Platz an der alten Waage ein beliebtes Ausflugsziel. Die Bänke, die die große Terrasse des früheren Lokals umstanden, waren meist besetzt. Das Restaurant selbst war seit dem letzten großen Shutdown geschlossen, aber wenn das stimmte, was Lükka Tammling auf der Seite »Wir für Genuss« gelesen hatte, würde bald ein Nachfolger mit neuem Konzept öffnen. Dieser holländische Käseprofi wollte dort Käsefondue servieren. Nun, vermutlich nicht Molenaar selbst, sondern ein Pächter oder Franchisepartner. So ganz schlau war sie noch immer nicht geworden, was die Firmenstruktur betraf.

Jetzt saß hier niemand. Zum einen war es saukalt und die blasse Sonne war gerade erst hinter den Häusern auf der anderen Hafenseite aufgegangen. Zum anderen war der gesamte Bereich zwischen der Rathausbrücke und der Kaffeerösterei an der Neuen Straße abgesperrt, nur auf der Brücke standen ein paar Schaulustige. Die beiden Straßenfeger, die den Leichensack entdeckt hatten, drückten sich beim Fahrkartenpavillon der Reederei herum und frühstückten. Direkt neben der historischen Waage hatten die Kollegen einen Sichtschutz aufgespannt, hinter dem SpuSi und Arzt arbeiteten.

Ein bunt lackierter Van kam die Neue Straße heraufgefahren und bog auf den Parkplatz ein. Welcher Kollege hatte denn da gepennt und einen Touristen mit seinem Hippiebus durchgelassen? Der Fahrer war offenbar völlig schmerzbefreit. Er parkte so nah wie möglich am

Waage-Gebäude, unmittelbar neben dem Streifenwagen, an dem die Kollegen von der Spurensicherung in ihren weißen Anzügen herumwurstelten.

Lükka Tammling straffte die Schultern und machte sich in ihrer schwarzen Lederjacke extra breit, als sie in Richtung Parkplatz ging, um den Eindringling zusammenzustauchen.

Der Fahrer des Campingwagens war inzwischen ausgestiegen und warf die Fahrertür zu. Mit langen Schritten strebte er dem Tatort zu.

»Was haben wir denn so früh am Morgen hier zu tun?«, fragte Roman Sturm.

»Ööh …« Sehr geistreich, Frau Hauptkommissarin, dachte Lükka Tammling, klappte den Mund zu und zwang ihre Augenbrauen vom Haaransatz hinunter in ihre vorgesehene Position. Ihr Zeigefinger zielte auf den Parkplatz, wanderte zurück zum Kollegen und kippte dann resigniert Richtung Kopfsteinpflaster.

Roman Sturm stieg mit einem großen Schritt über das Absperrband, das die Kollegen um den Waageplatz gespannt hatten, und stand jetzt neben ihr. Er war unrasiert, sah aber ansonsten ganz munter aus.

Jedenfalls munterer, als Lükka sich fühlte. Die abendliche Debatte mit ihrer Mutter hatte sich lange hingezogen und war nicht sehr erfreulich gewesen. Lükka hatte den Fehler gemacht, sich mit Arbeit herauszureden. Sie sei so spät aus der Polizeiinspektion herausgekommen und würde noch immer bis über beide Ohren in der Arbeit stecken. Vermutlich hätte sie besser dazu stehen sollen, dass sie den Termin für die Gartenarbeit einfach vergessen hatte. Dann wäre ihre Mutter vielleicht nur kurz eingeschnappt gewesen. So aber kamen nur wieder die ewig gleichen Vorwürfe. Lükka hätte sich absichtlich einen so zeitaufwendigen Beruf gesucht, damit sie sich nicht um die Familie kümmern musste. Und schon gar nicht um ihre alte Mutter. Was sie denn dann überhaupt noch hier sollte, wenn sie für niemanden wichtig wäre. Schon gar nicht für ihre undankbare Tochter mit dem Beruf, der weder gutes Ansehen noch angemessenes Geld brachte.

Dass Lükka nach dem Telefonat die Rotweinflasche geleert hatte, verbesserte ihren Zustand heute Morgen nicht.

Die ausgeschlafene Stimme ihres Kollegen holte sie aus den Gedanken. »Was haben wir denn nun hier?«, brachte er sich in Erinnerung.

Lükka riss sich zusammen. »Männliche Leiche. Von der Straßenreinigung gefunden.«

»Todesursache?«, fragte Roman.

»Ohne mich damit zu weit aus dem Fenster zu lehnen, sage ich schon mal: nicht natürlich.« Ein schlanker Mann in Jeans und offener Windjacke über dem weißen Hemd war neben ihnen aufgetaucht. Doktor Kerkhoff zog die Kunststoffhandschuhe aus und desinfizierte sich gründlich die Hände. »Die erste Leichenschau zeigt einen starken Blutverlust, induziert durch einen glatten Halsschnitt. Ob das Opfer verblutet ist oder an einer Luftembolie starb, wird erst die Obduktion zeigen. Die Abrinnspuren lassen vermuten, dass das Opfer lag, als der Schnitt erfolgte. Abwehrverletzungen habe ich nicht erkennen können, allerdings ist alles derartig mit Blut getränkt und beschmiert, dass die Kollegen in der Rechtsmedizin nach dem Abwaschen vielleicht doch noch welche finden.« Der grauhaarige Arzt schwieg einen Moment. Lükka folgte seinem Blick und sah auf seiner blauen Jeans mehrere rote Flecken.

»Ganz ehrlich?« Doktor Kerkhoff sah erst Roman an, dann Lükka. »So eine Sauerei sieht man nicht alle Tage. Zum Glück.« Er schüttelte nachdenklich den Kopf. »Wenn ich etwas kaltschnäuziger wäre, würde ich ja von einem Schlachtfest sprechen. Und von Nachhaltigkeit, Ordnungsliebe und Umsicht irgendwie auch.«

Lükka sah ihn stirnrunzelnd an. Sie hatten den alten Landarzt schätzen gelernt, seit er ihnen bei einem Fall im Rheiderland das erste Mal über den Weg gelaufen war. Wenn ein Fall seine Neugier weckte, hatte er bisweilen ein gewisses Glitzern in den grauen Augen. Seine Gründlichkeit und sein Spürsinn hatten mehr als einmal verhindert, dass ein Todesfall vorschnell unter »natürlich« abgeheftet wurde. Sie hatte sich inzwischen an seine oberlehrerhafte Art gewöhnt und freute sich, wenn er die Leichenschau übernahm. Sein bemüht abgebrühter Ton verriet ihr, dass er diesmal wirklich erschüttert war.

»Was heißt das genau?«, fragte sie.

Doktor Kerkhoff seufzte. »Ich fürchte, das wollen Sie wirklich wissen.«

Lükka Tammling breitete entschuldigend die Hände aus. »Ist unser Job.«

Kerkhoff blies die Backen auf, dass sich die gebräunte Haut spannte und die Bartstoppeln deutlich zu sehen waren, nickte nachdenklich und schnaubte schließlich. »Na dann, Herrschaften, treten Sie näher. Ich hoffe, Sie haben nicht zu ausgiebig gefrühstückt.«

Er ging voraus zu dem Segeltuchsichtschutz an der Restaurantwand und die Kriminalkommissare folgten ihm.

»Eins ist aus meiner Sicht klar«, sagte er, als sie vor der Transportwanne an der Hausmauer standen, in der ein langes schwarzes Bündel lag. »Eine spontane Bluttat im Affekt war das nicht. Als dem Mann die Kehle durchgeschnitten wurde, lag er bereits in diesem Leichensack. So gesehen ist der Fundort irgendwie schon der Tatort. Der Leichnam ist jedenfalls auslaufsicher verpackt. Dass am tatsächlichen Tatort oder auf dem Transportweg signifikante Blutspuren zu finden sind, halte ich darum für unwahrscheinlich, denn viel mehr Blut, als hier vorhanden ist, dürfte er zu Lebzeiten nicht gehabt haben. Da fehlt praktisch nichts. Fehlen tut dafür etwas anderes.« Er zog einen Kugelschreiber aus der Brusttasche seines blütenweißen Hemdes und schob damit die blutverschmierten blonden Haarsträhnen des toten Mannes zur Seite.

Die Ohrmuschel war abgeschnitten worden.

»Sie liegt hier auch nicht«, erklärte Doktor Kerkhoff, als Roman Sturm ihn fragend ansah. »Die Schnittränder sind stärker verkrustet und außerdem entzündet. Das wäre postmortal nicht möglich. Auch die anderen Schürfwunden und Hämatome, die ich auf die Schnelle gesehen habe, sind schon älter. Ich gehe davon aus, dass zwischen dem Abschneiden des Ohrs und dem Eintritt des Todes auf jeden Fall mehrere Tage lagen. Und dass ihm in diesen Tagen mehrfach Gewalt zugefügt wurde.«

Lükka Tammling betrachtete den Toten in seinem blutgetränkten Sakko, das vermutlich ursprünglich hellblau gewesen war, und schluckte. Das blasse, blutverkrustete Gesicht kam ihr vage bekannt vor.

Sie war schon sehr lange bei der Polizei und hatte mehr Tote gesehen, als ein Mensch eigentlich vertragen konnte. Aber bei der Vorstellung, was dieser Mann hier erlitten hatte, wurde ihr flau im Magen. Sie warf einen Blick auf ihren Kollegen und sah, dass es ihm nicht besser ging als ihr. Jedenfalls sah er für seine Verhältnisse ziemlich käsig aus.

»Hatte er Papiere bei sich?«, wollte Sturm wissen.

Der Arzt schüttelte den Kopf. »Die Spurensicherung sagt, sie hat keinen Ausweis gefunden, keinen Führerschein und kein Portemonnaie. Haben Sie derzeit einen Vermissten?«

»In letzter Zeit nur einen«, meinte Lükka Tammling. »Da wurde die Vermisstenanzeige allerdings inzwischen zurückgezogen.« Sie sah Sturm an, der sie schweigend und mit schiefgelegtem Kopf musterte. »Was?«

»Nun ja. Ich glaube, ich darf darauf hinweisen, dass die Personenbeschreibung von Ruben van der Laan nicht unbedingt auf diesen Toten passt.«

Lükka grunzte. »Du darfst.« Sie betonte das »Du«. »Jedem anderen würde man jetzt Racial Profiling unterstellen. Aber dir lasse ich das gerade noch durchgehen.«

»Sind Sie denn so weit fertig mit ihm, dass wir ihn nach Oldenburg in die Rechtsmedizin bringen lassen können?«, fragte Roman Sturm.

Kerkhoff nickte. »Mehr kann ich hier nicht machen. Ihre Kollegen haben alles sichergestellt, was sonst noch lose war.« Er schwieg und wartete scheinbar geduldig, bis jemand nachfragte.

Sturm gab als Erster auf. »Was wurde gefunden?«

Kerkhoff verkniff sich ganz offensichtlich eine triumphierende Grimasse. »Ein Blatt Papier. Blutverschmiert natürlich. Buntes, glattes Papier, offenbar ein Werbeflyer.« Er machte eine Pause. »Und im Mund des Toten steckte ein Stück Käse.«

KAPITEL 21

Schon wieder Käse. Roman Sturm ertappte sich beim Bedauern über die Verschwendung. Ihm gelang es beim besten Willen nicht, Käse im Laden zu kaufen, und hier hatte jemand nichts Besseres zu tun, als einen Toten damit zu füttern. Dabei hatte der gar nichts mehr davon.

Wobei das natürlich das geringste Problem war. Aber Nebenschauplätze wie dieser boten Roman Sturm zumindest kurzfristig Sicherheit und er trödelte bewusst ein paar Gedankengänge lang auf dem vergleichsweise harmlosen Feld der Lebensmittelverschwendung herum. Dann kehrte er seufzend in sein Arbeits-Ich auf den Waageplatz zurück, den inzwischen eine milde Frühlingssonne liebevoll beleuchtete. An den Zweigen der Bäume schimmerte zartes Grün, zwischen den Pflastersteinen am Rand des Platzes leuchteten ein paar vorwitzige lila Veilchenblüten und das Blut im Leichensack rund um den Körper des Mordopfers funkelte dunkelrot wie Granatapfelsirup. Der Anblick irritierte ihn, er wirkte falsch.

Der Hauptkommissar fing Doktor Kerkhoffs Blick auf. Wie lange sah der ihn schon so prüfend an?

»Sie fragen sich gerade, warum das Blut nicht geronnen ist«, stellte Kerkhoff fest.

Roman Sturm nickte überrascht. Natürlich, das war es.

»Im lebenden Organismus gibt es ein Gleichgewicht zwischen der Fibringerinnung und einem Vorgang, den man Fibrinolyse nennt«, erklärte der Arzt. »Es gerinnt ständig Fibrin und wird ebenso schnell wieder gelöst.

Wenn man sich verletzt, setzt eine komplizierte Gerinnungskaskade ein, die dafür sorgt, dass sich die Wunde schließt. Die Gerinnungsfähigkeit des Blutes hält auch nach dem Tod beziehungsweise nach Austritt des Blutes aus dem Körper noch eine Weile an. Waren Sie mal dabei, wenn ein Schwein geschlachtet wird?«

Sturm schüttelte den Kopf.

»Na, dachte ich mir. Wurst wollen sie alle essen, aber die unangenehmen Begleiterscheinungen will keiner sehen. Ich sage immer, wenn Schlachthäuser Glaswände hätten, gäbe es viel mehr Vegetarier. Egal. Jedenfalls wird nach einer Hausschlachtung das Blut im Eimer mit den gespreizten Fingern ein paar Minuten gerührt, damit es nicht gerinnt und man es weiterverarbeiten kann. Aber bei plötzlichem Eintritt des Todes ohne lange Agonie ist die fibrinolytische Kraft offenbar erhöht und die Blutgerinnsel lösen sich im Profibrinstadium auf, ehe das Blut geliert. Dasselbe beobachtet man nach bestimmten Vergiftungen. Jedenfalls geht man nach derzeitigem Forschungsstand davon aus.«

Roman zwang sich, dem Vortrag mit rein sachlichem Interesse zu folgen. »Ich nehme nicht an, dass jemand das ausgetretene Blut nach dem Mord minutenlang gerührt hat«, stellte er fest und sah das Nicken des Arztes. »Aber vielleicht wurde es beim Transport in dem Sack geschüttelt und ist deswegen nicht geronnen?«

Der Arzt hob die Augenbrauen. »Geschüttelt. Nicht gerührt. Interessante Vorstellung. Aber: nein. Unwahrscheinlich.«

»Also eine beschleunigte … wie nannten Sie es?«

»Fibrinolyse. Davon gehe ich aus. Es könnte an Medikamenten liegen, die die Gerinnungseigenschaften verändern. Man spricht salopp und unwissenschaftlich von Blutverdünnern. Oder es lag tatsächlich an der schnellen und gründlichen Adernöffnung. Wie beim Schächten. Ein professioneller Metzger hätte das nicht besser hinbekommen. Die Kollegen in Oldenburg werden Ihnen das nach der Autopsie bestätigen.«

»Danke«, sagte Roman Sturm. Er erwartete von der rechtsmedizinischen Untersuchung keinen Widerspruch zu Kerkhoffs Einschätzung. So gut kannte er den alten Dorfarzt inzwischen. »Aber was hat es mit dem Käse auf sich?«

»Medizinisch nichts«, erklärte Kerkhoff trocken. »Erstickt ist er daran nicht. Kriminalistisch? Das müssen Sie herausfinden. Aber gehen Sie davon aus, dass er nicht selbst in den Käse gebissen hat. Seine Hände sind nämlich gefesselt. Wenn wir hier nicht in Ostfriesland wären, würde ich auf eine Mafia-Hinrichtung tippen. In diesem Fall steckt dann vermutlich die Käsa Nostra dahinter.«

KAPITEL 22

Okko Wildeboer drückte die Wohnungstür zu und lehnte sich einen Augenblick von innen dagegen. Er fühlte sich müde und verschwitzt. Er ließ seinen Rucksack von der Schulter gleiten. Es war wirklich nicht so, als hätte er keine Ahnung, was Arbeit war. Ganz bestimmt nicht. Er war vielleicht etwas aus der Übung, aber eine faule Sau war er nicht. Doch diesen neuen Job hatte er sich leichter vorgestellt. Schön, er hatte jetzt einen Dienstwagen, das hörte sich gut an. Und er konnte ihn auch für Privatfahrten nutzen. Nur, dass er praktisch keine Zeit für Privatfahrten hatte, wenn das so weiterging. Er war wieder einmal den ganzen Tag mit dem alten, zugigen Kastenwagen unterwegs gewesen, um Müllers Aufträge zu erledigen.

Dabei hatte es ganz gut begonnen. Ebbe Krüsmann hatte natürlich sofort versucht, ihn auszufragen, und war spürbar beleidigt gewesen, dass Wildeboer ihm nichts über sein Vorstellungsgespräch und seine Aufträge erzählte. Schließlich hatte er ihm den Kontakt zu den »Käseprofis« vermittelt. Aber offenbar hatte Müller ihn anständig eingenordet, wie er es versprochen hatte. Also hatte der Glatzkopf ihn noch am Abend zu einem alten Hof in der Nähe von Leer gebracht und ihm den Schlüssel für einen Lieferwagen gegeben, der dort in einer Remise zwischen anderen Autos und Wohnmobilen stand. Das Ding hatte schon weit über zweihunderttausend Kilometer auf dem Tacho und nur noch ein paar Monate TÜV. Der dunkelrote Lack war stumpf und verwittert, offenbar hatte er jahrelang unterschiedliche Klebefolien getragen. Je nach Beleuchtung sah man die Reste alter Beschriftung darauf. Okko Wildeboers Traum von einem Auto sah anders aus, aber es fuhr und hatte einen großen Laderaum. Für den Anfang war das besser als nichts.

Wildeboer hatte sich gleich am nächsten Morgen daran gemacht, den Einkaufszettel von Markus Müller abzuarbeiten. Erst an der Supermarktkasse war ihm aufgefallen, dass er keine Rechnungsadresse bekommen hatte und Müller ihm auch kein Bargeld für den Einkauf mitgegeben hatte. Sein eigenes Geld reichte gerade eben, um alles zu bezahlen.

Müller erstattete ihm das Geld anstandslos, als er ihm nachmittags die Einkäufe brachte, und zahlte ihm auch einen Vorschuss auf sein erstes Gehalt aus. Müllers Bein schien schon gut verheilt zu sein, denn er kam ohne Krücken an die Tür und nahm die Stützen nur, während er dabeistand, als Wildeboer die Kisten in die Küche trug und die Einkäufe in den Schränken verstaute.

Dann gab er ihm eine neue Einkaufsliste. Außerdem drückte er ihm eine Kreditkarte für die künftigen Ausgaben und einen Ausweis für den Großhandel in die Hand. Die Rechnung dafür würde per Bankeinzug beglichen werden, sagte Müller.

Am nächsten Vormittag stand Okko Wildeboer auf dem Parkplatz des Großmarktes in der Nordstadt. Er fröstelte, als er aus dem Auto stieg und die scheppernde Fahrertür des alten Transporters schloss. Hier draußen bei der Autobahnauffahrt pfiff der ewige ostfriesische

Wind ungehindert über die weiten Wiesen und Felder. Ein paar Autohändler, ein großer gelber Möbelhausklotz und der Großmarkt standen hier draußen am Stadtrand, viel mehr hatte das Gewerbegebiet trotz der verkehrsgünstigen Lage noch nicht zu bieten.

Die Böen fingen sich unter dem Vordach des Parkplatzes, brachten einen fischigen Geruch nach Schlick und Brackwasser von der Ems mit und rissen Wildeboer beinahe den Einkaufszettel aus der Hand. Er steckte das Papier in die Tasche und holte sich einen der übergroßen Einkaufswagen. Eilig schob er ihn durch die Automatiktür, um dem kalten Wind zu entkommen, und wollte schnurstracks weiter in den Markt, da stoppte ihn ein barscher Ruf aus Richtung des Informationstresens im Eingangsbereich.

»Nicht so hastig, junger Mann.«

Okko Wildeboer wurde rot. Er fühlte sich ertappt, dabei hatte er doch wirklich nichts Verbotenes vor, sondern wollte ganz normal ganz normale Sachen kaufen. Betont freundlich lächelte er den Wachdrachen an. »Moin! Ich muss nur eben schnell was einkaufen.«

Die Frau schnaubte. »Habe ich mir beinahe gedacht, dass Sie nicht zur Fußpflege hier sind.«

»Na dann …« Er wollte weiter.

»Ich brauche erst den Ausweis.« Die Frau runzelte die Stirn.

Wildeboer tippte sich an den Kopf. »Klar, sorry.« Er zog die Plastikkarte aus der Tasche, die Müller ihm gegeben hatte, der Wachdrachen hielt sie vor einen Scanner und gab sie ihm wortlos zurück.

Als er endlich im Markt stand, brauchte Wildeboer einen Moment, um sich zu orientieren. Er war ein bisschen enttäuscht. Im Fernsehen hatte er Reportagen über Großmärkte in Hamburg und anderen Städten gesehen und sich wer weiß was Tolles darunter vorgestellt. Eigentlich war das hier nur ein zu groß geratener Supermarkt mit breiteren Gängen und ungemütlicherem Licht. Aber klar, dachte Wildeboer, er war hier nun mal in keiner richtigen Stadt, sondern bloß in Leer mit mickrigen fünfunddreißigtausend Einwohnern. Rechts ging es in die Getränkeabteilung, geradeaus standen Gemüsestiegen im Durchgang. Links neben dem Gang waren auf einer großen Fläche Paletten mit Klosettpapier aufgebaut, dazwischen standen Liegestühle, Bierzeltgarnituren, große Grills und Küchengeräte aus Edelstahl, die signalisierten, dass hier Profis einkauften.

Wildeboer kramte den Zettel hervor und studierte ihn. Müller brauchte Verpackungsmaterial, Frischhaltefolien und Plastikbeutel. Er sah sich um. Das schien eher da hinten an der linken Seite zu sein. Okko Wildeboer schob den Wagen an den Regalen mit Papiertischdecken und gewaltigen Servietten-Paketen vorbei, stand vor einer ganzen Wand mit meterlangen Stangen von Pappbechern und ebenso großen Packungen mit Kunststoffdeckeln, riesigen Tüten mit Plastikgabeln, Stapeln von gefalteten Pizzakartons, Einwegverpackungen und Tüten für Pommes, Burger und Fertigsalate. Klar, irgendwoher mussten die Imbissbetreiber das ganze Zeug ja haben. Jetzt wurde ihm auch klar, warum die Verpackung bei jedem Laden in Leer eigentlich gleich aussah. Und warum an den Straßenrändern immer so viel Müll lag.

Schließlich entdeckte er die bestellten Folien und Tüten in einem Seitengang. Mengenangaben hatte Müller nicht aufgeschrieben, deswegen packte Okko Wildeboer nach kurzem Überlegen eine bunte Auswahl der riesigen Rollen und Schachteln in den Wagen.

Meter für Meter arbeitete er sich durch den Laden. Allmählich unterschied sich das Angebot doch deutlich von dem im Supermarkt. Wildeboer fühlte sich auf Mäusegröße geschrumpft. Hier gab es Töpfe so groß wie Zementkübel, armlange Kochlöffel und Suppenkellen, die bestimmt einen Liter auf einmal fassten.

Ein paar Gänge weiter fand er Großpackungen mit abgepackten Marmeladenportionen fürs Hotelfrühstück, Konservendosen, die ihm bis zum Knie reichten, eingeschweißte fertig geschälte Kartoffeln und immer wieder Fertiggerichte, Würzmischungen und große Pappschachteln voll Pulver, die mit Bildern von schön angerichteten Desserts bedruckt waren. Wildeboer las neugierig ein paar Zutatenlisten auf den Dosen und Paketen und schauderte. Das raubte einem doch jede Illusion über das Essen in den Lokalen der Umgebung. Von wegen frisch und ohne Zusatzstoffe selbst gemacht. Kein Wunder, dass es eigentlich überall gleich schmeckte. Na gut, bestimmt gab es auch andere Köche in der Gegend, aber die kauften vermutlich nicht hier ein und in ihren Restaurants hatte Okko Wildeboer auch noch nie gegessen.

Außer dem Verpackungsmaterial und ein paar Kleinigkeiten stand noch Käse auf der Liste, ohne nähere Angaben. Okko Wildeboer suchte aus dem Kühlregal ein paar Sorten aus, die appetitlich aussahen. Hoffentlich war das jetzt nicht zu viel. Man sollte nicht mit leerem Magen einkaufen gehen.

Mit dem vollgepackten Wagen stand er schließlich an der Kasse und zeigte unaufgefordert seine Karte vor, ließ alles einscannen, unterschrieb die Rechnung für den Bankeinzug und trat endlich wieder hinaus in den kalten Wind, der jetzt auch noch Nieselregen vor sich hertrieb.

Drei Stunden später war er schon wieder zurück beim Großmarkt und präsentierte am Empfang seinen Einkaufsausweis. Der Wachdrachen von vorhin war nicht zu sehen, aber das war keine Verbesserung, denn die Ablösung fragte nach einer Vollmacht zur Karte.

»Ich war vorhin schon mal hier«, sagte Wildeboer mit treuherzigem Blick. »Ich habe nur was vergessen.«

»War der heute schon hier?«, rief der Typ am Tresen quer durch den Laden. Eine Kassiererin brüllte nach einem kurzen Blick ein knappes »Jau!« zurück und Okko Wildeboer durfte passieren.

In der Kühlabteilung packte er mehrere armlange Barren verschiedener Käsesorten in den Wagen, die in dicke Folie eingeschweißt waren. Das Zeug sah nicht so aus, als würde er sich das selbst gerne aufs Brot legen. Aber bitte, wer die Musik bezahlte, bestimmte das Programm. Müller hatte den mitgebrachten Käse vorhin kaum eines Blickes gewürdigt und Wildeboer sofort wieder losgeschickt, er solle gefälligst anständige Mengen einkaufen.

Ach, sieh an, dort standen große zylindrische Blechdosen, die ihm bekannt vorkamen. In der einen Sorte war Hirtenkäse aus Kuhmilch, der einem in vielen Läden als Schafskäse untergeschoben wurde, aber immerhin echter Käse war. Die anderen Büchsen waren identisch mit der, die der Dönerschmied ihm neulich unter die Nase gehalten hatte. Bisschen Milchpulver war drin, aber ansonsten enthielt das Zeug nur Pflanzenfett, Verdickungsmittel, Stabilisatoren und noch mehr aus dem Chemiebaukasten. Nee danke. Das Zeug konnte kaufen, wer wollte. Müller hatte Käse bestellt, keinen Fensterkitt.

Inzwischen arbeitete Okko Wildeboer schon eine Weile für Markus Müller und war überzeugt, dass er sich den Kopf seines Auftraggebers ganz ohne Grund zerbrochen hatte. Edamer, Gouda, Emmentaler. Mozzarella und Grana Padano. Müller nahm alles, wahrscheinlich hätte er auch den Analogkäse abgenommen. Und er wollte immer mehr. Bereits nach ein paar Tagen bekamen die Verkäuferinnen im Großmarkt einen gehetzten Blick, sobald Okko seine Karte vorzeigte. Aber sein Auftraggeber sah alles nur kurz an, nickte und wies mit dem Daumen in Richtung Küche. Für einen Käseprofi war er überhaupt nicht wählerisch, aber vermutlich war er selbst kein Feinschmecker, sondern in der großen Firma nur für Personalangelegenheiten zuständig. Neulich hatte er am Telefon eine Bewerberin für eine der Stellen im Verkauf interviewt, während Okko die Lieferung wegräumte. Wildeboer hätte gerne mal einen Blick auf das Mädel geworfen, aber Müller hatte den Bildschirm weggedreht. Scheißdatenschutz.

Wenn die Regale beim Großhändler leer waren, wich Okko Wildeboer in die umliegenden Supermärkte aus, die Verkäufer musterten ihn schon misstrauisch, wenn er wieder die Abteilung mit den Molkereiprodukten ansteuerte. Falls er tatsächlich noch ein Paket Gouda fand, musste er es bar bezahlen, weil Müllers Kreditkarte in den Leeraner Supermärkten nicht angenommen wurde. Aber immerhin erstattete Müller die Kohle pünktlich, die sein Mitarbeiter bei solchen Einkaufstouren auslegte. Bei den großen Mengen, die er einkaufte, fiel es ihm auch gar nicht auf, dass Okko immer wieder Käse für sich abzweigte. An den Hirtenkäse aus den großen Dosen hatte er sich schon richtig gewöhnt. Inzwischen bestellte er sich seine Pita und den Salat drüben im Imbiss ohne Käse und peppte das Essen zu Hause selbst auf.

Manchmal, abends vor dem Fernseher, fragte sich Okko Wildeboer: Warum kaufte ein Mann, der für den größten Käsehändler Europas arbeitete, Käse im Laden? Und dann auch noch im großen Stil? Aber letztlich war das ja seine eigene Angelegenheit. Wildeboer hatte einen Job, verdiente damit zum ersten Mal seit langer Zeit wieder Geld, ohne dabei Gesetze zu übertreten, und fuhr ein beinahe eigenes Auto. Da waren Fragen ein unnötiger Luxus.

Okko Wildeboer streifte die Turnschuhe von den Füßen und bückte sich nach seinem Rucksack. Etwas Großes, Haariges kroch dahinter hervor, rannte an der Flurwand entlang und verschwand hinter dem Schuhschrank.

Okko Wildeboer ließ den Rucksack fallen und schrie.

KAPITEL 23

»Fährmann, hol över!« Ebbe Krüsmann lachte und hielt seine Kamera schussbereit. Hoch über ihm ragte der leuchtend gelbe Ausleger eines Krans in den wolkenlos blauen Himmel. In den breiten Gurten ruhte der flache Rumpf der alten Fähre.

»Dat düürt noch een Settje.« Der Kranführer grinste gutmütig und wartete in aller Seelenruhe ab. Er wusste genau, dass seine Arbeit in Ostfriesland den Frühling einläutete. Wenn die handbetriebene Binnenfähre ihr Winterlager verlassen durfte und am Anleger der Jümme eingesetzt wurde, stieg die Vorfreude auf den Sommer, auf Touristen und sprudelnde Einnahmen. Nach den Jahren, in denen die traditionelle Eröffnung der Püntensaison wegen der Infektionsgefahr ausgefallen war, sehnten die Ostfriesen den kommenden Sommer besonders herbei. Die Mitglieder des Püntenvereins, der den Fährbetrieb mit dem flachen Prahm seit 1988 betrieb, hatten in den vergangenen Wochen das schwimmende Denkmal auf Vordermann gebracht, die Terrasse des Ausflugslokals war frisch gefegt und die breite Rampe, die zum Flussufer hinunterführte, von angespültem Treibgut befreit. Heute sollte Europas älteste handbetriebene Wagenfähre wieder zu Wasser gelassen werden und würde dann den Sommer über wie schon seit vierhundertfünfzig Jahren das Flüsschen überqueren, von zwei starken Männern an Stahlseilen gezogen.

Ein paar Gruppen von Schaulustigen hatten sich am Ufer und am Rande des gepflasterten Bootslagerplatzes eingefunden, andere standen etwas erhöht beim Gasthaus. Fast alle hatten ihre Smartphones einsatzbereit, um Fotos und Videos aufzunehmen. Das Spektakel war nicht ganz so beliebt wie der eigentliche Start der Püntensaison, deswegen war die Zahl der Zuschauer noch überschaubar. Am 1. Mai gab es hier traditionell Sternmärsche, einen plattdeutschen Gottesdienst und Shantys, Menschenmassen strömten zu Fuß oder mit bunt geschmückten Fahrrädern zu dem Punkt, an dem Leda und Jümme zusammenflossen. Heute zogen der riesige Autokran und das archaische Wasserfahrzeug vor allem Neugierige, Technikbegeisterte und Romantiker an. Der Streifenwagen war vermutlich nur hier, weil die beiden jungen Polizisten sich das Schauspiel nicht entgehen lassen wollten, dachte Ebbe Krüsmann. Es machte ja auch Spaß, da zuzugucken. Er selbst hatte das Spektakel schon sehr oft erlebt und fand es trotzdem jedes Jahr wieder spannend. Im Wasser sah die Pünte eher klein aus und viele staunten, dass sie sogar drei Autos transportieren durfte. Aber an Land und noch viel mehr schwebend in der Luft hatten vierzehn Meter eine ganz andere Wirkung. Sogar die Feuerwehr und ein Krankenwagen waren angerückt, obwohl Ebbe sich nicht erinnern konnte, dass beim Einsetzen der Pünte schon jemals etwas passiert war.

Natürlich war das Wassern der Fähre auch ein Pressetermin. Außer Ebbe Krüsmann, der als Freiberufler mehrere Zeitungen belieferte und Internetseiten versorgte, war heute allerdings niemand hier. Krüsmann grinste. Früher war das anders, da hatten die Zeitungen ihre Chronistenpflicht wahrgenommen und mindestens eigene freie Mitarbeiter zu diesen Ereignissen geschickt.

Meistens drängten sich damals sogar die Redakteure der konkurrierenden Blätter am Fluss. Dabei ging es nicht nur ums beste Foto, sondern vor allem um die Pflege von Kontakten. Wer zu diesen Aktionen zuverlässig auftauchte, ein paar verbindliche Sätze ausklönte, der bekam im Zweifelsfall auch mal eine Information zugeflüstert. Darauf wollte Krüsmann nicht verzichten, auch wenn er als Firmensprecher der »Käseprofis« eigentlich mittlerweile genug zu tun hatte. Dass die Zeitungen heutzutage auf einem so hohen Ross saßen und es nicht mehr für nötig hielten, solche Termine selbst wahrzunehmen oder zu besetzen, war Krüsmann nur recht.

»Moin, Ebbe, auch wieder im Einsatz?«

Krüsmann senkte den Fotoapparat und erkannte den riesigen Feuerwehrmann, der draußen vor der Stadt eine Schrauberwerkstatt betrieb.

»Ja, the Show must go on, wer rastet, der rostet!« Er lachte jovial und Ahrend Berghaus grinste zurück. Früher in der Redaktion hatten sie ein Phrasenschwein gehabt, das bei solchen banalen Sprüchen immer mit einem blanken Fünfmarkstück gefüttert wurde. Inzwischen gab es nicht mal mehr Fünfmarkstücke und an Phrasen störte sich kaum noch jemand.

In Berghaus' Remise standen immer mehr oder weniger fahrbereite Autos und wenn man ihn nett fragte, durfte man auch mal eins davon ausleihen. Kontaktpflege halt, Netzwerken. Das alte Lied. So konnte Ebbe Krüsmann auch ohne Probleme Marten Molenaars Auftrag erledigen, diesem jungen Burschen, den er im Imbiss aufgegabelt hatte, möglichst flott einen Transporter zu beschaffen. Der undankbare Bengel hatte nicht einmal verraten, wie das Vorstellungsgespräch gelaufen war, das er ihm vermittelt hatte. Und auch der Chef hatte nichts Näheres erzählt, sondern ihn nur angewiesen, einen Dienstwagen für Okko Wildeboer zu besorgen, am besten einen Transit, Sprinter oder etwas Ähnliches. Ebbe Krüsmann schnaubte bei der Erinnerung daran. Dafür war er ihm noch gut genug. Seine Kontakte spielen lassen, die Laufarbeit erledigen. Ansonsten fühlte Krüsmann sich kaltgestellt.

Dass Molenaar mit der Information über seine Pläne mit der Historischen Waage vorgeprescht war, nahm er ihm wirklich übel. Wer, wenn nicht der offizielle Pressesprecher, sollte wohl über so etwas Wichtiges wie eine Restauranteröffnung zuallererst Bescheid wissen? Vor allem, wenn es um eines der bekanntesten Lokale in ganz Ostfriesland ging, ein echtes Sahnestück. Stattdessen haute der Niederländer so eine Information einfach mal bei Facebook raus und Ebbe Krüsmann hechelte dumm hinterher und hatte von nichts eine Ahnung. Dieses Gefühl schmeckte ihm überhaupt nicht.

Dann war noch diese eigenartige Sache mit dem Plastikohr in der Käseschachtel, das so verdammt echt aussah. Krüsmann hatte einen Moment lang wirklich Muffensausen bekommen, alles Mögliche war ihm durch den Kopf geschossen bis hin zu einer Mafia-Drohung. Zum Glück war Molenaar am Telefon Zeuge gewesen, als er den unheimlichen Gegenstand ausgepackt hatte. Molenaar hatte ihn ausgelacht und ihn aufgefordert, den billigen Scherzartikel entweder sofort wegzuschmeißen oder sich einen passenden Werbespruch dazu auszudenken und das Ohr für die Publicity zu nutzen. So etwas wie »Wir haben ein offenes Ohr für Ihre Wünsche«. Das musste Krüsmann sich noch überlegen, erst einmal hatte er die Schachtel gut weggepackt, vielleicht fiel ihm ja etwas ein. Und wenn nicht, flog das Teil halt tatsächlich in den Müll, wo es hingehörte. Es war ja peinlich, auf so einen albernen Streich hereinzufallen.

Seit auf dem Platz bei der Waage dieser unbekannte Tote gefunden worden war, hatte Molenaar sich wieder mehr dem »Schleusenkrug« zugewandt. Gott sei's getrommelt und gepfiffen, dachte Krüsmann. Schließlich hatte er sich vor allem wegen seiner geliebten Dorfkneipe so für Molenaars »Käseprofis« eingesetzt. Dass die »Waage« dem »Schleusenkrug« den Rang abgelaufen hatte, war schwer zu ertragen.

Er hob die Kamera wieder in Schussposition, denn die Traverse mit dem flachen Prahm daran senkte sich. Ein paar zartgrüne Weidenzweige kitzelten im Vorbeiflug den flachen Bauch, dann setzte der siebzehn Tonnen schwere Schiffskörper sanft auf der braunen Wasseroberfläche auf, mit einer Trosse vom Ufer aus gesichert. Die Haltegurte wurden an der einen Seite ausgeschäkelt und unter dem viereinhalb Meter breiten Rumpf hindurchgezogen, dann schwamm die Pünte.

Beifall brandete auf, als die Helfer das Gefährt an der Auffahrrampe in Position brachten und das Flusswasser träge daran entlangstrudelte. Der Fährmann und die ersten Passagiere betraten die schwimmende Plattform. Bevor die Fähre Autos, Fahrräder und Fußgänger an Bord nahm, wollten die Vereinsmitglieder sichergehen, dass alles problemlos funktionierte. Schließlich hatten die daumendicken gedrehten Stahltrossen seit Oktober ungenutzt auf dem Grund des Flusses gelegen. Jetzt mussten sie an die Oberfläche geholt und so durch die

Rollen an der Reling geführt werden, dass die Fährmänner das Schiff mit eisernen Klauen an dem Stahlseil entlang ans andere Ufer ziehen konnten. Je nach Tide würden die Fährmänner das Seil später umstecken.

Das Seil tauchte auf wie eine störrische Wasserschlange, Tropfen rieselten glitzernd herab, die erste Öse schloss sich um das Kabel. Ebbe Krüsmann zoomte heran, denn er liebte solche Detailaufnahmen.

Plötzlich stockte der routinierte Arbeitsablauf. Ein Mann rief verwundert, etwas ruckte und knarrte und mehrere Männer beugten sich über die Reling und starrten ins Wasser, als könnten sie die störrische Schlange dadurch beschwören.

»Da unten hakt was!«, brüllte der Fährmann.

»Kann gar nicht!«, wandte ein anderer ein. »Da ist nichts.«

»Wenn ich es doch sage!«

Wo gerade noch entspannte Fröhlichkeit geherrscht hatte, brach ein hektisches Durcheinander aus.

Das Heck der Fähre, die erst an einem Punkt festhing, wanderte langsam vom Ufer weg, denn die Stillwasserphase, die sie für das Einsetzen genutzt hatten, war vorbei und die Tide lief wieder. Hastig warf jemand vom Ufer aus einen Tampen hinüber, den der Fährmann an einem Poller belegte, um den Prahm in Position zu halten.

»Wat een Aaskraam!«, schimpfte Ahrend Berghaus und machte sich auf den Weg zum Anleger. Ebbe Krüsmann folgte dem massigen Feuerwehrmann und auch einer der Polizisten war inzwischen herangekommen. Mit Stangen und Peekhaken stocherten die einen, andere rissen an der Trosse. Es rührte sich nichts.

»Lat Schiet gewähren«, forderte schließlich einer der alten Recken. »Ik mutt dor rin, anners werd dat heel nix.«

»Sollen wir nicht besser einen Taucher anfordern?«, schlug der junge Polizist schüchtern vor, aber der Alte winkte ungeduldig ab und ging Richtung Gasthaus davon. Offenbar war er hier der Baas, denn die anderen warteten tatsächlich, bis er zurückkam, eine Wathose bis unter die Achseln gezogen, ein Tau in seinem Lifebelt einschäkelte und sich neben der Fähre ins Wasser gleiten ließ. Ebbe Krüsmann wusste, dass das Wasser der Jümme vergleichsweise flach war. Der maximale Tiefgang für Boote wurde mit einem Meter zwanzig angegeben. Der Alte hangelte sich an dem Fährseil entlang, von Ahrend Berghaus mit dem Seil gesichert.

»Ik hebb al wat!«, rief er kurz darauf. »Dor hang wat in. Oll Isen of een Maschien.« Der Alte holte tief Luft und tauchte unter. Augenblicke später war er wieder oben, triefend und mit Schilf im schütteren Haar. »Daar hett een sien Auto in de Grund jaagt. Wat een Malöör. Hopentlik is he tiedig na buten komen.«

KAPITEL 24

»Ich dachte, ihr wolltet euch das vielleicht gerne anschauen.« Chalid Bihal trat zur Seite und ließ Roman Sturm und Lükka Tammling an das Autowrack treten, das sie mit Hilfe der Feuerwehr aus dem Fahrseil der Pünte befreit, am Kran angeschäkelt und ans Ufer gehoben hatten. Jetzt stand es auf dem Schotterplatz und tropfte aus allen Ritzen und Spalten.

»Was hast du denn für uns, Charly?«, fragte Roman Sturm. Der junge Kommissar mit den schwarzen Locken, der sich nur noch Charly nennen ließ, weil die meisten seinen Vornamen ohnehin falsch aussprachen, öffnete den Kofferraum des schlammverschmierten Kleinwagens. Roman brauchte einen Moment, bis er erkannte, was dort in der trüben Brühe kleine und größere Inseln bildete. Der Kofferraum war gut gefüllt mit eingeschweißten Käsebrocken der verschiedensten Sorten. All das lag darin, was er zuletzt im Supermarkt so schmerzlich vermisst hatte.

»Das nenne ich mal einen Hamsterkauf«, stellte Lükka Tammling beeindruckt fest. Sie stand neben ihrem Kollegen und schaute mit einem geradezu ausgehungerten Blick in den nassen, schmutzigen Laderaum.

»Auch wenn du jetzt das denkst, was ich denke – das ist keine Option«, sagte Sturm.

»Ich weiß, ich weiß.« Lükka seufzte. »Aber sag selbst: Ist es nicht ein Jammer, dass das alles in der Asservatenkammer landet und da bleibt, bis es verschimmelt oder irgendjemand Anspruch darauf erhebt?« Mit spitzen Fingern angelte sie ein Paket aus der Brühe und schüttelte das Wasser ab. »Gouda«, sagte sie sehnsüchtig. »Mittelalt.«

»Würde ich nehmen«, grinste Roman Sturm und ignorierte das leise Räuspern hinter seinem Rücken. »Auf einer Pizza macht sich der gut. Wie sieht denn die Verpackung aus?«

»Ist unbeschädigt. Ich sag, der geht noch. Guck, noch nicht mal das Mindesthaltbarkeitsdatum ist abgelaufen.«

Das Räuspern wurde lauter und Roman Sturm hatte das Gefühl, dass sich Bihals Blicke in seinen Rücken bohrten.

Lükka Tammling drehte sich zu dem jungen Mann um. »Willst du auch zum Essen eingeladen werden? Kein Problem.«

Roman Sturm biss sich auf die Lippen, als er das verzweifelte Gesicht des Kollegen sah, dann brachen die beiden Hauptkommissare gleichzeitig in schallendes Gelächter aus.

Charly Bihal guckte im ersten Moment etwas beleidigt, weil die älteren Kollegen ihn derart auf die Schippe genommen hatten, dann stimmte er in das Lachen ein.

»Ist aber wirklich schade um das gute Zeug«, sagte Roman Sturm. »Ist sonst noch etwas Interessantes in dem Wrack?«

Bihal schüttelte den Kopf. »Ein paar CDs liegen im Handschuhfach.« Er wurde rot. »Ein Paket Kondome und eine Sonnenbrille. Sonst nichts. Und vor allem keine Spur vom Fahrer.«

Was ja mal gut war, dachte Roman Sturm. Dann hatten sie auch keine weitere Leiche. Vermutlich war hier nur ein gestohlenes Auto im Fluss entsorgt worden oder es handelte sich um einen simplen Versicherungsbetrug. Alte Gurke über die Kante gerollt, als gestohlen gemeldet, Kohle eingesackt. »Dann machen wir als Erstes eine Halterabfrage.«

»Schon geschehen«, sagte Bihal eifrig. Er zückte sein Handy und las vor: »Das Fahrzeug ist auf einen Jelto Brinker zugelassen, wohnhaft in Westoverledingen. Die Adresse habe ich auch. Sollen wir hinfahren und mit ihm reden?«

»Ja, macht das. Aber schick mir auch noch die Personalien, dann können wir abklopfen, ob dieser Brinker oder sein Auto womöglich doch etwas mit unserem Fall zu tun haben. Ist einfach ein bisschen viel Käse auf einmal.«

KAPITEL 25

Wenn es etwas gab, das Okko Wildeboer auf den Tod nicht ausstehen konnte, dann waren es Spinnen. Die dürren, langbeinigen, die grau in den Ecken hockten und in ihren Netzen anfingen, hektisch zu zittern, wenn man in die Nähe kam, fand er übel. Wenn andere Jungs fasziniert vor einem kunstvoll gesponnenen Radnetz an der Hecke standen und die glitzernden Tautropfen bestaunten, ehe sie das Netz mit Stöckchen abrissen und über die flüchtende Spinne lachten, wich er immer mindestens drei Schritte zurück und wischte sich verstohlen über Nacken und Kopf. Die Vorstellung, so eine Kreuzspinne könnte sich in seinen Haaren verfangen oder ihm in den Kragen krabbeln, jagte ihm kalte Schauer über den Rücken. Aber am grässlichsten waren die schwarzen, kräftigen Winkelspinnen, bei denen Okko Wildeboer sich einbildete, sie trappeln zu hören, wenn sie auf ihren viel zu vielen, viel zu langen Beinen geschäftig über den Fußboden eilten. Seit er vor Jahren so ein ekelhaftes Biest zu spät im Hosenbein entdeckt hatte, schüttelte er gewohnheitsmäßig alle Kleidungsstücke und Schuhe vor dem Anziehen aus.

Das Ungeheuer, das gerade unter seinem Rucksack hervorgerannt und hinter dem Schuhschrank verschwunden war, musste seinen schlimmsten Albträumen entkrochen sein. Das Tier war braun und haarig, seine Beine waren gestreift, so viel hatte er noch gesehen, ehe es sich versteckt hatte. Und es war bestimmt so groß wie ein Meerschweinchen. Ein Meerschweinchen mit acht langen, gestreiften haarigen Beinen.

Okko Wildeboer unterdrückte seinen ersten Impuls, die Wohnung zu verlassen, die Tür zuzuschlagen und weit, weit wegzurennen. Ihm war nur allzu klar: Wenn er der Kommode den Rücken zuwandte, dann konnte diese entsetzliche Spinne ungestört in der ganzen Wohnung herumlaufen. Sie konnte in seine Schuhe kriechen, sich unter seinen Lieblingssessel setzen oder es sich in seinem Bett unter der Matratze gemütlich machen, um ihn nachts mit ihren riesigen Klauen zu packen und zu beißen. Dann würde er vom Gift gelähmt in seinem Bett liegen und niemand wäre da, um ihm zu helfen.

Er musste fliehen und sich eine neue Wohnung suchen.

Oder er musste kämpfen.

Okko Wildeboer wimmerte, dann sah er sich hektisch nach einer Waffe um. Ein Besen stand in der Ecke. Der Stiel war lang genug, damit seine Hand Abstand halten konnte. Aber die weichen Borsten würden nachgeben und die Spinne sich womöglich nur über eine Massage freuen. Oder so richtig wütend auf den Angreifer losgehen. Den Besen umdrehen und mit dem Stielende zustoßen? Das erforderte entschlossenes und sicheres Zielen. Der Rucksack war schwer genug, aber unhandlich. Ein Schuh? Nein, das Biest saß ja unter dem Schuhschrank und lauerte ihm auf. Und einen seiner Turnschuhe auszuziehen und dem Gegner auf Socken gegenüberzutreten, kam nicht in Frage. Zutreten war erst recht undenkbar. Überhaupt wurde ihm schlecht beim bloßen Gedanken an die Sauerei, die eine zerquetschte, zerschmetterte Spinne in Meerschweinchenformat an seinem Schuh und in seinem Flur anrichten würde. Dann hätte er die Schlacht gewonnen, aber den Krieg verloren, weil er aus lauter Ekel doch ausziehen müsste. Er fand ja schon Fliegenmatsch an der Fensterscheibe und platte Mücken an der Tapete widerlich.

Man konnte Spinnen mit dem Staubsauger beseitigen, oder nicht? Aber das galt für normal große Hausspinnen. Und irgendwo hatte er gelesen, dass die manchmal im Staubsaugerbeutel überlebten und dann wieder herauskrabbelten. Außerdem war das Biest bestimmt zu dick für das Rohr. Der Staubsauger war zudem so alt und schwach, der Luftsog reichte sicher nicht, um ein Ungetüm von der Größe eines fetten Kaninchens einzusaugen.

Den Blick unverwandt auf die Kommode gerichtet, tastete Okko Wildeboer sich seitwärts in Richtung Küchentür.

Unter seinem Fuß raschelte es, ein weicher Widerstand unter der Schuhsohle ließ seine Haare zu Berge stehen und sein Herz rasen. Er schüttelte angewidert den Fuß, bis er merkte, dass er sich im halb vollen gelben Sack verfangen hatte. Das hauchdünne Plastik zerriss wie immer sofort. Eine bunte Mischung aus Kunststoffverpackungen und Alufolie verteilte sich auf dem Fußboden, leere Konservendosen und mehrere Hirtenkäsebüchsen rollten durch den Flur. Verdammt, dachte Okko Wildeboer, wenn das Vieh jetzt in den Abfall krabbelt und sich in einer der großen Dosen versteckt?

Ja, was dann?

Dann machst du verdammt noch mal schnell den Deckel drauf, du Horst, dachte Okko Wildeboer und ging in die Knie, um die allergrößte Büchse aufzuheben. Es war eine leere Hirtenkäsedose. Echter, kein Analogkäse wie drüben beim Imbiss.

Die offene Büchse in der einen Hand, zog Wildeboer mit der anderen das Schränkchen von der Wand. Dahinter ballten sich riesige Staubmäuse zwischen altem Laub. Eine längst verloren geglaubte Socke lag dick eingestaubt dazwischen.

Eine Vogelspinne hockte dort nicht.

Okko Wildeboers Herz klopfte im Hals und das Blut pochte in seinen Ohren. Wo war sie?

Als er die Bewegung registrierte, saß das achtbeinige Tier mit dem haarigen Körper bereits dicht neben seinem Fuß.

Mit aufgerissenen Augen und gefletschten Zähnen ließ Wildeboer seinen rechten Arm hinabschießen und stülpte die leere Käsedose über die Vogelspinne. Ein haariges Beinende lugte unter dem Blechrand hervor und wurde eilig eingezogen. Schwer atmend hockte Okko Wildeboer auf dem Fußboden und drückte die Dose so fest auf die Fliesen, dass seine Hand schmerzte. Erst als das Rumpeln und Trommeln hinter der Blechwand verstummte, lockerte er den Griff etwas. Vorsichtig schob er ein Stück Pizzakarton unter die Dose, bis die Öffnung ganz abgedeckt war, dann drehte er den Metallzylinder schwungvoll um. Als die massige Spinne dabei auf den Dosenboden fiel, hätte er vor Schreck beinahe alles fallen lassen, schaffte es aber, den Plastikdeckel auf die Dose zu setzen.

Seine Knie zitterten und er hatte das dringende Bedürfnis, sich die Hände zu waschen, obwohl er die Vogelspinne gar nicht berührt hatte. Er stellte die Büchse auf die Kommode, vergewisserte sich, dass der Deckel festsaß. Im Bad seifte er sich gründlich die Hände, wusch sie ein zweites Mal, trocknete sie ab und rieb sich außerdem noch eine riesige Portion Desinfektionsmittel auf die Haut. Dann brachte er seinen Rucksack in die Küche und holte sich erst einmal eine Dose Bier aus dem Kühlschrank.

Als er sie geleert hatte, fühlte er sich endlich in der Lage über die nächsten Schritte nachzudenken. Er musste das gefangene Tier loswerden. Kurz spielte er mit dem Gedanken, die Dose mit der Spinne darin in den nächsten Mülleimer an der Straße zu werfen. Sollten sich doch die Straßenfeger damit vergnügen. Aber dann konnte er nicht wirklich sicher sein, dass sie sich nicht wieder ins Haus schlich. Am besten war es, wenn er sie zu Melina in den zweiten Stock brachte. Die Nachbarin hielt sich solches Viehzeug, also musste sie auch ein Gefängnis dafür haben. Wahrscheinlich war das sowieso ihre Spinne. Jetzt sollte sie das Ding verdammt noch mal auch ausbruchsicher einsperren. Sonst würde er sie bei der Hausverwaltung verpfeifen wegen unerlaubter Haustierhaltung. Zumindest würde er ihr das androhen.

Ein eiskalter Schauer lief ihm über den Rücken und er schüttelte sich unwillkürlich, als er die Käsedose vom Schuhschrank nahm und damit ins Treppenhaus trat. Glücklicherweise turnte die Vogelspinne in der Büchse nicht herum. Vielleicht fühlte sie sich in der dunklen Röhre sogar wohl. Das Adrenalin von der Spinnenjagd war noch nicht völlig abgebaut, als er ungeduldig den Klingelknopf der Nachbarwohnung drückte. Er hörte den Gong, aber niemand öffnete. »Melina, aufmachen, verdammt!« Wütend hämmerte Okko Wildeboer mit der Faust gegen die Tür. Die Tür schwang auf und Okko sah überrascht in den dämmerigen, unaufgeräumten Flur. Zögernd trat er ein.

»Melina?«

Auf einem Regal lag Post, darunter der Prospekt einer Zoohandlung. Die Angebote waren längst abgelaufen. Die Wohnung roch muffig. »Du könntest auch mal wieder lüften«, sagte Okko Wildeboer und erschrak fast vor seiner eigenen Stimme. Er war schlagartig sicher, dass die Nachbarin schon lange nicht mehr hier gewesen war. Wo hatte sie ihre anderen Spinnen? Hoffentlich waren die nicht alle ausgebrochen und krochen im ganzen Haus herum. Schließlich war die Wohnungstür offen gewesen.

Mit der Büchse in der Hand ging Okko Wildeboer von einem Raum in den anderen. Der Grundriss der Wohnung ähnelte seiner. Vielleicht fand er ja das Terrarium oder wie das Teil hieß, in dem die Vogelspinnen hausten. Dann konnte er den haarigen Inhalt der Dose da einfach hineinkippen und schnell wieder verschwinden. Im Wohnzimmer stand nichts, in der Küche fand er ein paar Plastikbehälter mit mehr oder weniger lebendigen Grillen und Käfern. Eine Dose hatte innen sogar schon Schimmel angesetzt. Vielleicht waren es auch Gespinste mit Insekteneiern. Was für widerliche Hobbys manche Leute hatten! Er schüttelte sich.

Im Schlafzimmer stank es. Bunte Tücher bedeckten die Wände. Ein großes Laken war statt eines Vorhangs in den Fensterrahmen geklemmt. Auf dem Bett lagen ein paar verstreute Kleidungsstücke. An der gegenüberliegenden Wand erkannte Okko Wildeboer im Dämmerlicht einen Glaskasten und trat vorsichtig näher. Mehrere fette, haarige Tiere saßen an der Scheibe. Wie viele, konnte er nicht genau erkennen. Das waren einfach zu viele Beine.

Als er grob an der Schulter gepackt wurde, ließ Okko Wildeboer die Blechdose fallen und fuhr auf dem Absatz herum.

Er starrte in das erboste sommersprossige Gesicht eines rothaarigen Mannes mit abstehenden Ohren. Der andere war nicht groß und auch nicht besonders muskulös, aber offenbar zu wütend, um das als Problem zu erkennen.

»Was hast du im Schlafzimmer meiner Freundin verloren?«, brüllte er Okko Wildeboer an und schubste den deutlich kräftigeren Mann vor sich her. »Mach dein Maul auf!« Zwischen seinen Hasenzähnen sprühte Speichel und Okko wich zurück. Als er gegen das Terrarium stieß, wackelte der Glaskasten und das Knäuel aus haarigen Beinen geriet in hektische Bewegung. Okko Wildeboer machte einen Satz, schob den kleineren Rothaarigen beiseite und floh zur Tür.

»Verdammt, pass doch mit den Tieren auf«, brüllte der Rotschopf jetzt. »Melina, wo steckst du?«

»Pass du doch selber auf«, schnauzte Okko Wildeboer zurück. »Sonst rennen hier gleich noch mehr von den Monstern frei rum.«

»Wo ist Melina?«, wiederholte der Rothaarige stur.

»Meine Güte, keinen Schimmer. Ich denke, die ist deine Freundin. Dann solltest du doch wissen, wo sie ist. Ich suche sie ja selber.« Panisch sah er sich um. »Wo ist die Dose, verdammt noch mal?«

Der Rothaarige schien sich etwas beruhigt zu haben, auch wenn sein Misstrauen ihm noch deutlich anzusehen war. »Welche Dose?« Er folgte dem suchenden Blick des anderen Mannes. Dann bückte er sich und hob die Käsedose auf, die unter das Bett gerollt war. »Die hier?«

»Vorsicht, der Deckel!«, warnte Okko Wildeboer.

»Hier ist kein Deckel.« Der andere kippte die Dose. Dann schüttelte er sie etwas und zu Wildeboers Entsetzen saß im nächsten Augenblick die riesige haarige Vogelspinne auf seiner sommersprossigen Hand.

Der Rothaarige lächelte. »Hey, du Schöne, dich habe ich ja lange nicht gesehen.« Zärtlich hob er sie vors Gesicht und pustete ein paar Staubflusen aus ihrem Pelz.

Okko Wildeboer wurde schlecht.

Der Rothaarige barg die Spinne vorsichtig in seinen gewölbten Händen und trug sie hinüber zum Terrarium. Jetzt, wo er nicht mehr vor Wut Gift und Galle spie, kam er Okko vage bekannt vor. »Kein Wunder, dass du abgehauen bist«, sagte der Sommersprossige, und Okko Wildeboer war sicher, dass er nicht gemeint war. »Hier ist ja nicht mal mehr Wasser. Und ihr seht alle total verhungert aus.« Er wandte sich wieder Okko Wildeboer zu. »Seit wann ist Melina nicht mehr hier gewesen?«

Schulterzucken. »Keinen Schimmer. Ich wollte ihr das Vieh bringen, das ich unten in meiner Wohnung gefangen habe. Da habe ich bemerkt, dass die Tür offen war, und bin rein.« Mit Schaudern sah er zu, wie der andere Mann in den Glaskasten griff, die Spinne behutsam darin absetzte und eine flache Schale herausnahm. Der Fremde machte Okko Wildeboer ein Zeichen, ihm zu folgen, und der verließ nur zu gerne das unheimliche, stickige Schlafzimmer.

»Und du bist …?«, wollte der Rothaarige wissen, während er den Wassernapf füllte und in der Küche überprüfte, in welcher Vorratsdose noch etwas Essbares für die Spinnen lebte. Er fütterte die Biester und kam mit der leeren Blechbüchse zurück.

Okko Wildeboer stellte sich vor: Nachbar von unten, nicht viel Kontakt zu den anderen Hausbewohnern, ständig unterwegs und busy, deshalb keinen Überblick, wer im Haus so kam und ging. »Von deiner Freundin weiß ich gerade, dass sie Melina heißt und Spinnen hält.«

Der Rothaarige schien ihm endlich zu glauben, dass er keinen Nebenbuhler im Schlafzimmer seiner Freundin ertappt hatte. »Ich bin Niklas Conradi«, stellte er sich mit einiger Verspätung vor.

Jetzt fiel Okko Wildeboer ein, woher er den Rothaarigen kannte. Er war ihm einige Male in Greetsiel während seines Praktikums bei Miltenberg begegnet. Er hatte da wohl einen Bürojob. Wirkte immer ein bisschen ängstlich, war aber ganz freundlich.

Sein früherer Kollege fuhr fort: »Melina hat sich eine Weile nicht gemeldet. Da wollte ich mal nach ihr gucken, ob alles in Ordnung ist.«

Oder ob du sie mit einem anderen erwischst, dachte Okko Wildeboer. Laut sagte er: »Vielleicht hat sie einfach zu viel Arbeit. Geht mir ja auch so. Ich habe in meiner neuen Anstellung beim ›Käseprofi‹ so viel zu tun, dass ich gar keine Zeit mehr fürs Privatleben habe.« Dieser Conradi sollte bloß nicht glauben, dass er nach dem Rausschmiss in Greetsiel nichts Neues gefunden hatte. Ihm fiel noch etwas ein. »Ach ja, irgendwann neulich habe ich sie im Flur getroffen, da hatte sie es eilig und war ziemlich aufgebrezelt. Erzählte was von Jobsuche. Oder vielleicht war es auch ein Vorstellungsgespräch. Das ist aber schon eine Weile her.«

Niklas Conradi runzelte die Stirn. »Wenn sie länger wegmüsste, hätte sie doch Bescheid gesagt, damit ich mich um die Tiere kümmere.« Er sah Okko Wildeboer scharf an. »Oder solltest du das erledigen?«

Okko Wildeboer war froh, dass er guten Gewissens und mit voller Überzeugung Nein sagen konnte. Mit einem eifersüchtigen Spinnenfreund wollte er wirklich keinen Ärger bekommen. »Also, ich muss auch wieder«, sagte er. »War ein langer Tag.« Er wandte sich zum Gehen.

»Warte, deine Dose musst du noch mitnehmen.« Conradi hielt ihm die leere Blechbüchse hin. »Falls du was von Melina hörst, sag mir eben Bescheid, ja?« Er zog einen kleinen Notizblock aus der Tasche, schrieb etwas darauf und riss das oberste Blatt ab. »Hier, meine Handynummer. Wenn ich den Deckel von dieser Dose finde, werfe ich ihn dir in den Briefkasten.«

Okko Wildeboer winkte ab. »So bald muss ich hoffentlich keine Riesenspinnen mehr in der Wohnung fangen. Und wenn: Von den Büchsen habe ich mehr als genug.«

KAPITEL 26

»Dieser Jelto Brinker war ein ganz schön heißer Feger«, stellte Lükka Tammling fest, als sie sich durchlas, was sie bisher über ihr Mordopfer zusammengetragen hatten. Roman Sturm stand neben ihr und blickte über ihre Schulter auf den Bildschirm.

»Hätte ich bloß geahnt, dass du auf solche Macho-Typen stehst ... Was hätte aus uns werden können«, seufzte Dirk Baukloh theatralisch und warf seiner Kollegin vom Regal mit der Kaffeemaschine aus einen schmachtenden Blick zu.

Roman Sturm beschloss, sich nicht einzumischen. Seit Jahren versuchte Dixi, mit Lükka zu flirten, ebenso lange ließ sie ihn abblitzen. Vermutlich hatte sich das Ritual längst verselbstständigt. Lükka wurde mit Bauklohs Annäherungsversuchen auf jeden Fall spielend fertig, dabei war es gleichgültig, ob die ernst gemeint waren oder nur Gewohnheit. Dem Kollegen für seine Baggerei über den Mund zu fahren, wäre eine Bevormundung, die er sich gegenüber Lükka nicht herausnehmen wollte. Wahrscheinlich hätte Roman dafür von beiden Seiten Gegenwind bekommen, und zwar zu Recht. Also ließ er es.

»Jetzt ist es ohnehin zu spät«, entgegnete Lükka Tammling trocken. »Deine Versetzung ist genehmigt und du musst dir in Osnabrück neue Jagdgründe suchen. Du kannst nur hoffen, dass du dort keine zu engagierte Gleichstellungsbeauftragte vorfindest, die dir wegen Belästigung am Arbeitsplatz auf die Finger klopft.«

»Ich werde dich auch vermissen«, grinste Baukloh und warf ihr eine Kusshand zu.

»Also, zurück zu unserem anderen Gockel«, fuhr Lükka Tammling fort. »Jelto Brinker war auf so ziemlich jeder Dating-Plattform angemeldet, die es gibt. Die meisten davon haben nichts mit langfristigen Partnerschaften zu tun, sondern da geht es nur um den schnellen, unverbindlichen Sex zwischendurch. Seine Fotos finden sich im Internet an allen möglichen und auch an den unmöglichsten Stellen. Bei Facebook hatte er ein seriös aufgemachtes Profil unter seinem echten Namen, mit Arbeitsstellen bei unterschiedlichen Immobilienbüros und Finanzdienstleistern.«

»Ich dachte, du sagtest: seriös«, wandte Dixi Baukloh ein. Er hob entschuldigend die Hände. »Schon gut, ich bin still.«

»Die Bildersuche ergibt noch mehr Treffer.« Sie stutzte. »Ach, schau an, dieser JelTo hat mir neulich auch eine Freundschaftsanfrage geschickt. Das war also unser Jelto Brinker.« Sie runzelte die Stirn. »Irgendwie ist das gruselig, die habe ich erst am Abend vor dem Leichenfund bekommen, da kann er schon nicht mehr gelebt haben. Ich hatte mich aber auch eine ganze Weile nicht bei Facebook angemeldet. Wer weiß, wie lange die Anfrage da schon stand.«

»Hast du sie angenommen? Dann können wir uns sein privates Profil mal etwas näher ansehen. Vielleicht hilft uns das.«

»Ja, schon ...« Wurde die Kollegin etwa rot? »Ich benutze dieses Profil aber nicht bei der Arbeit.«

Roman Sturm verbiss sich ein Lachen. Er wusste natürlich, dass Lükka gerne mit verschiedenen Identitäten im Netz unterwegs war. Bisher hatte sie alle Pseudonyme streng geheim gehalten. Wenn die beiden Männer jetzt ihren Profilnamen erfuhren, war ein Account verbrannt.

»Wir merken uns auch nicht, wie du dich nennst«, versprach er.

Dirk Baukloh sagte nichts, sondern griente nur.

»Du wirst mich nicht stalken«, warnte Lükka ihn. »Ich weiß, wie dein Profil heißt.«

»Nee, oder? Du bist mir unheimlich«, gestand Dirk Baukloh.

Die Hauptkommissarin zögerte kurz und überlegte wohl, wie sich das Problem lösen ließ. Dann forderte sie die beiden Kollegen auf, sich umzudrehen. »Nicht schmulen.«

Roman Sturm nutzte die Gelegenheit, eine dreifache Portion Kaffeepulver in die gläserne Stempelkanne zu füllen und den Wasserkocher anzuschalten. Einen frischen Kaffee konnte er jetzt gut gebrauchen. Und zwar einen richtigen, starken, nicht einen schnellen aus der Padmaschine.

Während er das kochende Wasser in die Kanne goss und wartete, bis der gemahlene Kaffee aufgequollen war, flitzten Lükkas Finger über die Tastatur ihres Computers, nach einer Weile verstummte das Klackern. »So«, sagte sie, »ihr könnt wieder herkommen. Aber bringt Kaffee mit.«

Nach einem großen Schluck aus ihrem dampfenden Pott gab sie den Blick auf ihren Bildschirm frei, auf dem sie das Profil des Nutzers mit dem Namen JelTo aufgerufen hatte. Offenbar hatte sie ihr eigenes Profilbild und den angezeigten Namen geändert. Roman Sturm war nicht überrascht, dass Brinker seinen offiziellen Account von diesem privaten Profil getrennt hatte. Es war bekannt, dass Arbeitgeber inzwischen die Profile von Bewerbern in den sozialen Netzwerken überprüften. Mit so vielen freizügigen und trinkfreudigen Postings hätte Jelto Brinker vermutlich nicht viele Vorstellungsgespräche bekommen. Lükka Tammling sah sich die Informationen an, die Brinker über sich preisgegeben hatte, und scrollte durch die Timeline.

»Ein langweiliger Partyboy, der einen auf Womanizer macht«, urteilte die Hauptkommissarin unnachsichtig. »Für unsere Ermittlungen gibt das nicht viel her.«

Dirk Baukloh war anderer Meinung. »Da kann doch durchaus ein Motiv zu finden sein. Wenn dieser Bursche wirklich wild in der Gegend rumgevögelt hat, ist er bestimmt häufiger mal einem anderen Mann in die Quere gekommen. Vielleicht hat er dem Falschen die Frau ausgespannt und ist von einem eifersüchtigen Ehemann umgelegt worden.«

Roman Sturm überlegte, dann schüttelte er nachdrücklich den Kopf. »Du hast die Leiche nicht gesehen. Das war keine Affekttat, sondern gut vorbereitet und kaltblütig ausgeführt. Außerdem war Brinker vor seinem Tod längere Zeit in der Gewalt seines Mörders. Oder seiner Mörder.« Er ging hinüber zu seinem eigenen Schreibtisch und öffnete die Akte. »Nach allem, was wir aus der Rechtsmedizin und von Doktor Kerkhoff wissen, wurde er geschlagen, getreten und mit einem Messer verstümmelt. Nach seinem Gesamtzustand zu urteilen, war er sogar deutlich länger als nur ein paar Tage in Gefangenschaft und stark unterernährt. Er hatte Druckgeschwüre und Entzündungen am Unterleib, lag also vermutlich die ganze Zeit in dem Leichensack, in dem er gefunden wurde. Mehrere Tage vor seiner Ermordung hat ihm zudem jemand die Ohrmuschel mit einem scharfen Messer abgeschnitten. Das würde für einen Erpressungsversuch sprechen.«

»Schon gut, ich glaub dir ja«, murmelte Dirk Baukloh. Sein Gesicht hatte eine grünliche Tönung angenommen. »Sagte ich schon, dass ich mich im Fachkommissariat 2 immer wohlgefühlt habe? So ganz ohne unappetitliche, verstümmelte Leichen?«

»Doktor Kerkhoff meinte, für ihn sehe das nach einer Mafia-Hinrichtung aus«, erklärte Lükka Tammling. »Wir sollten also nach Verbindungen ins organisierte Verbrechen schauen. Brinker hatte mit Immobilien und mit Geld zu tun. Vielleicht ja auch mit Drogen.«

»Nicht zu vergessen: mit Käse«, ergänzte Roman Sturm. »Sein ganzer Kofferraum war voll damit.«

»Im Ernst, was sollte die Mafia mit Käse zu schaffen haben«, wehrte Lükka Tammling ab.

»Höchstens als Tarnung«, sagte Dirk Baukloh nachdenklich. Seine verspielte Flapsigkeit war wie weggeblasen. »Es werden gerne mal Drogen in stark riechenden Waren versteckt. Natürlich eigentlich vor allem in Kaffeelieferungen.« Er trank einen Schluck aus seinem Becher und wirkte auf einmal hellwach und aufmerksam. Eine Nase für Shit hatte er wie Drogenspürhund Hermann, dachte Roman Sturm. Das musste man ihm lassen. Allerdings war der Cockerspaniel bei den Kolleginnen beliebter.

Mit der Tasse in der Hand tigerte Dixi Baukloh durch das Büro seiner Kollegen und dachte laut nach. »Die Mafia verschiebt Drogen über die Grenze zwischen den Niederlanden und Deutschland und verpackt sie in Käse. Dieser Jelto Brinker ist einer ihrer Kuriere. – Äh, nee.« Er blieb stehen und schüttelte unwillig den Kopf. »Das passt nicht. Es war zwar jede Menge Käse im Auto, aber von Drogen war keine Spur zu finden. Und warum sollten sie ihre eigenen Leute killen?« Er winkte ab und stellte sich wieder zu Lükka an den Schreibtisch. »Lasst uns mal weitersehen, was er so zu bieten hat.«

Auch Roman Sturm kam wieder herüber.

Lükka Tammling nahm sich jetzt die Liste der Seiten vor, die Jelto Brinker abonniert oder mit dem Vermerk »Gefällt mir« markiert hatte. »Oh, guck mal hier:

Kennst du die?« Sie ließ den Cursor über einem Seitennamen schweben.

»Klar«, sagte Dirk Baukloh. »Die ›Käseprofis‹. Da habe ich den Käse bestellt für unsere Pizzaparty. Ich hoffe, der wird rechtzeitig geliefert.«

Lükka Tammling hatte versehentlich auf die linke Maustaste gedrückt und schon öffnete sich die Seite des niederländischen Käsehändlers, die sie neulich schon besucht hatte. Sie wollte gerade zurück auf Brinkers Profil gehen, als Roman Sturm etwas auffiel.

»Warte mal kurz«, sagte er. »Unser Jelto Brinker hatte was mit diesen ›Käseprofis‹ zu tun. Guck mal.« Mit dem Zeigefinger wies er auf eines der Bilder. Der Monitor wackelte.

»Patsch nicht immer auf den Bildschirm«, schimpfte seine Kollegin. »Echt, wie die kleinen Kinder!« Sie schüttelte den Kopf. »Nein, das ist er nicht. Oder – warte mal.« Sie rief JelTos Seite in einem neuen Tab auf und ordnete die beiden Fenster nebeneinander an.

»Verdammt, du hast recht«, gab sie überrascht zu. »Er sieht ihm nicht nur ähnlich. Die Fotos sind identisch. Aber auf der Seite der ›Käseprofis‹ heißt dieser Mann Jesper Molenaar und ist der Bruder des niederländischen Käsekönigs, der hier übers Internet unglaublich billigen Käse verkauft und außerdem ein Käserestaurant in der ›Waage‹ aufmachen will.«

»In dem Laden, vor dem die Leiche von Jelto Brinker gefunden wurde?«, fragte Roman Sturm verblüfft. »Dann müssen wir diesen Käsehändler dringend mal unter die Lupe nehmen.«

KAPITEL 27

Lükka Tammling zuckte die Schultern. »Ziemlich zähe Angelegenheit. Da klebt man fest wie in Käsefondue.« Sie erzählte von ihren vergeblichen Versuchen, ein aussagekräftiges Impressum auf der Seite der ›Käseprofis‹ zu finden oder herauszubekommen, wo die Firma überhaupt saß. »Zwischen der Internetseite und diesem Facebook-Account landet man in einer Endlosschleife«, berichtete sie. »Am meisten Informationen findet man noch in den Diskussionen in dieser Gruppe.« Sie öffnete die Seite »Wir für Genuss«, in die Jesper Molenaar – oder Jelto Brinker – sie neulich eingeladen hatte, als sie sich nach Einkaufsmöglichkeiten für guten Käse erkundigt hatte.

Welcher Name war wohl der richtige? Hatte der Käseunternehmer sich privat einen zweiten Account angelegt, auf dem er unerkannt mit Frauen anbandeln konnte, ohne dem Ruf seiner Firma zu schaden? Aber nein, der Wagen aus der Jümme war ja auf Jelto Brinker zugelassen. Der wiederum nannte sich privat JelTo. Mäßig einfallsreich. Über Brinker gab es die üblichen Unterlagen beim Einwohnermeldeamt, beim Finanzamt und bei anderen Behörden. Der war zweifellos echt.

Sie ging trotz Roman Sturms Protest zurück auf die »Käseprofi«-Präsenz und klickte Jesper Molenaars Bild an. Wie sie vermutet hatte, gab es auf seiner persönlichen Seite nahezu nichts, was über die dürren Informationen zur Firma und ein paar Werbebilder hinausging. Natürlich konnte es sein, dass er seine Privatsphäre-Einstellungen sehr streng konfiguriert hatte, aber Lükkas Bauchgefühl und ihre Erfahrung mit Trollen sagte etwas anderes. »Ich bin sicher, dieser Jesper Molenaar ist ein Fakeprofil«, verkündete sie. »Was das für seinen Bruder, den Firmenchef Marten Molenaar, bedeutet, müssen wir herausfinden.«

»Und für die ganze Firma.« Dirk Baukloh sah sie entgeistert an. »Ich habe da doch schon Käse bestellt. Die muss es geben.« Seine Stimme wurde leiser, er verstummte.

»Du hast da aber nicht per Vorkasse bestellt?«, fragte Roman Sturm.

Dixi Baukloh wurde rot und wich verlegen den Blicken seiner Kollegen aus.

Lükka Tammling schüttelte fassungslos den Kopf. Der Kollege aus dem Fachkommissariat 2 fiel auf einen Fakeshop herein, das durfte doch einfach nicht wahr sein.

»Mann, Mann, Mann«, sagte Roman Sturm. Offenbar war ihm dieses pikante Detail auch gerade aufgefallen. »Ich sag nix dazu.«

Baukloh verbarg sein rotfleckiges Gesicht hinter der Kaffeetasse, dann trat er den taktischen Rückzug an, indem er etwas von Hintergrundrecherche murmelte.

»Immerhin ist Dixi nicht beim Betrugsdezernat«, räumte Roman Sturm ein, als der Kollege das Büro verlassen hatte. »Das wäre der Gipfel der Peinlichkeit.«

Lükka zuckte die Achseln. »Ist auch so schon blöd genug. Dieser Muggel hat die wichtigste Grundregel missachtet: Traue niemals etwas, das selbst denken kann, wenn du nicht siehst, wo es sein Hirn hat.«

Roman Sturm lachte. Er war zwar nicht so ein Fantasy-

Experte wie sie, aber Harry Potter kannte er immerhin, stellte Lükka Tammling fest.

»Ich werde mich mal ums Handelsregister kümmern«, kündigte der Hauptkommissar an. »Und versuchen, mehr über die Firma herauszufinden. Du sagst, die ist groß und international aktiv, dann muss es doch Informationen geben.«

»Das sollte man zumindest annehmen«, bestätigte Lükka Tammling. »Frag bitte auch bei den Kollegen im FK3 an. Vielleicht ist dieser Molenaar im Bereich Betrug oder Wirtschaftskriminalität schon mal aufgefallen. Ich steige hier im Internet noch etwas tiefer ein.«

Sie wandte sich wieder der Facebook-Seite zu und blendete dabei Roman Sturms Telefongespräche erfolgreich aus ihrer Wahrnehmung aus.

»Hier«, sagte sie in eine Telefonpause hinein. »Molenaar wirbt damit, dass er in Ostfriesland viele Arbeitsplätze schaffen will. Außerdem heißt es, die Firma sei in verschiedenen Branchen tätig, da benötigen sie doch bestimmt eine Menge Personal. Fragst du mal bei der Arbeitsagentur, was die darüber wissen?«

»Habe ich schon. Da sind keine Stellenangebote von Molenaar oder den ›Käseprofis‹ registriert.«

Schade, dachte Lükka. Aber nicht wirklich überraschend. Die Arbeitsämter hatten ihren Rang als Vermittler längst verloren und schienen seit Jahren mit der Bearbeitung von Kurzarbeitergeldanträgen und mit den Bescheiden für Arbeitslosengeld völlig ausgelastet zu sein. Attraktive Jobs und qualifizierte Bewerber, die auch wirklich arbeiten wollten, mussten einander auf anderen Wegen finden.

»Auf der Internetseite der ›Käseprofis‹ werden ein paar Jobs angeboten«, ließ Roman sie wissen. »Verkauf, Filialleitung, Aushilfen auf Vierhundertfünfzig-Euro-Basis.«

Okay, das waren nicht die zweihundert versprochenen Arbeitsplätze. Aber bei denen ging es wohl auch eher um den geplanten Bau einer großen Molkerei. Doch auch für das neue Restaurant müssten doch Ausschreibungen zu finden sein. Oder wollte Molenaar überwiegend mit Zeitarbeitskräften arbeiten, die er anmietete?

»In der Gruppe ›Wir für Genuss‹ ist das gerade Thema.« Sie suchte die entsprechenden Postings heraus. »Molenaar und sein Sprecher Krüsmann betonen immer wieder, dass der Betrieb in Ostfriesland viele neue Arbeitsplätze schaffen wird. Wenn jemand die Firma kritisiert, werden die beiden und ein paar andere gleich ganz kiebig, man solle nicht alles schlechtreden, schließlich gehe es um die wirtschaftliche Zukunft Ostfrieslands. Und jetzt fragen immer wieder Leute nach Erfahrungen mit den ›Käseprofis‹ als Arbeitgeber.«

»Und, wie sind die Reaktionen?«

»Ziemlich schwammig«, stellte Lükka fest. »Krüsmann und Molenaar bleiben vage. Die meisten anderen schreiben nur, dass sie das auch interessiert. Andere machen sich Sorgen, wohin ihre Daten wohl gehen, wenn sie sich bewerben, weil es keine eindeutige Firmenadresse gibt. Das kann ich gut nachvollziehen.« Sie las weiter und richtete sich plötzlich alarmiert in ihrem Bürostuhl auf. »Hör mal, das ist eigenartig. Eine Nikki sagt, ihre beste Freundin hätte sich dort beworben und sei zu einem Vorstellungsgespräch eingeladen worden. Sie hätte seitdem nichts mehr von ihr gehört.«

»Das muss gar nichts heißen«, beruhigte Roman Sturm

sie. »Vielleicht hat sie den Job nicht bekommen und das ist ihr peinlich. Würdest du denn gleich allen Leuten brühwarm erzählen, dass du auf eine Bewerbung eine Absage bekommen hast?«

Lükka ließ sich wieder gegen die Lehne sinken und überlegte. Sah sie Gespenster? »Einer besten Freundin vielleicht. Allein, um mich trösten zu lassen. Aber vermutlich hast du recht.« Trotzdem schickte Lükka Tammling eine Nachricht an Nikki mit der Bitte um mehr Informationen. Die Antwort kam fast sofort.

»Irgendetwas stinkt da«, verkündete sie schließlich, nachdem sie mehrere Nachrichten mit der anderen Frau ausgetauscht hatte. »Diese Melina ist wohl zum Vorstellungsgespräch aufgebrochen und hat ihre Haustiere sich selbst überlassen, was so gar nicht ihre Art ist. Ihre Nachbarn haben sie seitdem nicht gesehen und telefonisch oder per Internet kann man sie nicht erreichen. Die Freundin war wohl selbst in der Wohnung, hat ein ziemliches Chaos vorgefunden und mit Nachbarn gesprochen. Ich habe diese Nikki aufgefordert, uns zu informieren, wenn sie etwas über die Verschwundene hört oder ihre Freundin wieder auftaucht. Außerdem will sie vorbeikommen, um eine Vermisstenanzeige aufzugeben. Sie meinte aber, das könnte etwas länger dauern, weil sie außerhalb arbeitet.«

Lükka hob den Telefonhörer ab und bat die Wache, eine Streife an die Adresse zu schicken, die Nikki ihr genannt hatte. Dann wandte sie sich wieder dem Computer zu und rief die Seite der »Käseprofis« auf.

»Begeisterung für Käse habe ich«, sagte sie nachdenklich. »Kommunikationsfähig und gepflegt bin ich auch.«

Roman Sturm stand auf und kam zu ihr herüber. Er überflog die PDF-Datei mit der Stellenausschreibung für eine Verkäuferin auf ihrem Monitor. »Mach keinen Blödsinn«, warnte er.

Lükka Tammling grinste ihn an. »Möchtest du nicht wissen, wohin die Daten nach einer Bewerbung bei den ›Käseprofis‹ gehen? Na also. Aufstiegschancen und gute Bezahlung auch für Quereinsteiger – das klingt doch schon mal gut. Außer Freude am Umgang mit Kunden, hoher Kundenorientierung und Serviceorientierung wird keine Qualifikation verlangt. Und das mit dem Höchstalter fünfundzwanzig Jahre kriege ich auch irgendwie hin. Womöglich will ich gar nicht mehr in meinen mies bezahlten Job zurück.«

KAPITEL 28

»Ey, Wildeboer!«

Okko Wildeboer drehte sich widerwillig um, die Tüte mit dem eingepackten gefüllten Fladenbrot in der Hand. Diese Stimme erkannte er sofort und er hasste sie. Das war nicht immer so gewesen. Früher hatte er Sinan für einen guten Kumpel gehalten. Einen, mit dem man Pferde stehlen konnte. Als Okko Wildeboer damals dringend Geld brauchte, hatte Sinan, der noch einen guten Job hatte, ihm welches angeboten. Was man unter guten Freunden halt so machte. Allerdings hatte er es ihm nicht geliehen, weil er fand, das versaute die beste Freundschaft. Eine saubere Sache sollte es sein, ein cleanes Geschäft. Deswegen wollte er Okko sein geliebtes Auto abkaufen, das der in mühevoller Kleinarbeit und mit elend teuren Teilen getunt hatte. Okko Wildeboer wusste, dass sein Kumpel schon lange scharf auf den Schlitten war, und hatte ihm einen wirklich guten Preis gemacht, auch wenn es ihm in der Seele wehtat, sich von seinem Auto zu trennen.

Sinan hatte gelacht und ihm die Hälfte gegeben. Okko Wildeboer hatte seine Wohnung halten und die Zeit überbrücken können, bis das Geld vom Amt kam. Aber dafür fuhr sein ehemals bester Freund mit seinem schönen Auto herum und erzählte jedem, der es hören wollte, dass er es zu einem Spottpreis bekommen hatte.

Okko Wildeboer beschleunigte seine Schritte und überquerte die stark befahrene Heisfelder Straße knapp vor einem Auto, das mit quietschenden Reifen stoppte. Der Fahrer zeigte ihm den Vogel und brauste mit heulendem Motor weiter.

»Ey, warte doch eben.« Sinan hatte mühsam mit ihm Schritt gehalten. »Lange nicht gesehen, Alter. Wie sieht's aus bei dir, alles senkrecht?«

»Total«, sagte Okko Wildeboer kurz angebunden. »Hab's eilig.«

Der andere ließ nicht locker, sondern folgte ihm wie festgebunden. »Voll cool, Alter. Hab gehört, du hast einen Job?«

Soso, hatte er das gehört? Na klar, Leer war nun mal ein etwas zu groß geratenes Dorf, da sprach sich alles schnell herum. »Kann schon sein.« Er straffte die Schultern. »Logistik und Transport für eine internationale Firma. Freie Zeiteinteilung. Eigener Dienstwagen.« Zum Glück wusste Sinan nicht, was für eine schrottreife Gurke dieser rote, schäbige Lieferwagen war.

»Cool«, sagte Sinan schon wieder, er zog das Wort in die Länge und nickte eifrig. Er sah alt aus und er stank nach billigem Schnaps und ungewaschener Kleidung. Wildeboer rümpfte die Nase. »Dann vermisst du deinen alten Wagen wohl gar nicht mehr?«

»Mann, geh mir nicht auf den Piss«, knurrte Wildeboer. Er war bei der Haustür angekommen, sein Essen wurde immer kälter und bei der Vorstellung, dass er statt seines tiefergelegten Superschlittens mit den breiten Weißwandreifen und der grandiosen Stereoanlage einen klapprigen, zugigen Rosteimer fahren musste, wurde ihm schlecht vor Zorn.

Der andere bemerkte seine Wut und wich mit erhobenen Händen zwei Schritte zurück. »Kein Stress, Okko. Ich dachte nur, jetzt, wo du wieder bei Kasse bist, willst du die Schüssel vielleicht zurückhaben.« Er grinste schief. »Bei mir ist es kohletechnisch im Moment nicht so endgeil. Mir haben ein paar Typen richtig Schotter geboten, aber ich würde den Wagen lieber dir verkaufen.«

KAPITEL 29

Natürlich hatte sich Sinan fürchterlich angestellt, als Okko Wildeboer ihm den Preis für sein Auto genannt hatte. Er lag etwa bei der Hälfte dessen, was er Okko seinerzeit dafür gezahlt hatte. Es war wirklich eine Affenschande für ein so großartiges Fahrzeug. Jetzt merkte der Gauner wenigstens, wie man sich fühlte, wenn man über den Tisch gezogen wurde. Leider war es immer noch mehr, als Okko Wildeboer momentan in seinem abgeschabten Portemonnaie hatte.

Aber der neue Monat hatte schon angefangen und Markus Müller musste ihm jetzt endlich den vereinbarten Lohn auszahlen. Bisher hatte Okko nur einen vergleichsweise niedrigen Vorschuss erhalten und Spritgeld. Er fuhr stundenlang in ganz Ostfriesland herum und sogar bis ins Ammerland und Richtung Wilhelmshaven hoch, schaffte aus allen Supermärkten und aus dem Großmarkt Käse und Plastikfolie zu Müller. Das konnte der Alte nicht alles selbst essen, so viel war Okko Wildeboer längst klar. Von einer Festanstellung in der neuen Molkerei der »Käseprofis« war auch lange keine Rede mehr gewesen. So allmählich hatte Wildeboer den bösen Verdacht, dass diese Firma, für die er arbeitete, nicht mit offenen Karten spielte. Oder vielleicht war auch nur Müller nicht ganz sauber.

Okko Wildeboer bog in die wohlbekannte Straße ein, an der Müller in seinem Ferienhaus wohnte. Es wurde Zeit, dass er entweder die versprochene Beförderung bekam oder sich nach einem anderen Job umsah. Vielleicht konnte dieser Niklas Conradi ja ein gutes Wort für ihn einlegen, damit er doch noch eine Stelle bei Miltenberg bekam. Aber erst einmal wollte er das Geld abholen, das ihm zustand, damit er sein Auto zurückkaufen konnte. Hoffentlich hatte Sinan es anständig behandelt.

Er parkte den roten Lieferwagen vor dem Haus und ging am Mühlenmodell vorbei auf die Tür mit den bemalten Holzschuhen zu. Er drückte auf den Klingelknopf unter dem Schild »Haus Möwennest« und wartete ungeduldig auf die Schritte von Markus Müller. Den Bänderriss hatte sein Auftraggeber längst auskuriert. Seit seinem Vorstellungsgespräch hatte er ihn fast gar nicht mehr an Krücken gesehen. Dabei war seine Verletzung doch eigentlich der Grund dafür, dass er Okko Wildeboer zum Einkaufen und für Botengänge angeheuert hatte.

Müller öffnete die Tür. Er war frisch rasiert und trug die Haare kurz. Sie wirkten dunkler als sonst. Auch sein kariertes Hemd hatte er gegen ein dezent gestreiftes gewechselt und statt der ausgeleierten Jeans eine Bundfaltenhose angezogen. Das Lächeln auf seinem Gesicht verblasste, als er Okko Wildeboer erkannte. »Wir hatten heute keinen Termin«, stellte er statt eines Grußes fest.

»Ich weiß, aber ich will meinen Lohn abholen.« Okko Wildeboer trat über die Schwelle und Müller machte ihm sichtlich widerstrebend Platz.

»Das passt im Moment überhaupt nicht gut. Ich erwarte noch wichtigen Besuch.« Müller blieb mitten im Flur stehen und machte keine Anstalten, Wildeboer ins Wohnzimmer zu bitten.

»Es dauert nicht lange. Geben Sie mir einfach mein Geld, dann bin ich schon wieder weg.«

»Das bekommen Sie am Monatsende, hatte ich gesagt. Sie brauchen sich da keine Sorgen zu machen.« Müller wirkte nervös, fand Wildeboer.

»Monatsende war vorige Woche. Ich habe Rechnungen zu bezahlen, Daueraufträge werden fällig, Strom und Miete.« Zum Glück hatte er seinen neuen Job noch nicht beim Amt gemeldet, auf der Straße würde er also nicht gleich stehen, das Wohngeld lief noch. Aber das würde er Müller nicht auf die Nase binden.

»Ich weiß, ich weiß«, besänftigte ihn sein Chef. »Ich hatte nur nicht damit gerechnet, dass Sie heute kommen. Deswegen habe ich das Geld nicht hier. Sie hätten sich anmelden sollen. Es ist in der heutigen Zeit zu riskant, eine solche Summe Bargeld im Haus zu haben.« Er sah Wildeboer treuherzig an. »Es gibt so viele zwielichtige Gestalten. Sie wollen doch auch nicht, dass bei mir eingebrochen wird.« Er warf einen Blick auf die Uhr und drängte Okko Wildeboer in Richtung Ausgang. »Außerdem, Herr Wildeboer«, sein Ton wurde schärfer, »waren die letzten Lieferungen, die Sie mir gebracht haben, sehr ungenügend. Ich habe selber ebenfalls Verpflichtungen, wie Sie sich vielleicht denken können.« Er blickte an Wildeboer vorbei zur Tür. »Hören Sie, wir machen es so: Sie kommen morgen Abend wieder und bringen mir diesmal eine vernünftige Lieferung mit.«

»Ja, aber …«, wandte Okko Wildeboer ein. »Soll ich vielleicht bei Ebbe Krüsmann nachfragen wegen des Lohns?«

»Kein Aber«, widersprach Müller. »Morgen Abend bekommen Sie Ihr Geld für letzten Monat und einen Vorschuss für den nächsten. Und wenn die Lieferung zufriedenstellend ist, zahle ich Ihnen dieselbe Summe als

Bonus obendrauf.« Er schob sich an Wildeboer vorbei und öffnete die Haustür. Ehe Okko Wildeboer es sich versah, stand er auf den Waschbetonplatten und starrte blöde auf die lackierten Holzschuhe.

KAPITEL 30

Markus Müller wartete hinter der Gardine, bis der rote Lieferwagen außer Sicht und seine Abgasfahne verweht war, dann eilte er zurück ins Schlafzimmer. Auf dem Bett, das mit der Tagesdecke ordentlich abgedeckt war, lag sein großer Koffer. Müller stopfte die Tasche mit dem Waschzeug, die er beim Klingeln auf dem Nachttisch abgelegt hatte, an die Seite und stemmte sich mit seinem ganzen Gewicht auf den Kofferdeckel. Es war doch immer dasselbe: Bei der Abreise schien der Koffer grundsätzlich voller zu sein als bei der Ankunft. Mit einiger Mühe zog er den Reißverschluss zu und wuchtete den Koffer in den Flur.

Bei einem letzten Kontrollgang rückte er in der Wohnung alles so zurecht, wie er es in Erinnerung hatte, steckte in der Küche das große Käsemesser zurück in den Messerblock und nahm schließlich den Abfallbeutel aus dem Mülleimer. Aus der geleerten Flasche mit der Haarfarbe waren Reste gekleckert und tropften jetzt durch ein Loch in der Tüte auf den weißen Fliesenboden. Er wischte die braunen Flecken mit dem Taschentuch auf. Ein Blick in den Garderobenspiegel verriet ihm, dass ein Farbrest an der Ohrmuschel angetrocknet war. Er durfte nicht so schlampig werden.

Das kam alles nur davon, dass er es beim Färben so eilig gehabt hatte. Bei seiner letzten Käselieferung an Gesa Lüken war er heute Vormittag noch in seinem gewohnten Outfit mit Karohemd, verwaschenen Jeans und langen, aschblonden Haaren aufgekreuzt. Sie hatte ihn mit der üblichen Mischung aus Mitleid und Verachtung angesehen und ihm schweigend die abgepackten Käsepakete abgenommen. Für Gesa Lüken war er der abgerissene, zerlumpte Loser, der den Botenjungen für den Käsekönig mit der international angesehenen Firma spielte. Woher er die Ware bekam, hatte sie nie gefragt, sondern nur die Bestellungen bearbeitet und die Päckchen verschickt. Mit dem Geld, das die Kunden für den Käse zahlten, hatte sie nichts zu tun, das ging über einen Internetdienst auf ein Girokonto, von dem es schließlich mit ein paar Schlenkern und Umwegen auf Müllers Bank transferiert wurde.

Allerdings wurde es höchste Zeit, dass er seine Zelte hier abbrach. Als Wildeboer ihn vorhin aufs Datum aufmerksam gemacht hatte, war das ein ziemlicher Schock gewesen. Zum Monatswechsel verschickte der Großmarkt seine Rechnungen und buchte bei seinen Kunden ab. Und dann würde Gesa Lüken ihrerseits einen gehörigen Schreck bekommen, denn Okko Wildeboer hatte die ganze Zeit mit ihrer Großmarktkarte eingekauft, die Müller aus ihrem Büro mitgenommen hatte. Jedenfalls, wenn er die Einkäufe nicht aus eigener Tasche im Supermarkt bezahlt hatte.

Dass Ebbe Krüsmann ihm diesen Wildeboer vermittelt hatte, war ein Glücksgriff gewesen. Der war hungrig, als Kleinkrimineller daran gewöhnt, dass zu viele Fragen ungesund waren, und von einer Schafsgeduld.

Markus Müller nahm einen Lappen und wischte alle Oberflächen und Türklinken gründlich ab. Die Besitzer würden gar nicht bemerken, dass er die letzten Wochen hier in dem Haus verbracht hatte, das ein Makler für sie verkaufen sollte.

Wie lange Menschen sich hinhalten ließen, erstaunte Müller immer wieder. Die Möhre, die an der langen Angel vor der Nase hing, musste nur knackig genug aussehen, dann trabten alle Esel brav in die gewünschte Richtung.

Okko Wildeboer und Gesa Lüken waren aus demselben Holz geschnitzt. Der junge Dealer war so scharf auf einen angesehenen Job in seinem Traumberuf, dass er zum Arbeiten sogar noch Geld mitbrachte. Gut, neu war das Prinzip nicht. Große Hotels stellten schon seit Jahren junge Leute als unbezahlte Praktikanten für die gesamte Hochsaison ein und lockten mit der Aussicht auf Ausbildungsverträge. Diese Jungs und Mädels mussten ihre Unterkunft sogar noch selbst bezahlen, weil die Hotels natürlich in der Saison keinen Platz für sie zur Verfügung stellten, sondern alle Zimmer an zahlende Gäste vermieteten.

Irgendwann würde Okko Wildeboer bemerken, dass

er nicht nur ohne jeden Lohn geknechtet hatte, sondern den Billigkäse, den er aus den verschiedenen Läden herangeschafft hatte, fast komplett selbst bezahlen musste. Aber dann war der ganze Kram längst als niederländische Spezialität an Feinschmecker verkauft und der Erlös dafür in Müllers Taschen gelandet. Wildeboer konnte trotz allem dankbar sein, denn Müller hatte ihn quasi von der Straße und aus dem Drogensumpf geholt und ihn wieder an verantwortungsvolles, eigenständiges Arbeiten gewöhnt. Das konnte ihm auf seinem weiteren Lebensweg nur nutzen. Und eine Lektion in Menschenkenntnis bekam er gratis dazu.

Gesa Lüken, die ihren Kiosk mit Poststelle so schmerzlich vermisste, hatte endlich wieder eine Aufgabe gefunden und konnte sich dabei auch noch überlegen fühlen, wann immer sie Markus Müller in seinem zerschlissenen Aufzug sah und ihm großzügig ein Eurostück als Trinkgeld in die Hand drückte.

Markus Müller riss einen dunkelgrauen Müllsack von der dicken Rolle und warf die dünne Plastiktüte mit dem Abfall hinein. Dass es im Landkreis Leer keine Mülltonnen gab, sondern der Restmüll in verschiedenfarbigen Plastiksäcken an die Straße gestellt wurde, sah zwar fürchterlich aus, war ihm aber ganz recht. Er würde seinen Müll ein paar Straßen weiter anonym ablegen. Das hatte er in den letzten Wochen auch mit den gelben Säcken für den Plastikmüll so gehalten. Sonst hätten sich irgendwann doch Leute gefragt, warum bei ihm in einem Einpersonenhaushalt so viele Käsefolienverpackungen anfielen.

Dass Ebbe Krüsmann sich so leicht hatte ködern lassen, war für Müller die größte Überraschung gewesen. Der Mann war schließlich kein Dummkopf, er brauchte auch nicht dringend Geld. Deswegen war er zunächst auch mit einem Satz schicker Visitenkarten zufrieden gewesen. Aber Müller hatte ein bisschen in Kruuskopps Vergangenheit gestöbert und über die haarsträubenden Projekte gelacht, für die der andere sich schon eingesetzt hatte. Seitdem wusste er, dass Ebbe Krüsmann der beste und loyalste Firmensprecher war, den die »Käseprofis« sich nur wünschen konnten. Der Mann lebte von Träumen und er brauchte den Glanz, der von anderen Menschen abstrahlte. Beides hatte Markus Müller in seiner Rolle als Marten Molenaar ihm geliefert. Kruuskopp durfte gemeinsam mit den anderen Dörflern davon träumen, dass leerstehende Treffpunkte endlich zu neuem Leben erwachten, dass es wieder genügend Arbeit für alle gab und der Wohlstand nach Ostfriesland zurückkehrte. Zum Dank stellte er sich schützend vor den Käsekönig und schirmte ihn gegen jeden Kritiker ab wie eine Löwenmutter, die ihre Jungen verteidigte.

Manchmal wurden die schweren Geschütze, die er dabei auffuhr, Müller fast unheimlich. Aber es wirkte, das musste man ihm lassen. Wer gleich wegen übler Nachrede mit dem Firmenanwalt bedroht wurde, überlegte es sich zweimal, ehe er wieder unbequeme Fragen stellte.

Ebbe Krüsmann würde das Verschwinden von Marten Molenaar erschüttern. Bestimmt würde es lange dauern, bis sein verletzter Stolz heilte. Andererseits war er bisher noch jedes Mal auf die Füße gefallen, auch wenn er mit noch so großen Karren vor die Wand gefahren war.

Markus Müller gab also jedem genau das, was er sich am sehnlichsten wünschte oder was er gerade am dringendsten brauchte. Welcher Unternehmer konnte das schon von sich behaupten?

In der Mülltüte war noch Platz und Markus Müller stopfte die zerlöcherte Nietenhose und das karierte Hemd hinein. Die Klamotten waren bequem, deswegen hatte er sie nicht nur für seine Liefertouren angezogen, sondern auch diesen Okko Wildeboer immer so empfangen. Die Kioskbetreiberin und der Käseeinkäufer waren sich nie begegnet, darauf hatte er geachtet. Deswegen würde auch niemand den gehbehinderten Auftraggeber mit den Krücken und den schlampigen Kurierfahrer miteinander in Verbindung bringen. Ha, dachte Müller, die Krücken durfte er nicht im Ferienhaus vergessen.

Aber jetzt war die Zeit für ein Imagelifting gekommen. Ein korrekter Anzug mit seriösem Hemd. Braune, stoppelkurze Haare statt der ungepflegten, fahlblonden Matte. Er durfte nicht versäumen, gleich noch ein paar Fotos für seine neuen Accounts aufzunehmen. Er konnte sich dafür nicht unbegrenzt Bilder auf Datingportalen zusammensuchen, sondern brauchte auch immer wieder etwas Eigenes.

Müller spuckte auf das Papiertuch und rieb so lange an seinem Ohr, bis der Farbfleck nicht mehr zu sehen war. Dafür war jetzt sein Ohr rot. Er warf das Tuch in den Müllsack.

Ach ja, die merkwürdige Sache mit dem Ohr in der Käseschachtel, damit hatten die Probleme angefangen. Immerhin hatte er Krüsmann davon überzeugen können, das Paket als Werbegag zu sehen, den er sich selbst ausgedacht hatte. Von wegen: »Wir haben immer ein offenes Ohr für Ihre Fragen«.

Eine Weile hatte er sich das sogar selbst einreden können, so gut waren seine Argumente gewesen. Im Laufe der Jahre hatte er diese Eigenschaft als sein größtes Talent erkannt. Ich sollte ein Buch schreiben, dachte Müller. Einen Ratgeber für erfolgreiche Geschäftsleute: Überzeuge zunächst einmal dich selbst davon, dass deine Idee gut ist. Dann kannst du auch alle anderen überzeugen. Das würde ein Besteller werden.

Andererseits waren da diese seltsamen Kommentare in der Facebookgruppe, die man schon für Drohungen halten konnte. Zum Glück hatte er keine echte Familie, die bedroht werden konnte. Sein Bruder Jesper war genauso erfunden wie sein eigener Familienname und sein niederländischer Pass.

Aber das dämliche Plastikohr lag in einer Käseschachtel, da biss die Maus keinen Faden ab. Das war also eindeutig an Marten Molenaars Adresse gerichtet. Jemand gönnte ihm hier nicht den Käse auf dem Brot.

Überhaupt war diese ganze Käsegeschichte längst nicht so befriedigend und lukrativ geworden, wie er sich das ursprünglich vorgestellt hatte. Er hatte schon früher zusammen mit Geschäftspartnerinnen Läden gegründet. Besser gesagt, hatte er Frauen davon überzeugt, in seine Firmengründungen Arbeit und Geld zu investieren. Dass er auf seiner Internetseite Referenzen aus ganz verschiedenen Branchen nannte, war schließlich keine Hochstapelei. Seine Erfahrungen reichten von der Immobilienbranche über den Erotikbereich bis zum Einzelhandel. Er hatte sich seine Sporen wirklich redlich verdient. Außer einem Reitsportladen hatte er unter anderem einen Ziegenhof ins Leben gerufen. Das war sozusagen ein Käsekönigreich im kleinen Stil gewesen. Ganz nett als Fingerübung und anfangs ganz lustig. Doch dann hatte seine Geschäftspartnerin immer mehr Mitarbeit von ihm eingefordert, wollte für ihr investiertes Geld endlich einen Gegenwert sehen. Als sie ihm schließlich an den Kopf geworfen hatte, er sei ein geltungssüchtiger Psychopath, hatte er bei Nacht und Nebel seinen Koffer gepackt und war weitergezogen. Seitdem hatte er die persönlichen Begegnungen mit seinen Geschäftspartnern auf ein absolutes Mindestmaß begrenzt.

Ein richtig großes Projekt, bei dem die Gemeinde mit im Boot war und ihm den roten Teppich ausrollte, weil er Arbeitsplätze schaffen und jede Menge Gewerbesteuer zahlen wollte, das hatte außerdem viel mehr Stil.

Wahrscheinlich hätte er sich von Anfang an auf das Restaurant konzentrieren sollen, statt sich mit dem Käseversandhandel zu verzetteln. Das artete in Schufterei aus und brachte statt zahlungswilliger Investoren mühsame Handarbeit. Inzwischen kam ihm der Käse zu den Ohren heraus.

Nur seine Stellenausschreibungen machten ihm noch Freude, denn die Miezen, die sich auf die Arbeitsplätze mit guten Aufstiegsaussichten bei geringer Qualifikation bewarben, hatten durchaus Potenzial. Nicht für den Käseverkauf, natürlich. Aber Markus Müller war in vielen Sätteln gerecht. Und jetzt würde er zur Abwechslung mal wieder ein paar Pferdchen für sich laufen lassen. Vielleicht versuchte er es diesmal in den Niederlanden mit einem italienischen Pass. Mario Mulino klang recht melodisch. Er ließ den Namen über die Zunge tanzen und lächelte zufrieden.

Markus Müller knotete den Müllsack ordentlich mit einem rosa Plastikband zu und stellte ihn vor die Tür. Er zog die Haustür hinter sich zu, schloss gewissenhaft ab und warf den Schlüssel in den weißen Briefkasten neben dem Schild mit dem Schriftzug »Haus Möwennest«. Dann trug er Koffer und Müllsack zum Auto, stieg ein und fuhr davon, ohne sich noch einmal umzusehen.

KAPITEL 31

Die Nadel der Tankanzeige ruhte schon wieder auf der linken Seite der Skala. Vor zehn Kilometern war die orange Warnlampe angegangen. Okko Wildeboer fluchte, denn Tankstellen waren hier im Rheiderland zwischen der niederländischen Grenze und Leer dünn gesät. Zum Glück war er wenigstens nicht auf der Autobahn unterwegs, denn da gab es zwischen Emden und dem Ruhrgebiet nur eine einzige Möglichkeit, Sprit zu bunkern, und die war entsprechend teuer. Entlang der Bundesstraße gab es ein paar mehr, aber bei denen waren die Öffnungszeiten unberechenbar. Er hatte nach Umwegen durch die ostfriesische oder emsländische Pampa schon mehr als einmal vor verschlossenen Türen und Zapfsäulen gestanden.

Er beschloss, Ruhe zu bewahren. Wenn er langsam fuhr, müsste der Diesel noch bis Leer reichen. Und anders als langsam konnte man mit dem roten Rosteimer sowieso nicht fahren. Blöd war nur, dass er heute so viele Kilometer abgerissen und Sprit vergeigt hatte und immer noch nicht die geforderte Menge Käse im Kofferraum lag. Dabei hatte er alle Supermärkte im gesamten Landkreis Leer abgeklappert und sogar einen Abstecher ins Emsland unternommen, was ihn als echten Ostfriesen einige Überwindung kostete. Die unsichtbare Grenze verlief im Süden des Landkreises zwischen Völlenerfehn und Völlenerkönigsfehn und hätte seinetwegen auch eine Mauer sein können. Aber Not kennt kein Gebot, oder wie sagte man so schön? Ergebnis: Tank fast leer, Ebbe im Portemonnaie, Aussicht auf Bezahlung plus Bonus gleich null.

Zum Frust gesellte sich jetzt auch noch heftiger Harndrang. Es dämmerte zwar schon, aber weit und breit war in der pottebenen Landschaft kein Baum in Sicht, kein Strauch, der die kilometerweite Sicht verdeckte. Hier stimmte mal wieder der alte Snack, in Ostfriesland könnte man am Freitag schon sehen, wer am Sonntag zum Tee käme. Und genauso könnte die Touristin am Ferienhausfenster oder der Schweinebauer auf dem Trecker zugucken, wenn Okko Wildeboer eine Stange Wasser in die Landschaft stellte.

Jetzt war er schon fast an der Jann-Berghaus-Brücke angekommen und konnte beim besten Willen nicht länger durchhalten. Rechts bei der großen Fahrradskulptur fuhr er von der Bundesstraße ab. In Richtung des alten Fähranlegers unten am Emsufer gab es ein bisschen Sichtschutz. Wildeboer parkte und stieg aus. Er tat, was sich nicht aufschieben ließ, und bemerkte erst dann, dass den Sichtschutz ein abgestellter Anhänger gewährte, an dessen Reifen sich jetzt eine Pfütze sammelte. Mit dem Anflug eines schlechten Gewissens prüfte er die Abdeckplane. Hoffentlich war nichts durchgegangen.

Was stand der hier überhaupt so unbewacht in der Gegend herum, kilometerweit vom nächsten Haus entfernt? Mit einem raschen Rundumblick überzeugte sich Okko Wildeboer, dass ihn niemand sehen konnte, dann hakte er neugierig das Gummiband aus, mit dem die Plane verschnürt war.

Mit einem Mal wusste er: Heute war Bescherung. Mitten im Mai.

Nur zwei der flachen Stiegen voller Blechdosen mit Hirtenkäse in Salzlake sollten reichen, um Markus Müllers Käsehunger fürs Erste zu stillen und ihm den versprochenen Bonus aus dem Kreuz zu leiern. Und es war sogar der richtig gute Stoff aus Greetsiel, keine Billigware. Okko Wildeboer leckte sich die Lippen, als er seine Lieblingssorte erkannte.

Was sollte das schlechte Leben. Wenn er ohnehin schon lange Finger machte, dann durfte es sich auch richtig lohnen. Kurz überlegte Wildeboer, den gesamten Anhänger mitzunehmen. Aber das fiel dann vielleicht zu schnell auf. Außerdem konnte er den in seiner Straße nirgends parken. Stattdessen rangierte er den roten Transporter jetzt so dicht wie nur möglich an den Anhänger heran und begann, die großen, runden Büchsen mit seinem Lieblingskäse umzuladen. Er arbeitete zügig und konzentriert. Eine gute Viertelstunde später verschnürte er die Anhängerplane wieder ordentlich und fuhr mit seinem vollen Lieferwagen davon.

KAPITEL 32

»Das schmeckt schon richtig gut«, log Coniglio und schluckte den faden Brocken herunter, ohne mit der Wimper zu zucken. Er nahm sich angewidert einen weiteren Zahnstocher. Der große Teller mit den aufgespießten Käsewürfeln war immer noch fast voll. Dabei waren die Kollegen eine verfressene Bande, der man beinahe alles vorsetzen konnte. Es war also ein verdammt schlechtes Zeichen, dass sie die neueste Lieferung aus Don Mascarpones Molkerei nicht sofort verschlungen hatten. Coniglio kaute und tat so, als schmeckte er den feinen Nuancen der neuen Rezeptur nach. Allerdings waren da weder feine Nuancen noch überhaupt ein nennenswerter Geschmack. Trotzdem behauptete er dreist: »Es ist schon ganz dicht dran am Miltenberg-Käse.«

Er fing einen Blick von Nocciola auf. Aus dessen nussbraunen Augen sprach blanke Verzweiflung. Verständlich, denn bisher hatte keine Charge die Hoffnungen erfüllt, die Don Mascarpone in die Einstellung seines neuen Käsemeisters gesetzt hatte. Für Coniglio, der sich persönlich um die Anwerbung gekümmert hatte, war das peinlich, für den Milchtechnologen eine Katastrophe.

Noch waren alle im Raum verteilt und sprachen mit gesenkten Stimmen in kleinen Grüppchen, die offizielle Dienstbesprechung hatte nicht begonnen. Auf einem großen Bildschirm an der Wand drehte sich träge der Bildschirmschoner.

Auch Don Mascarpone saß noch nicht am Kopfende des wuchtigen Teakholztischs. Die große Terrassentür stand offen und Coniglio sah den Boss hinten im Garten mit Pecorino reden. Hatten die beiden gerade in seine Richtung geblickt? Der Gedanke verursachte ihm eine Gänsehaut.

Der Käsemeister war neben Coniglio getreten.

»Hör zu, Niklas«, sagte er leise. »Du hast mich in diesen Schlamassel reingezogen. Jetzt musst du mir auch helfen.«

Da hatte er nicht unrecht, dachte Coniglio. Dabei wusste Nocciola nicht einmal, wie groß seine Rolle in diesem Spiel wirklich war. Von allein wäre Don Mascarpone sicher nicht auf Ruben van der Laan aufmerksam geworden. Coniglio hatte es für einen grandiosen Einfall gehalten, den erfahrensten Milchtechnologen der Molkerei Miltenberg anzuwerben, um Don Mascarpones unbeliebtem Käse den richtigen Kick zu verleihen und die Absatzkrise beim Export nach Deutschland hinter sich zu lassen. Schließlich war Coniglios Arbeitgeber, die Molkerei Miltenberg, der unbestrittene Marktführer auf dem Käsemarkt. Wenn die Niederländer zu Frau Antjes altem Ruhm zurückkehren wollten, brauchten sie Käse, der mindestens so gut schmeckte wie der aus Greetsiel. Nur dann konnten sie mit echtem Käse aus Holland auch wieder ihre Meth-Lieferungen über die Grenze bringen.

Der Don hatte sich schnell von der Idee überzeugen lassen und ihm seine Anerkennung deutlich gezeigt. Für einen so klugen Kopf hätte er in seiner Firma und an seinem Tisch immer einen Platz. Coniglio durfte von einer glanzvollen Zukunft im engsten Kreis des Paten träumen.

Coniglio hatte sich mit dem Milchtechnologen angefreundet, sich immer wieder mal auf ein Bierchen oder ein Pfeifchen mit ihm verabredet, über private Dinge und Hobbys geredet und irgendwann das Gespräch auf berufliche Pläne gelenkt. Ruben van der Laan fühlte sich in der Greetsieler Firma längst nicht so geschätzt, wie er es seiner Ansicht nach verdient hatte. Sein junger Kollege hatte ihn darin bestärkt, dass ihm bei seiner Qualifikation und seinem Gespür für guten Käse eine glänzende Zukunft in leitender Position zustand. Eine Weile hatte er um den heißen Brei herumgeredet, bis er sicher war, dass er keinen Ärger wegen Störung des Betriebsfriedens befürchten musste. Erst dann war er deutlicher geworden und hatte von fetten grünen Weiden jenseits der Landesgrenze geschwärmt. Für die Gehaltsverhandlungen hatte der Don ihm einen großzügigen Rahmen gesteckt. Letztlich unterbreitete er ein Angebot, das Ruben van der Laan nicht ablehnen konnte.

Bestimmt wünschte er sich schon längst, er hätte es trotzdem getan.

Dass Don Mascarpone bei der ganzen Sache zweigleisig fuhr, war natürlich sein eigener Geniestreich gewesen. Umsonst wurde man nicht der Pate des größten Drogenrings im Nordwesten Europas. Wenn man ihn nicht kannte, wirkte er wie eine träge, fette Kröte, aber er wusste genau, wo der Frosch die Locken hatte. Also hatte er Ruben van der Laan nicht nur in die Niederlande geholt und hielt ihn seitdem an der ganz kurzen Leine.

Er hatte auch ein Kunstwerk in Auftrag gegeben, das seine bis dahin schärfste Konkurrentin zu seiner Handlangerin machte. Der Abdruck von Ruben van der Laans Ohr war großartig gelungen. Niklas Conradi hätte gerne gewusst, welcher geschickte Dummybauer die Ohrmuschel aus Kunststoff so detailgetreu nachgeformt und ihr mit Airbrush genau den richtigen Braunton verliehen hatte. Nocciolas eigener Ohrring, den er dabei eingearbeitet hatte, war natürlich die Kirsche auf der Sahne. Allzu gerne wäre Conradi beim Auspacken dabei gewesen, aber leider hatte er seiner Chefin nur das Paket übergeben dürfen. Bei Miltenberg war er nur ein besserer Laufbursche. Zum Glück hatte er in seinem zweiten Job einen höheren Stellenwert und bessere Aufstiegschancen.

Corinna Miltenberg hatte keinen Augenblick daran gezweifelt, dass in dem auf Hochglanz polierten Acrylblock tatsächlich das Ohr ihres vermissten Mitarbeiters Ruben van der Laan mitsamt dem markanten Flesh Tunnel eingegossen war. Um das Leben des Entführten zu retten, hatte sie sich darauf eingelassen, ihren Käse und vor allem ihre Verpackungen an Don Mascarpone zu liefern, damit er darin seine Schmuggelware verstecken konnte. Die hohen Transportkosten waren ihm zwar ein Dorn im Auge, aber immerhin konnte er damit die Zeit überbrücken, bis seine eigene Käseherstellung mit van der Laans Hilfe perfekt lief.

Dieser Moment aber lag noch in weiter Ferne. Und nach der heutigen Kostprobe hatte Coniglio große Zweifel, ob der überhaupt irgendwann käme. Dumme Sache.

Niklas Conradi zog ein kleines Päckchen aus der Hosentasche und reichte es van der Laan. »Hier, ich habe dir was mitgebracht. Du kannst ja im Moment nicht so oft einkaufen gehen.« Er merkte im gleichen Moment, dass das geschmacklos war. Seit Ruben van der Laan in Greetsiel abgemustert hatte, pendelte er zwischen einer kleinen Wohnung auf dem eingezäunten Betriebsgelände der niederländischen Molkerei und den Konferenzen in Don Mascarpones Haus hin und her. Immer gut beschützt und überwacht von Pecorinos Fußtruppen.

Van der Laan tat, als hätte er die Gemeinheit nicht bemerkt. Er öffnete die kleine Schachtel und nahm mit spitzen Fingern einen Stahlring heraus, der aussah wie die Felge eines Modellautos und am Rand mit grünen Kristallen verziert war.

»Ein neuer Flesh Tunnel, danke.« Er nickte Coniglio zu. »Wie geht es eigentlich deiner Freundin?«, erkundigte er sich. »Milena, richtig?«

»Melina«, korrigierte Niklas Conradi. Er überlegte, ob er dem Kollegen von ihrem Verschwinden erzählen sollte, entschied sich aber dagegen. Je weniger Privates man preisgab, desto sicherer. Melina hatte er damals nur einmal erwähnt, als er mit van der Laan über seltsame

Haustiere gesprochen hatte. »Wir haben gerade nicht so viel Zeit füreinander.« Er lachte. »Neulich ist eine ihrer Vogelspinnen ausgebrochen und bei ihrem Nachbarn in der Wohnung aufgetaucht. Der hat sich fast in die Hosen gemacht.« Die näheren Umstände der Spinnenjagd behielt er für sich, schilderte aber mit blumigen Worten und gestenreich, wie sich der feige Nachbar angestellt hatte.

Van der Laan lachte pflichtschuldig, kam dann aber auf sein eigenes Anliegen zurück. »Mit der Rezeptur komme ich beim besten Willen nicht weiter«, gab er zu. »Dabei sind die Abläufe und Zutaten genau dieselben wie in Greetsiel. Ich habe alles versucht: mit gekauften Bakterien gearbeitet, eigene Kulturen aus Joghurt gezogen. Aber du schmeckst den Unterschied ja selbst.«

Coniglio wand sich, musste aber zugeben, dass das Ergebnis auch diesmal nicht optimal war. Wie grässlich das Zeug tatsächlich war, wusste van der Laan vermutlich selbst am besten. Schließlich verstand er eine Menge von Käse. »Die Milch ist nicht dieselbe«, wandte er ein. »Vielleicht liegt es daran.«

»Bei den Mengen macht das nichts aus«, widersprach van der Laan. »In Greetsiel wird auch Milch von zig verschiedenen Höfen zusammengekippt und pasteurisiert. Da verschwinden die Unterschiede. Aber bei Miltenberg haben wir eigene Bakterienkulturen«, erinnerte ihn der Milchtechnologe. An die Vergangenheitsform hatte er sich wohl immer noch nicht gewöhnt.

Niklas Conradi nickte. Kaum ein Bereich war stärker abgeschirmt und überwacht. Nicht nur, weil fremde Keime den gesamten Käseansatz verderben konnten, sondern weil Corinna Miltenberg die Kulturen hütete wie der niederländische König seine eigenen Kronjuwelen. Es war schier unglaublich, welchen Unterschied simple Bakterienfürze beim Geschmack des Käses machten.

Warum, zum Henker, starrte ihn van der Laan jetzt so an, als würde er auf etwas warten?

Niklas Conradi starrte zurück, dann klickte es bei ihm. »Nee, nee. Das haut nicht hin«, wehrte er erschrocken ab. »Da komme ich nicht rein. Überall hängen Kameras und wenn ich auffliege, und das werde ich, packt die Miltenberg mich ganz gewaltig wegen Industriespionage an den Eiern.« Er wandte sich rasch ab und ließ van der Laan stehen. Allmählich musste doch die Konferenz anfangen. Sein Platz am Tisch war weit genug von Nocciolas entfernt, so konnte er eine Fortsetzung der Unterhaltung vermeiden, die eine völlig unerwünschte Richtung eingeschlagen hatte.

Tatsächlich kam Don Mascarpone jetzt aus dem Garten und ließ sich schwer in seinen Stuhl mit den Armlehnen am Kopfende des Tisches fallen. Sofort setzten sich alle anderen im Raum ebenfalls in Bewegung und strebten ihren Stammplätzen zu.

Auch Niklas Conradi zog seinen Stuhl zurück und wollte sich setzen, doch in diesem Augenblick fühlte er sich von einer harten Hand an der Schulter gepackt. Als er sich verwundert umdrehte, sah er in die eisbonbonblauen Augen des Securitychefs. Seine Finger gruben sich schmerzhaft unter den Muskelstrang und Coniglio hatte keine andere Möglichkeit, als sich von Pecorino zum oberen Ende des Tischs dirigieren zu lassen.

Dort war kein Stuhl frei. Aber Niklas Conradi hatte auch nicht wirklich damit gerechnet, dass ihm jetzt endlich der Platz an Don Mascarpones Seite zugewiesen würde. Er schluckte und fühlte die Blicke der anderen Männer mehr auf sich gerichtet, als dass er sie tatsächlich sah.

Don Mascarpone ruckte mit dem Krötenkopf und Pecorino schubste Niklas Conradi unsanft vorwärts. Don Mascarpone hatte statt seines uralten Laptops ein Tablet vor sich liegen. Jetzt hob er es auf und drehte es so, dass Coniglio das Bild auf dem Display sehen konnte. Es war das Porträt eines Mannes, lächelnd, braun gebrannt, Schmalztolle.

»Sieh es dir genau an, Coniglio«, forderte der Pate ihn auf. Seine heisere Stimme war leise, füllte aber den Raum problemlos mit eisiger Kälte. »Sag mir, wer das ist.«

Conradis Sorge verflog. Die Frage war einfach zu beantworten, denn dieses Gesicht kannte er gut. »Jesper Molenaar«, antwortete er erleichtert und mit fester Stimme. »Der Bruder des Käsekönigs.«

Don Mascarpone stülpte seine Regenwurmlippen vor und legte das Tablet wortlos auf den Tisch. Er schnippte mit den Fingern und Salsiccio, der ihm gegenübersaß, schaltete mit einer Fernbedienung den großen Monitor an der Seite an. Auch dort erschien jetzt das Bild von Jesper Molenaar.

Ein bisschen gespenstisch war es ja, dieses Gesicht so groß zu sehen. Niklas Conradi kannte Jesper Molenaar fast nur von den verschiedenen Fotos, die er bei seinen Recherchen im Internet gefunden hatte. Leibhaftig begegnet war er ihm nur ein einziges Mal. Und da hatte der Mann in einem schummerigen verlassenen Gewächshaus gefesselt in einem Leichensack gelegen.

Was danach mit ihm geschehen war, hatte Conradi bisher gut verdrängt. Es ging ihn schließlich auch nichts an. Seine Aufgabe war es, ein perfektes Druckmittel zu finden, um gegen Marten Molenaar vorzugehen. Und das war ihm gelungen. Er hatte nach akribischer Recherche seinen Bruder und Geschäftspartner Jesper entdeckt und ihn mit einem erfundenen Date zur Pünte gelockt, wo Biroldo und Ricotta ihn problemlos einsacken konnten. Danach hatte er den Gefangenen identifiziert. Damit war sein Job erledigt.

Er wusste, dass Pecorino und Biroldo sich eingehend mit dem Mann befasst hatten, nachdem Niklas Conradi mit dem roten Handwerkerwagen abfahren musste und der picklige Ricotta an seiner Stelle den Porsche nach Leer bringen durfte. Und er wusste, dass auch Marten Molenaars Pressesprecher Ebbe Krüsmann ein Ohr zugeschickt bekommen hatte. Das wiederum hatte kein Dummybauer abgeformt.

Auf dem Bildschirm erschien ein Zeitungsartikel mit Jesper Molenaars Foto.

Oh, dachte Niklas Conradi, als er die Schlagzeile las. Offenbar hatte der Mann diesen Leichensack nicht mehr verlassen. Zumindest nicht lebend. Er warf einen verstohlenen Blick auf Biroldo. Der Securitymann der Molkerei Miltenberg nahm selten gleichzeitig mit ihm an den Sitzungen teil, aber heute saß er an der gegenüberliegenden Tischseite und sah ihn unverwandt an. Conradi war über jeden Meter Tischplatte froh, der zwischen ihm und dem grobschlächtigen Gorilla lag.

»Du sagst also, dieses Bild zeigt Jesper Molenaar?«, vergewisserte sich Don Mascarpone.

»Natürlich, es ist derselbe Mann«, sagte Conradi. »Sogar dasselbe Bild, das sieht man doch.«

»Werd nicht frech, Karnickel«, zischte Pecorino ihm ins Ohr. »Du vergisst wohl, mit wem du hier redest.« Er kniff zu und Conradi schossen vor Schmerz Tränen in die Augen.

»Lies den Text unter dem Bild«, forderte Don Mascarpone eisig. Die emsbraunen Augen in seinem beängstigend bleichen Gesicht waren kalt vor Wut.

Folgsam überflog Niklas Conradi die Bildunterschrift. Er stutzte und las ein zweites Mal langsamer und gründlicher.

»Das ist ein Druckfehler«, behauptete er heiser.

Salsiccio ließ das Licht eines Laserpointers über den Monitor tanzen. An mehreren Stellen blieb er stehen. Und überall stand der Name des Mannes, der in der Schlagzeile als das »Mordopfer im Leichensack« tituliert wurde. »Da steht aber ein falscher Name«, wehrte Conradi verzweifelt ab. »Das ist Jesper Molenaar, nicht Jelto Brinker. Die Zeitung lügt, das weiß doch jeder.« Panisch sah er in die Runde seiner Kollegen, die um den Tisch verteilt saßen.

Prezzemolo ließ betrübt den Kopf hängen wie welke Petersilie, Vitellos Kalbsaugen schimmerten feucht und Salsiccio wandte den Blick ab. Nur Biroldos Gesicht drückte eher freudige Erwartung als Mitleid aus.

»Du hast versagt, Coniglio«, sagte Don Mascarpone. Seine Stimme klang auf einmal beinahe traurig. »Du hast uns den falschen Prinzen geliefert.« Er schüttelte bedauernd den Kopf.

»Aber, Don Mascarpone«, stammelte Niklas Conradi. »Ich weiß nicht, wie das passieren konnte. Ich werde es wiedergutmachen, ich schwöre es.« Er atmete tief ein und versprach mit einem Seitenblick auf Ruben van der

Laan: »Ich besorge die Bakterienkulturen von Miltenberg. Nocciola, sag doch was. Du brauchst die doch!«

Van der Laan schüttelte fast unmerklich den Kopf.

Don Mascarpone seufzte. »Es ist ein Jammer. So ein Talent – verschwendet.«

»Es tut mir leid! Es wird nicht wieder vorkommen.«

»Aber das weiß ich doch«, antwortete Don Mascarpone sanft. »Pecorino, Biroldo.« Er machte eine resignierte Geste.

Biroldo schob mit einer erstaunlich geschmeidigen Bewegung seinen Stuhl zurück und erhob sich.

In diesem Augenblick erklang die Titelmelodie des »Paten«.

Vitello zuckte zusammen. Er wurde rot und griff mit einer gestammelten Entschuldigung nach seinem Telefon.

Coniglio wand sich in Pecorinos eisenhartem Griff. Der Sicherheitschef wollte ihn zur Tür dirigieren.

Don Mascarpone hob die Hand, um seine Männer zu bremsen.

KAPITEL 33

»So, das sollte genügen.« Lükka Tammling speicherte ihre Bewerbungsunterlagen als PDF-Dokument ab.

»Ich halte das immer noch für eine ganz blöde Idee«, warnte Roman Sturm. »Du kannst dich doch nicht einfach als Verkäuferin bei diesen zwielichtigen ›Käseprofis‹ bewerben.«

Seine Kollegin grinste. »Traust du mir den Job im Käseladen nicht zu oder hast du Angst, ich werde genommen und du sitzt hier auf einmal alleine im Büro?«

»Bestimmt ist deine Bewerbung ohnehin zu perfekt. Das kann nicht klappen. Jeder Personalchef merkt doch sofort, dass du keine Aushilfe ohne Berufserfahrung bist.«

»Danke, aber ich habe mir Mühe gegeben.« Lükka Tammling ließ die beiden Kollegen ihr Anschreiben und den Lebenslauf lesen. Sie hatte sich verschiedene Schulpraktika und eine abgebrochene Ausbildung aus den Fingern gesogen, ihr Alter den Einstellungsvoraussetzungen angepasst und das Werk mit einem alten Foto garniert, auf dem sie hübsch, aber etwas naiv in die Kamera lächelte. Die Fälschung war ihr erschreckend leicht von der Hand gegangen, fand sie. Die lange Erfahrung mit Troll-Accounts zahlte sich aus.

»Also, ich würde dich sofort einstellen«, beteuerte Dirk Baukloh mit treuherzigem Augenaufschlag. »Krass, so hast du echt mal ausgesehen?«

»Was ist mit Zeugnissen?«, beharrte Roman Sturm.

Lükka Tammling winkte ab. »Die kann ich immer noch nachreichen oder es jedenfalls anbieten. Aber ich glaube kaum, dass die jemand sehen will.«

Roman Sturm runzelte die Stirn. »Sagst du nicht immer, man soll vorsichtig sein, wem man seine Daten schickt? Diese Firma ist mit Sicherheit ein betrügerischer Haufen. Guck dir doch bloß mal die angeblichen Referenzen an. Firmensitz in Monaco, internationale Erfahrungen in den Bereichen Handel, Reitsport, Erotik. Und nirgends in den Handelsregistern existiert irgendein Eintrag für Marten Molenaar, den großen Konzernchef und Investor. Du hast doch selbst gesagt, dieser Käsekönig ist ebenso ein Fakeprofil wie sein angeblicher Bruder Jesper. Wer weiß, was sie mit den Bewerbungen der Frauen anstellen. Oder mit den Frauen selbst.« Er machte den Eindruck, als würde er sie am liebsten mit ihren eigenen Handschellen an den Schreibtisch ketten.

Innerlich gab Lükka Tammling ihm recht. Sie waren auf der Jagd nach einem Phantom und sie hatten keine Ahnung, worauf sie dabei stoßen würden. Aber alle Versuche, ein Motiv für den Mord an Jelto Brinker zu finden, waren im Sande verlaufen. Brinker hatte ein unauffälliges Leben als kleines Licht in einem Maklerbüro geführt, war niemals mit dem Gesetz in Konflikt geraten. Jedenfalls war nichts aktenkundig geworden. Er hatte zwar viele Affären gehabt, aber keine davon taugte für ein Eifersuchtsdrama. Keine Spielsucht, keine Drogen, keine Verbindung zur organisierten Kriminalität. Trotzdem hatte ihn jemand brutal gefoltert und abgeschlachtet. Die einzige logische Erklärung für dieses Verbrechen war eine Verwechslung.

Die Mörder hatten ihr Opfer bei einem Lokal abgelegt, als dessen neuer Inhaber Marten Molenaar gehandelt wurde. Offenbar hatten sie eine ganze Menge gegen dessen Geschäfte einzuwenden. Sie mussten den Mann für Jesper Molenaar gehalten haben. Nur gab es diesen Jesper Molenaar nicht, sondern irgendwer hatte mit Brinkers Foto ein Fakeprofil angelegt. Sonst wäre der Mann heute noch am Leben. Wenn sie den Urheber der Fälschung entdeckten, fanden sie auch den Grund für das Verbrechen und sie fanden den Mörder. Das jedenfalls war der Plan.

Lükka Tammling seufzte. Sie war tatsächlich drauf und dran, ihre eigenen Daten an jemanden zu schicken, der mit Bildern von ahnungslosen Unbeteiligten falsche Identitäten erfand. Wer garantierte ihr, dass ihr Bewerbungsfoto nicht auf einer Pornoseite landete oder benutzt wurde, um Typen auf Datingportalen Geld aus der Tasche zu ziehen? Niemand, richtig. Der angebliche zwölfjährige nigerianische Fußballer mit der kranken Großmutter fiel ihr ein, mit dem sie abends gechattet hatte. Natürlich war das Profil gefälscht. Aber das Bild des kleinen Jungen musste ja auch irgendwoher stammen und zu einem echten Kind gehören, dessen Daten gestohlen und missbraucht wurden.

Sie öffnete ihren privaten E-Mail-Account, kopierte die Adresse aus dem Stellenangebot in eine neue Nachricht, fügte ihr ungelenk formuliertes Bewerbungsschreiben ein und hängte die Datei mit dem Foto an. Nach einem letzten Zögern klickte sie auf »Senden« und synchronisierte die E-Mails, ehe ihre Kollegen sie doch noch davon überzeugten, dass sie komplett bescheuert war.

»Nur so kommen wir an diese ›Käseprofis‹ ran«, verteidigte sie sich. »Egal, ob sie wirklich existieren oder ob das Ganze nur eine Tarnung für Geldwäsche, Betrug oder was auch immer ist. Wir müssen das Gehirn finden, mit dem dieses Ding denkt. Nur dann finden wir auch den Mörder von Jelto Brinker.« Hoffentlich, dachte sie. Sie warf einen Blick auf die Uhr. Kein Wunder, dass ihr Magen knurrte. Die Hauptkommissarin schloss den Browser mit der Mailseite, dann stand sie auf und zog ihre Lederjacke an. »Ich weiß nicht, wie es euch geht, aber ich muss jetzt erst einmal was essen.«

KAPITEL 34

Eine Dreiviertelstunde später kamen Lükka Tammling und Roman Sturm in ihr Büro zurück. Während Sturm den Wasserkocher anschaltete und die letzten Reste Kaffeepulver aus der Packung in die Glaskanne schüttete, setzte sich Lükka Tammling an ihren Computer und öffnete den Posteingang.

»Schau mal einer an!«, rief sie verblüfft. »Selbst wenn die Firma nicht echt ist – das Personalbüro hat schon geantwortet.«

Roman Sturm pfiff leise. »Das hätte ich nicht erwartet. Ist das jetzt ein gutes oder schlechtes Zeichen?«

»Warten wir es ab.« Lükka Tammling überflog die Antwort und las vor. »*… haben wir mit Interesse gelesen … danken wir Ihnen für Ihre Bewerbung … möchten wir Sie zu einem persönlichen Gespräch einladen* … Na, geht doch. Unterzeichnet *Ebbe Krüsmann, Public Relations & Human Resources*. Dann will ich den Burschen mal anrufen, auf den war ich sowieso schon neugierig.« Sie nahm das Telefon, unterdrückte die Anzeige ihrer eigenen Nummer und wählte den Anschluss, den Krüsmann ihr gemailt hatte.

Roman Sturm widerstand dem Impuls, ihr den Telefonhörer aus der Hand zu reißen oder wenigstens jedes Wort der Unterhaltung zu verfolgen. Seine Kollegin konnte selbst auf sich achtgeben, das wusste er. Und er wusste auch, dass die Hauptkommissarin auf Bevormundung allergisch reagierte. Deswegen kümmerte er sich jetzt besonders gründlich um die Zubereitung des Kaffees und summte dabei leise vor sich hin. Sie sollte bloß nicht glauben, dass er lauschte. Trotzdem bekam er mit, dass sich Lükkas Tonfall im Laufe des Gesprächs veränderte. Das atemlose Piepsen, mit dem sie das Telefonat begonnen hatte, war verschwunden. Sie klang auf einmal nicht mehr wie eine etwas unterbelichtete Zwanzigjährige ohne Berufsausbildung, die dringend einen Aushilfsjob im Käseverkauf benötigte, sondern wie eine erfahrene Kriminalhauptkommissarin bei einer Zeugenbefragung.

Als Roman Sturm ihr einen Becher mit dem heißen, schwarzen Kaffee hinstellte, nickte sie ihm zu. Sie trank einen Schluck, während sie konzentriert ins Telefon lauschte. Kurz darauf beendete sie das Gespräch und legte den Hörer auf.

»Und?« Sturm konnte seine Ungeduld nicht länger zügeln. »Was ist dabei rausgekommen?«

Sie ließ den Kollegen zappeln, trank in aller Gemütsruhe erst ihren Kaffee aus und holte sich den Rest aus der Kanne. »Ich habe den Job nicht bekommen«, gestand sie endlich mit zerknirscht niedergeschlagenem Blick.

»Na, ein Glück«, murmelte Roman Sturm. »Wollte sagen: so ein Pech aber auch. Woran hat es denn gelegen?«

»Krüsmann hat erst um den heißen Brei herumgeredet, wollte nicht mit der Sprache herausrücken, ab wann die Stelle zu besetzen ist und wo genau der Arbeitsplatz sich befindet. Zum Geld hatte er auch keine Details. Das war wirklich der am schlechtesten vorbereitete Personalchef aller Zeiten. Irgendwann wurde es mir zu blöd und ich habe ihn gefragt, ob es diese ausgeschriebenen Jobs überhaupt gibt und wann ich direkt mit dem Chef sprechen könnte.«

Das war wohl der Moment, in dem ihre Stimmlage umgeschlagen war, vermutete Sturm.

»Dumm ist dieser Ebbe Krüsmann jedenfalls nicht«, gab Lükka Tammling zu. »Als ich mit den peinlichen Fragen anfing, wollte er gleich wissen, wer ich wirklich bin und warum ich anrufe.« Sie zuckte die Achseln. »Ich habe es ihm dann gesagt und ihn gebeten herzukommen. In einer halben Stunde ist er hier.« Sie zog die

Augenbraue hoch. »Er meinte, er bringt etwas mit, das uns interessieren wird. Ich bin gespannt.«

KAPITEL 35

»Bericht, Vitello.« Don Mascarpone heftete den Blick auf den Leiter seiner Vertriebsabteilung und winkte herrisch mit dem Zeigefinger.

Vitellos Gesicht sprach Bände. Die großen braunen Augen spiegelten die Panik eines Kalbs auf dem Weg zur Schlachtbank, als er gehorsam aufstand und sich dem Sessel am Kopfende des riesigen Teakholztisches näherte. Niklas Conradi hörte den abgehackten Atem des kräftigen Mannes, als der all seinen Mut zusammennahm. Er sah, dass Vitello die Fäuste geballt hatte. Bestimmt hätte er sonst gezittert wie Espenlaub.

»Der Anhänger ist leer«, stieß Vitello hervor und duckte sich wie in Erwartung eines Schlags.

Coniglio spürte, dass sich Pecorinos Griff löste, und nutzte die Chance, ein paar Schritte zur Seite auszuweichen. Pecorino schien es gar nicht zu bemerken.

»Was soll das heißen?« Don Mascarpone stützte die

Unterarme auf die Sessellehnen und richtete sich in seinem Stuhl auf, als wollte er Vitello mit einem gewaltigen Satz ins Gesicht springen. Er sah mehr denn je wie ein riesiger Frosch aus, aber Coniglio verspürte überhaupt keinen Drang, darüber zu lachen.

Vitello stand mit gesenktem Kopf vor seinem Boss und rang verzweifelt die Hände. »Unser Fahrer hat den Anhänger mit der Ware am vereinbarten Treffpunkt abgeholt und zur Gärtnerei gebracht«, berichtete er. »Als er die Kisten ausladen wollte, hat er gesehen, dass der Wagen leer ist.« Fassungslos schüttelte er den Kopf. »Restlos leer.« Er verstummte.

Coniglio vergaß einen Moment seine eigene Furcht, als er den Angstschweiß des kräftigen Vertriebsleiters roch. Er konnte nur ahnen, wie groß der wirtschaftliche Schaden war, denn die genauen Liefermengen wurden streng geheim gehalten. Aber der Verlust musste enorm sein, wenn er Don Mascarpones Blässe richtig deutete. Mühsam beherrscht befahl der Pate Vitello, sich zu setzen. »Ihr auch«, schnauzte er mit einem wütenden Blick auf Coniglio und seine Bewacher.

Biroldo wirkte enttäuscht, gehorchte jedoch, ohne zu zögern.

Auch Pecorino ging zu seinem Platz, boxte Coniglio aber im Vorbeigehen noch einmal schmerzhaft in die kurze Rippe. Der biss die Zähne zusammen und setzte sich mucksmäuschenstill auf seinen Stuhl.

»Details«, forderte Don Mascarpone mit eisiger Wut.

»Wir haben auf dem Anhänger eine Überwachungskamera installiert«, sagte Pecorino. »Der Fahrer soll die Daten sofort schicken. – Wenn es Ihnen recht ist«, fügte er mit einem Blick auf Don Mascarpone schnell hinzu.

Als der nickte, griff Vitello zu seinem Handy und erteilte den Auftrag. Sekunden später brummte das Gerät.

»Auf den Schirm«, befahl Don Mascarpone und Vitello spiegelte den Inhalt der Überwachungsdatei auf den großen Monitor. Gebannt schauten alle auf den Bildschirm. Nichts war zu sehen außer einem Stück Parkplatz und ein paar Schafen, die in einiger Entfernung Gras rupften. Ein Traktor tuckerte ins Bild und alle beugten sich erwartungsvoll vor, aber der Traktor verschwand.

»Geht das schneller?«, fragte Don Mascarpone ungeduldig und Vitello schaltete den Zeitraffer ein.

Ostfriesland war doch verdammt langweilig, dachte Coniglio, der sich auf seinem Stuhl inzwischen wieder etwas entspannt hatte. Möwen, Schafe, Trecker. Wieder Möwen, zwei Radfahrer. Noch mehr Möwen. Ein Lieferwagen fuhr auf den Parkplatz und geriet außer Sicht. Offenbar hielt er neben dem Anhänger auf der Seite, die die Kamera nicht erfasste. Kurz tauchte die Silhouette eines Mannes auf und verschwand wieder. Als er erneut im Bild erschien, nestelte er an seinem Hosenstall, als hätte er soeben gegen den Wagen geschifft. Manche Dinge will man gar nicht wissen, dachte Coniglio angeekelt. Vitello ließ die Aufnahme jetzt wieder im normalen Tempo laufen. Der Fremde machte kehrt und fummelte an der Plane des Anhängers herum. Verdammt, warum war die Kamera so weit oben angebracht? Die magere Gestalt mit der Kapuzenjacke hatte etwas Vertrautes, doch man konnte das Gesicht nicht erkennen.

Der Mann verschwand aus dem Bild, aber wenig später tauchte der Transporter wieder auf, das Heck dem Anhänger zugewandt.

»Scheiße, verdammte«, zischte Biroldo und Pecorino kniff seine eisbonbonblauen Augen zusammen.

Das traf es ziemlich gut, dachte Coniglio. Den Wagen, in den der Dünne jetzt in Windeseile die Käsedosen mit dem Methamphetamin lud, hatte er selbst von der alten Gärtnerei nach Leer gefahren. Und zuvor hatten Biroldo und sein Handlanger damit den Entführten von der Pünte zum Gewächshaus geschafft.

Coniglio wusste, in wessen Haut er jetzt noch weniger gerne stecken würde als in seiner eigenen.

KAPITEL 36

»Und damit kommen Sie erst heute zur Polizei?« Lükka Tammling starrte die Plastiktüte, die Ebbe Krüsmann gerade vor ihr auf den Schreibtisch gelegt hatte, ungläubig an.

Der kahlköpfige Mann mit der grauen Schifferkrause am Kinn saß auf der vorderen Kante des Besucherstuhls und hatte den Blick verlegen zu Boden gerichtet. »Ich war auch erst unsicher, was ich damit anstellen sollte. Es sah so echt aus, dass es mir einen richtigen Schrecken eingejagt hat. Aber Herr Molenaar sagte, das sei doch eindeutig künstlich und ein Werbegag. Ich sollte nicht auf einen Scherzartikel hereinfallen. Damit hätte ich mich bei der Polizei doch unsterblich blamiert.«

Trotzdem hatte er das Ohr mitsamt der Spanschachtel, in der es gelegen hatte, eingefroren, statt es einfach in den Schrank zu legen oder gleich wegzuwerfen. Hundertprozentig konnte ihn sein Chef also nicht überzeugt haben. Jetzt tropfte das Tauwasser Lükka Tammlings Schreibtisch voll. Sie rümpfte die Nase und griff nach Krüsmanns Kühltasche, um den nassen Gefrierbeutel wieder hineinzulegen. Anschließend desinfizierte sie sich die Hände und wischte den Tisch ab. Erst danach rief sie auf der Wache an und gab den Transport zur Rechtsmedizin in Oldenburg in Auftrag.

»Und Sie sind auch nicht stutzig geworden, als über einen Leichenfund an der Waage berichtet wurde?«

Krüsmann schüttelte den Kopf. »Warum auch? In der Zeitung stand doch nichts von einem fehlenden Ohr.«

Da hatte er recht. Sie hatten sich gegen die Veröffentlichung dieses Details entschieden, weil sie kein Täterwissen preisgeben wollten. Trotzdem hätte man doch erwarten können, dass ein Mensch, der mit offenen Augen durch die Welt ging und außerdem noch Journalist war, misstrauisch wurde, wenn zum einen auf dem künftigen Firmengelände seines Chefs eine Leiche herumlag und zum anderen bei ihm in der Kühltruhe ein herrenloses Körperteil, von dem er nicht sicher war, ob es aus Kunststoff war oder echt.

Der Firmensprecher der »Käseprofis« saß jetzt schon seit beinahe einer Stunde bei Roman Sturm und Lükka

Tammling im Büro und rappelte seitdem wie eine Windmühle am Pfingstmontag. Angekommen war er mit dem selbst erteilten Auftrag, reinen Tisch zu machen. Er habe Zweifel an der Seriosität der Firma bekommen, für die er eine Weile gearbeitet habe, und wolle dazu beitragen, Schaden von der Gesellschaft und von einzelnen unbescholtenen Bürgern abzuwenden.

Äußerst glaubwürdig, dachte Lükka Tammling. Von wem er mit seiner Aussage wirklich Schaden abwenden wollte, war offensichtlich. Immerhin hatte derselbe Mann neulich noch jedem mit Verleumdungsklagen gedroht, der kritische Fragen über die »Käseprofis« stellte. Sie selbst hatte sich verbale Maulschellen von ihm eingefangen, was er natürlich nicht wusste. Auch wenn sie ihre Tarnprofile nicht preisgab, konfrontierte sie ihn mit seinen Kommentaren, die in der Gruppe »Wir für Genuss« öffentlich zu sehen waren.

»Das Konzept von Herrn Molenaar war überzeugend und passt perfekt in die Zeit«, verteidigte sich Krüsmann. »Hochwertige Lebensmittel zu einem Preis, der auch für den kleinen Geldbeutel erschwinglich ist. Eine Belebung der sterbenden Dörfer und schließlich die Schaffung vieler Arbeitsplätze. Dafür habe ich gerne Gesicht gezeigt.«

»Wann ist Ihnen aufgefallen, dass Sie der Komplize eines Hochstaplers sind?«, erkundigte sich Roman Sturm im Plauderton.

Krüsmann explodierte wie erwartet. Der Mann hatte wirklich eine sehr kurze Zündschnur. »Was heißt hier: Komplize?«, brüllte er mit hochrotem Kopf. »Ich verbitte mir diese Unterstellungen. Schließlich bin ich aus freien Stücken zu Ihnen gekommen, um meinen Teil zur Aufklärung beizutragen.«

»Das nehmen wir zur Kenntnis und werden es auch so in den Akten vermerken«, bestätigte Sturm kühl. »Die Beurteilung Ihrer Rolle ist nicht unsere Aufgabe als Ermittler, sondern die der Gerichte.«

»Wieso Gericht?« Der Firmensprecher starrte ihn fassungslos an. »Ich habe mir nichts zuschulden kommen lassen. Im Rahmen meines Arbeitsverhältnisses habe ich die Interessen von Marten Molenaar und seinem Unternehmen loyal und nach bestem Wissen und Gewissen vertreten. Nicht mehr und nicht weniger.«

Ehe er sich aus lauter Trotz auf eine Verschwiegenheitsklausel im Arbeitsvertrag zurückzog, holte Lükka Tammling ihn aus dem Schmollwinkel. Seine Kooperationsbereitschaft würde sich auf jeden Fall positiv auswirken, beschwichtigte sie ihn. »Sie haben sich doch bestimmt häufig mit Ihrem Arbeitgeber getroffen, um die Einzelheiten Ihrer Werbekampagnen, die Pressearbeit und die Personalplanung zu besprechen«, sagte sie. »Wir brauchen von Ihnen jetzt seine Anschrift und seinen derzeitigen Aufenthaltsort. Das würde uns sehr helfen und Ihnen damit auch.«

Er druckste eine Weile herum.

Lükka Tammling hatte den Eindruck, dass ihm erst während seiner Aussage aufging, mit welcher Naivität und Dummheit er durch diese Sache hindurchgestolpert war. Digitalisierung und Homeoffice schön und gut. Aber dieser Graubart war doch kein heuriger Hase. Trotzdem hatte er sich mit breitem Kreuz vor einen Mann gestellt, den er in der ganzen Zeit kein einziges Mal persönlich getroffen hatte. Alles war nur telefonisch oder schriftlich gelaufen. Molenaar – oder wie auch immer der Mann tatsächlich hieß – musste ein

Meister der Manipulation sein, dachte Lükka Tammling mit einer Mischung aus Grauen und Neid. Es war ihm gelungen, immer neue Argumente zu finden, warum ein Treffen gerade nicht möglich war. Er ließ Verabredungen kurzfristig platzen, verlegte Meetings ins Internet und hatte dann ganz überraschend Probleme mit seiner Kamera oder mit der Internetverbindung. Das Ende vom Lied war, dass Ebbe Krüsmann ihn nur von Fotos kannte. Trotzdem hatte er, ohne zu zögern, alle Anweisungen ausgeführt.

Lükka Tammling schüttelte den Kopf. Unglaublich, so viel blinder Gehorsam. Aber niemand ist bekanntlich blinder als derjenige, der nicht sehen will, dachte sie. Seit Jahren funktionierte der Trick beim Romance Scamming, der digitalen Form des Heiratsschwindels. Einsame Menschen verliebten sich unsterblich in ein Phantom und kauften dem Betrüger jede Lüge ab, weil sie unbedingt daran glauben wollten, es gäbe nun endlich auch für sie ein Stück vom Glück.

Auch für politische Radikalisierung und die Verbreitung von haarsträubenden Verschwörungsmythen war das Internet seit Jahren bei den einen beliebt, bei den anderen gefürchtet. Sie hatte beobachtet, dass Menschen umso bereitwilliger extreme Positionen weiterverbreiteten, je weniger positive Reaktionen sie auf ihre Aktionen im Internet erhielten. Ein paar gut platzierte Likes, geschickt formulierte Scheinargumente reichten dann schon, um aus einem vereinsamten Wirrkopf eine tickende Zeitbombe zu basteln.

Marten Molenaar hatte mit Ebbe Krüsmann zielsicher einen eitlen Selbstdarsteller erwischt, der für berufliche und gesellschaftliche Anerkennung im Netz, aber noch mehr in der wirklichen Dorfwelt beide Augen zudrückte, um seine bunte Seifenblase zu retten.

»Hat er wenigstens gut für Ihre Arbeit bezahlt?«, wollte Sturm jetzt wissen. Der Schuft, dachte Lükka Tammling.

»Wir hatten ein angemessenes Honorar vereinbart«, sagte Krüsmann widerwillig.

»Und dieses Honorar ist auch geflossen?«

Krüsmann antwortete nicht. Sein Schweigen sagte genug.

»Aber Sie haben ihm kein Geld überwiesen?« Roman Sturm war wirklich gemein heute.

Lükka Tammling meinte, ein deutliches »Plopp« zu hören. So viel zum Thema bunte Seifenblase. Der selbst gekrönte Käsekönig hatte seinen eifrigsten Untertan nicht nur kostenlos für sich knechten lassen, sondern ihm auch noch Geld aus der Tasche gezogen. Er hielt offenbar viel von feudalen Traditionen.

»Sie hatten also keinen Verdacht, dass dieses Ohr mit einem Verbrechen in Zusammenhang steht. Warum kommen Sie gerade heute zu uns?«, erkundigte sich Roman Sturm.

»Wegen der Bewerbungen«, erklärte Krüsmann. »Wir haben ja diese Stellenausschreibungen veröffentlicht, auf die Sie sich auch gemeldet haben.« Er nickte Lükka Tammling zu. »In Ordnung war das ja nicht. Und Sie haben auch noch falsche Angaben über Ihr Alter gemacht. Jedenfalls bin ich eigentlich für den Bereich Human Resources verantwortlich, trotzdem war ich am Auswahlverfahren nicht beteiligt. Ich habe die Bewerbungen gesammelt und weitergeleitet, danach habe ich von den meisten nichts mehr gehört.«

»Sie haben lediglich den Strohmann gespielt«, konstatierte Sturm und Ebbe Krüsmann zuckte zusammen wie unter einem Schlag.

»Nach Ihrer eigenen Aussage haben Sie demnach junge Frauen unter fünfundzwanzig Jahren unter der Vorspiegelung falscher Tatsachen an einen Fremden vermittelt, zu dessen Geschäften auch der Bereich Erotik gehört. Das ist mindestens Begünstigung von Prostitution und Zuhälterei.«

Ebbe Krüsmanns Augen drohten aus den Höhlen zu quellen, als ihm die Tragweite von Lükka Tammlings Vorwurf bewusst wurde. Er schnappte nach Luft wie ein Wels auf dem Trockenen. »Es waren ja nicht nur Frauen, die sich beworben haben. Wahrscheinlich habe ich von denen nichts weiter gehört, weil sich die Eröffnung des Ladens noch verzögert hat und sie noch nicht gebraucht wurden«, verteidigte er sich schwach. »Es gab auch diesen Molkereifachmann, den ich ihm vermittelt habe, weil Herr Molenaar ja eine große Manufaktur aufbauen will. Für diesen neuen Mitarbeiter musste ich auf seine Anweisung noch ein Auto organisieren, hatte aber sonst nichts mehr mit ihm zu tun. Ach ja, und einmal habe ich ihm Kontaktdaten eines Maklers geschickt, als es um die Immobilien für die geplanten Restaurants und den Laden ging.«

In Lükka Tammlings Kopf purzelten die Gedanken durcheinander, stolperten, kamen wieder auf die Füße. Endlich reihten sie sich ordentlich vor ihrem inneren Auge auf und klopften sich den Staub von den Hosenbeinen.

»Sie geben uns die Adressen und Kontaktdaten aller Menschen, die Sie an Ihren Komplizen vermittelt haben.«

Der Bursche sollte sich in seiner Opferrolle bloß nicht bequem einrichten. »Selbstverständlich auch die des Immobilienbüros.« Sie wandte sich ihrem Kollegen zu. »Ich bin ziemlich sicher, dass er dort Jelto Brinker getroffen hat.«

KAPITEL 37

Es war sogar noch viel schlimmer als gedacht. Coniglio hockte auf der Rückbank des Autos. Seine Rippen schmerzten und die Unterlippe war geschwollen. Pecorino hatte Don Mascarpone versprochen, das gestohlene Meth zurückzubringen. Wie er das anstellen wollte, hatte er ihm allerdings nicht gesagt. Kein Wunder, dachte Coniglio, denn dann hätte er zugeben müssen, dass die Käsedosen mit ihrem wertvollen Inhalt mit demselben Auto abgekarrt worden waren, in dem seinerzeit der entführte vermeintliche Käseprinz gelegen hatte.

Coniglio wusste genau, warum der Sicherheitschef ihn unbedingt bei der Rückholaktion dabeihaben wollte. Er sollte dem Don nicht verraten, woher sie den roten Lieferwagen kannten, um damit seinen eigenen Hals zu retten. Biroldo, der Idiot, hatte tatsächlich seine verdammte Mütze im Auto vergessen. Und Coniglio hatte nicht nachgesehen, ob irgendetwas Verräterisches im Wagen war, als er ihn zu den Handwerkern zurückgebracht hatte. Dafür hatten Biroldo und Pecorino ihn beim ersten Halt auf dem Weg nach Leer bezahlen lassen. Schade um den schönen Stiftzahn.

An so einem herrlichen Frühlingstag sollte man eigentlich nicht prügeln und nicht verprügelt werden, dachte Conradi, als sie an blühenden Kastanienbäumen, Magnolien und an vor Blüten schier überquellenden Gärten vorbeifuhren. Auch bei dem Haus, vor dessen langer Einfahrt Pecorino jetzt den Wagen quer abstellte, leuchteten rote, weiße und rosa Rhododendren und pinkfarbene Wildrosen zwischen den struppigen dunkelgrünen Scheinzypressen. Hinter der baumhohen dünnen Hecke stieg eine Rauchfahne in den blauen Himmel, es duftete nach brutzelndem Fett und gewürztem Grillfleisch. Niklas Conradis Magen knurrte. So sollte man einen solchen herrlichen Frühlingstag verbringen. In die Musik, die aus weit aufgedrehten Boxen auf der Terrasse drang, mischten sich Kinderlachen und laute Stimmen.

Als sie damals den Porsche und den geliehenen Lieferwagen abgegeben hatten, war ihm gar nicht aufgefallen, dass hier ein Wohnhaus in einem großen Garten stand. Er hatte nur gedacht, dass das Gelände für einen Betrieb, der Dienstleistungen rund um Haus und Garten anbot, reichlich verlottert aussah. Aber schließlich musste ja jeder selbst wissen, was für einen Eindruck er auf mögliche Kunden machen wollte.

Heute stieg hier offensichtlich ein Familienfest.

Unüberhörbar. Als die drei Männer über die zugeparkte Einfahrt auf die Haustür zugingen, erhoben sich laute Stimmen über die Musik, aus einem zornigen Wortwechsel wurde Keifen. Familie war manchmal ein explosives Gemisch.

»Sollen wir nicht besser wieder gehen?«, fragte Coniglio besorgt, doch Pecorino winkte lässig ab. »Je mehr Krach die selbst machen, desto weniger fallen wir auf.« Er hielt den Finger so lange auf dem Klingelknopf, bis endlich die Haustür aufgerissen wurde. Ein junger schwarzhaariger Mann mit tätowiertem nacktem Oberkörper und Speckansatz über dem Hosenbund wurde von einem ebenso kräftigen Rottweiler beiseitegedrängt, der sich blaffend vor den fremden Besuchern aufbaute.

Pecorino sah einen Moment lang unschlüssig aus, wo er den anderen Mann packen sollte, weil kein Hemdkragen dafür vorhanden war. Dann griff er ihn kurzerhand mit beiden Händen an den Ohren und riss seinen Kopf nach unten, wo er mit Pecorinos Knie zusammenstieß.

Der Rottweiler rannte geduckt davon, die Rute zwischen die Hinterläufe geklemmt.

Das Schmerzgeheul des Mannes wurde vom Gekeife der Frauen im Garten übertönt. Während Biroldo seinem Boss Flankenschutz gab, behielt Coniglio die Einfahrt und den schmalen Durchgang zum Garten im Auge und lauschte. Derbe Schimpfwörter flogen, es klatschte zweimal. Schien eine rundum tolle Party zu sein.

»Was soll das, du Hebamme?« Der Schwarzhaarige war hinter seinen vors Gesicht gepressten Händen kaum zu verstehen.

»Wo ist das Auto?«, fauchte Pecorino den blutenden

Mann an. »Und wo ist unsere Ware?« Gemeinsam mit Biroldo drängte er den anderen vom Hauseingang weg und in die Ecke zwischen Hauswand und Garage.

Coniglio hatte inzwischen die Reihe der Wagen auf dem Grundstück gemustert. Der schöne Porsche stand hier leider nicht mehr und auch der rote Transporter fehlte.

Am Ende der Einfahrt stampfte eine Frau im luftigen Sommerkleid davon, eine große Salatschüssel an den üppigen Busen gedrückt. Außer dem triumphierenden Weibergeschrei – »Verpiss dich, du Fotze« – folgte ihr ein Halbwüchsiger, der in beiden Händen einen großen Topf trug und ziemlich unglücklich und hungrig dreinschaute. Der Speiseplan dieser gelungenen Familienfeier hatte sich gerade verkleinert. Die Gästezahl allerdings auch. Bei anderen Festen flogen die Fetzen, hier die Fotzen, so war das eben. Coniglio drehte sich achselzuckend um. Jetzt erst sah er, dass das blutende Gesicht jünger wirkte als das ihres Geschäftspartners, dem er den Autoschlüssel übergeben hatte.

Auch Biroldo hatte den Irrtum wohl bemerkt. »Hol deinen Cousin, zack, zack«, befahl er anstelle einer Entschuldigung.

Der Junge zog sich schniefend ins Haus zurück und rief etwas. Gleich darauf waren die streitenden Stimmen männlich und kamen näher. Schließlich standen drei Männer vor Biroldo, Pecorino und Coniglio. Die Familienähnlichkeit mit dem blutenden Bengel war deutlich.

Der Älteste von ihnen, Vater oder Onkel, vermutete Coniglio, ergriff das Wort, sichtlich um Entschärfung der Lage bemüht. Er bat sie nicht ins Haus, winkte sie aber zumindest in die offene Garage, an deren Rückwand

Werkzeuge standen. An der Wand lag eine farbfleckige Leiter. Genossen sie hier drin wohl so etwas wie schützendes Gastrecht? Coniglio beschloss, sich nicht darauf zu verlassen. Er tastete verstohlen nach dem Springmesser in seiner Hosentasche.

»Wir hatten eine Vereinbarung«, sagte Pecorino. »Ihr leiht uns den Transporter und stellt keine Fragen. Wir geben euch dafür den Panamera. Das war für euch ein gutes Geschäft. Und jetzt bestehlt ihr uns. Wir wollen den Lieferwagen zurück und alles, was darin ist.«

Der Alte sah die beiden jüngeren Männer scharf an. »Was für ein Geschäft ist das?«, fauchte er. »Wie oft habe ich euch gesagt, das geht so nicht?« Er baute sich vor den zwei jungen Burschen mit der Türsteherfigur auf, die trotz seiner geringen Größe eingeschüchtert wirkten. Er bat die unerwünschten Besucher zu warten und scheuchte seine jüngeren Verwandten mit einer herrischen Geste ein paar Meter weg. Von dem folgenden Wortgefecht verstand Coniglio nur Bruchstücke. Schubsen, Brüllen, Tränen, er hörte etwas von hundertzwanzigtausend Euro, schließlich kam der Alte zurück. Auch der Rottweiler hatte sich wieder aufs Grundstück getraut und klebte an seinen Hacken.

»Mein Neffe und mein Sohn haben einen Fehler gemacht. Ich kümmere mich darum«, versprach der Mann. »Solche Machenschaften dulde ich in meinem Unternehmen nicht. Aber den Transporter haben wir nicht mehr. Ich gebe euch die Adresse des Käufers.«

KAPITEL 38

Familienangelegenheiten musste man respektieren. Deshalb hatten Pecorino und Biroldo in stillem Einvernehmen darauf verzichtet, die zwei Türstehertypen eigenhändig auseinanderzunehmen. Ob Dienstleistungen in Haus und Garten oder der Handel mit Käse und Meth – wer eine Firma leitete, regelte seine Personalangelegenheiten so, wie er es für richtig hielt.

Auslöffeln musste die Suppe der bedauernswerte Autoschrauber, an dem Biroldo seine Wut ausließ, bis Pecorino ihn bremste. Was konnte der arme Kerl dafür, dass Biroldo seinen Kram nicht beisammenhalten konnte? Woher sollte er denn wissen, dass er ein Auto weiterverkaufte, das den Vorbesitzern zu heiß geworden war?

Es war aber auch zu blöd, dass die vergessene Mütze die direkte Verbindung zwischen Biroldo und dem Mord an Jelto Brinker war, sollte der Wagen jemals der Polizei in die Hände geraten. Diese Aussicht war zumindest für Biroldo deutlich schlimmer als die gestohlenen Drogen von Don Mascarpone. Für einen Mord ins Gefängnis zu wandern, war unangenehm genug. Aber im Knast womöglich Besuch von den früheren Kollegen zu bekommen, konnte sehr ungesund sein. Niemand wusste das besser als Biroldo, der solche Besuche oft genug selbst unternommen oder in Auftrag gegeben hatte.

Immerhin hatte auch Biroldos Gorillanase bei der Aktion in der Autowerkstatt auf dem alten Bauernhof gelitten. Dieser Ahrend Berghaus war zwar kein ausgebildeter Kämpfer wie der Securitymann, aber seine schiere Körperlänge hatte ihm geholfen. Und natürlich der armlange Drehmomentschlüssel. Es ging doch nichts über gutes Werkzeug.

Interessant war das Ergebnis der Unterhaltung allemal. Ausgerechnet Ebbe Krüsmann war bei Berghaus aufgetaucht und hatte den Lieferwagen mitgenommen. Er brauche ihn als Dienstwagen für einen neuen Mitarbeiter, hatte er gesagt. Dieser Mitarbeiter war wohl nicht besonders begeistert von dem Auto. Kein Wunder. Aber weil er die Kiste ohnehin noch nicht bezahlt hatte, sollte er sich nicht so anstellen, fand Coniglio.

Als er den Namen des künftigen Lieferwagenfahrers hörte, fühlte Niklas Conradi zum ersten Mal seit der Konferenz bei Don Mascarpone wieder Hoffnung, dass es für ihn doch noch eine Zukunft geben könnte. Jetzt war klar, warum die Statur des Diebes ihm auf dem Überwachungsvideo so bekannt erschienen war. Wo er Okko Wildeboer fand, das wusste er. Und dieses Wissen würde er teuer verkaufen. Ganz bestimmt war Don Mascarpone eine komplette Lieferung Methamphetamin wichtiger als die Bestrafung eines unvorsichtigen Mitarbeiters, der einen Fehler gemacht hatte.

KAPITEL 39

Das Haus stand wie vergessen an der schmalen Siedlungsstraße. Kein Zaun, keine Hecke versperrte die Sicht auf die hellroten Backsteinwände und den artigen Spitzgiebel. Nur ein niedriger Saum von struppigen Grasbüscheln und verkümmerten Zweigen, die gerne Heckenpflanzen gewesen wären, trennten den Vorgarten vom unbefestigten Grün des Straßenrandes. Der Rasen war nicht frisch vertikutiert, obwohl es auf den ersten Blick so aussah. Die Amseln der Nachbarschaft kehrten hier offenbar regelmäßig zum Frühstücken ein. Dabei rupften sie das Moos systematisch aus und warfen es achtlos beiseite, um nach Würmern, Larven und Asseln zu suchen.

Auf der rechten Seite waren Rhododendren, Thujen und Rosen verwildert und ineinander gewuchert, hatten sich mit den Schurken des Gartens verbündet und schlichen sich jetzt mit Tentakeln aus Knöterich und Efeu die Wand empor und über die zinkgraue Dachrinne auf das Dach mit den hellroten Tonpfannen.

Vier Fenster in der Giebelfront blinzelten schläfrig in Richtung Südwesten, die ehemals weiße Farbe der Holzrahmen war rissig und abgesplittert. Im Dachgeschoss war ein Rollladen fast hochgezogen, der andere so weit herabgelassen, dass kein Licht durch Ritzen ins Zimmer dringen konnte. Vermutlich war der Gurt mürbe geworden und eines Tages einfach gerissen. Die Rollläden im Erdgeschoss waren nur halb heruntergelassen oder nur halb hinaufgezogen. Der hellgraue Kunststoff trug eine

Patina aus grünen Algen, an den Kanten hatten sich dicke, weiche Moospolster gebildet.

Fast unsichtbar führten rechts von Haus und Buschwerk zwei moosige Fahrspuren in den hinteren Teil des Grundstücks. Aus dem Dämmer eines niedrigen, von Efeu überwucherten Carports starrten zwei eckige Scheinwerfer etwas argwöhnisch Richtung Straße. Mitte der Neunziger war diese kantige, niedrige Limousine mit dem leicht trapezförmigen Kühlergrill und dem dezenten Stern sicher der ganze Stolz seiner Besitzer gewesen. Jetzt klaffte der leere Kennzeichenhalter anklagend schwarz und gab dem Mercedes eine beleidigte Ausstrahlung. Auf die Entfernung sah der dunkle Lack makellos aus, zwar stumpf von Staub und hereingewehten Blütenpollen, aber ohne offenkundigen Rost.

Rechts der bemoosten Spuren lag jenseits eines knöchelhohen Mäuerchens völlig unkrautfrei die ebenmäßig mit grauen und schwarzen Betonsteinen gepflasterte Einfahrt des Nachbarhauses. Der Unterstand, in dem sie mündete, lag so weit vorne auf dem angrenzenden Grundstück, dass das neue schicke Auto den traurigen Anblick des von der Zeit überholten Kollegen und die Aussicht auf seine eigene Zukunft nicht ertragen musste. Vermutlich hatten auch die Nachbarn dieses Auto längst vergessen oder ignorierten seine Anwesenheit höflich wie den schiefen Schneidezahn eines geschätzten Kollegen. Anfangs mochten sie sich daran gestört haben, doch mit den Jahren war es einfacher, darüber hinwegzusehen.

Auf der linken Seite hatten die Bewohner des ein paar Jahrzehnte moderneren, rotbraun geklinkerten Nachbarhauses eine Hecke gepflanzt, um den Anblick des kleinen, alten Einfamilienhauses auszusperren. Vermutlich waren sie um jede Woche froh, die sich auf dem Grundstück nichts tat. Einziehen würde dort wohl niemand mehr. Die Anforderungen an Komfort und Energieeffizienz waren in den letzten Jahren so hoch geworden, dass selbst deutlich jüngere und besser erhaltene Häuser als dieses von gierigen Baggerzähnen zermalmt und durch zweckmäßige, gut isolierte Neubauten ersetzt wurden. Weil auch in Leer Wohnraum knapp war, entstanden in den klaffenden Baulücken nach Monaten voller Baulärm und Unruhe meist kantige Klötze für sechs oder acht Mietparteien. Würfelförmig, mit angeschrägten Solarpaneelen auf dem ständig undichten Flachdach, winzigen Balkonen und von mannshohen Kunststoffmatten eingesperrten Terrassen. Natürlich waren die neuen Wohnquader so hoch, dass von Privatsphäre in den Nachbargärten, auf den wohnlich eingerichteten Terrassen oder in den ebenerdigen Wohnzimmern keine Rede mehr sein konnte. Da war es für die Nachbarn viel besser, wenn das kleine, rote Haus mit den schläfrigen Rollläden weiterträumen durfte, ungestört und unbeachtet, grün bewachsen wie das Fell eines Faultiers.

Also stand es dort in der Siedlung, von den umstehenden Häusern ignoriert und von den Menschen unbehelligt. Auf dem vorderen der beiden Schornsteine ließ sich eine Dohle nieder, flog aber enttäuscht davon, weil kein wärmender Rauch daraus aufstieg.

Die Eingangstür lag auf der linken Seite, geschützt von einem grün und weiß gestrichenen Holzdach, an das sich nach der halben Hauslänge ein Schleppdach anschloss, das architektonische Zugeständnis an ostfriesische Abenteuerlust der Sechzigerjahre. Wie eine

Spielzeugausgabe des Wohnhauses schmiegte sich ein gemauerter Schuppen an die hintere Ecke.

Lükka Tammling hatte ihren Wagen ein paar Meter entfernt stehen lassen, um sich unauffällig umzuschauen. Sie bedauerte, dass sie keinen Hund dabeihatte. Einsame Spaziergängerinnen waren in solchen Siedlungen eher ungewöhnlich. Stattdessen hatte sie eine Tasche über die Schulter gehängt. Falls sie wirklich jemand ansprach, würde sie die orientierungslose Paketbotin spielen, von denen gab es mehr als genug. Bisher hatte sie die Adressen auf ihrer Liste ohne Zwischenfälle abgeklappert. Leider auch ohne Ergebnis. Nach einigem Murren hatte der Makler ihr die Schlüssel zu den Objekten übergeben, die Jelto Brinker für ihn betreut hatte. Ein halbes Dutzend hatte sie bereits überprüft. Die Sahnestücke des ostfriesischen Immobilienmarktes hatte man Brinker nicht gerade zugeteilt. Wenn er auf Provisionsbasis arbeitete, war es kein Wunder, dass er sich einen Nebenjob suchen musste. Nach dem, was sie in seinem Kofferraum entdeckt hatten, hatte er Einkäufe erledigt. Lükka Tammling hatte eine ziemlich genaue Vorstellung, für wen er gearbeitet hatte. Ein Jammer, dass sie ihn nicht mehr fragen konnten, wohin er den Käse geliefert hatte. Andererseits hätte sich dann auch nicht das Fachkommissariat 1 mit dem Fall beschäftigt, sondern höchstens die Kollegen vom Betrugsdezernat.

Sie hatte heute schon die absurdesten steinernen Ladenhüter gesehen. Kleine, düstere Backsteinhäuschen, denen Dachpfannen fehlten. Gebäude, die fast vollständig unter Efeu und Knöterich verschwunden waren. Schmucklose Einfamilienhäuser, die energetisch vermutlich solche Katastrophen waren, dass ein Abbruch wesentlich günstiger als eine Sanierung wäre. Einen Bungalow aus den Siebzigern, der damals sicher als schick gegolten hatte, inzwischen aber mit seinem undichten Flachdach und dem feuchten Wintergarten eher zum Pilzezüchten taugte als zum Wohnen.

Das interessanteste Objekt war eine ehemalige Gärtnerei am Stadtrand. Dort hatte sie sich lange aufgehalten, die verfallenden Gebäude und einen verlassenen Anhänger umrundet und einen Blick in das algenverkrustete Gewächshaus geworfen. Hier war kein Mensch, trotzdem hatte sie nach kurzem Zögern die Spurensicherung und einen Hundeführer angefordert. Vermutlich eine völlig überflüssige Aktion, aber irgendetwas an diesem Gelände hatte ihr eine Gänsehaut verursacht. Bauchgefühl hätte Roman Sturm das genannt, aber sie sah sich lieber als Kopfmenschen.

Gerne hätte sie ihn dabeigehabt, aber nach Ebbe Krüsmanns Aussage wollte er sich um die Suche nach dem Transporter kümmern. Ausgerechnet sein alter Schulfreund Ahrend Berghaus hatte Krüsmann den Lieferwagen gegeben. Woher er den Wagen hatte, wusste Krüsmann nicht.

Dummerweise hatte er auch keine Ahnung, wo Okko Wildeboer wohnte, dem er den Job bei Molenaar vermittelt hatte. Eine stramme Leistung für einen Personalchef. Aber er war halt ein Quereinsteiger und vor allen Dingen ein Maulheld, dachte Lükka Tammling. Was sollte man da schon erwarten. Angeblich hatte er den großartigen Molkereifachmann, der in der Fabrik des Käsekönigs arbeiten sollte, in einem Imbiss aufgegabelt.

Der Wirt dieses Dönerladens war vorhin überraschend bei Dirk Baukloh aufgetaucht, eine Dose Hirtenkäse in der Tasche, die ihm sein Stammgast Okko Wildeboer gebracht hatte. Seitdem trug Baukloh ein breites Grinsen im Gesicht und hatte zur Jagd auf Wildeboer geblasen. Währenddessen hatten sie Ebbe Krüsmann, natürlich freiwillig und nur zu seinem eigenen Schutz, in einer Zelle im Erdgeschoss einquartiert.

Und so war Lükka Tammling allein auf Hausbesichtigungstour. Viel stand nicht mehr auf ihrer Liste.

Die Hauptkommissarin betrat das Grundstück mit dem verwunschenen Häuschen und ging zielstrebig auf die Eingangstür an der linken Seite zu. Sie klingelte und war überrascht, als sie im Inneren des Hauses tatsächlich einen Gong vernahm. Hatte man den Strom gar nicht abgestellt oder war die Türglocke batteriebetrieben? Geöffnet wurde nicht und sie versuchte, durch die Scheiben in den Flur zu spähen. Sie zog den Schlüsselbund aus der Tasche und beschloss, sich erst einmal den Schuppen am hinteren Ende des Grundstücks vorzunehmen. Er war erstaunlich aufgeräumt, Gartengeräte hingen ordentlich an der Wand, ein Rasenmäher träumte vor sich hin von saftigem Gras, im Regal lagen Werkzeuge und ein staubiger Gitarrenkoffer.

Es gab hier keine weiteren Türen, keine Hinweise auf verborgene Räume und entführte Frauen.

Lükka Tammling seufzte frustriert. Wahrscheinlich gab es überhaupt keine entführten Frauen in diesem vertrackten Fall und sie lief sich hier völlig umsonst die Absätze schief. Die Bewerberinnen, die Ebbe Krüsmann an Molenaar vermittelt hatte, hatten einfach das Interesse verloren, andere Stellen gefunden und es nicht für nötig gehalten, dem merkwürdigen Personalchef eine Absage zu schicken.

Sie schloss den Schuppen gewissenhaft ab und kehrte zur Haustür zurück. Einen schnellen Gang durchs Gebäude würde sie noch machen, dann die Adresse auf der Liste abhaken und schauen, wo ihr Navigationsgerät sie als Nächstes hinschickte.

Sie schloss auf und betrat den dämmrigen Flur. Küche, Gästetoilette, Wohnzimmer mit Essecke. Der frühere Bewohner hatte wohl alles sauber hinterlassen, aber inzwischen lag eine weiche Staubschicht über den Möbeln, Waschbecken und Teppichböden. Wäre Jelto Brinker als Makler etwas pfiffiger gewesen, hätte er die Bude regelmäßig geputzt, um sie für Interessenten präsentabel zu machen, dachte Lükka Tammling.

Sie ging in den ersten Stock. Oben war es nicht sauberer als im Erdgeschoss, die Luft war stickig und staubig. Wer hatte hier wohl gelebt? Neugierig betrachtete sie im Halbdunkel die Regale mit Notenbüchern, bestaunte die große, alte Stereoanlage mit dem Plattenspieler und die langen Reihen von Schallplatten, die sorgsam angeordnet nebeneinander auf tiefen Holzbrettern standen. Auch die verblassten Bilder an den Wänden verrieten, dass Musik für den Hausbewohner eine Hauptrolle gespielt hatte. Sie sah Fotos von Musikern, Auftrittsbilder, Konzertplakate. Der Gitarrenkoffer im Schuppen fiel ihr ein. Instrumente waren im Arbeitszimmer nicht zu finden. Was war wohl aus denen geworden?

Erst als sie wieder herunterkam, fiel ihr auf, dass der Flur nicht so staubig war wie die Treppe und der

Rest des Hauses. Sie folgte den staubfreien Stellen bis zu einer geschlossenen Tür. Dahinter gähnte ein Kellereingang.

Das Licht funktionierte tatsächlich, allerdings war das Lampenglas zerbrochen und die alte, kahle Glühbirne erleuchtete nur einen Teil des Ganges. Es gab hier unten einen Abstellraum, eine Heizungsanlage hinter einer schweren Eisentür und einen Waschmaschinenkeller, in dem seltsamerweise ein Schlagzeug stand. Gegenüber war eine zweite Eisentür. Lükka Tammling bildete sich ein, dahinter Geräusche zu hören. Wahrscheinlich hatten sich hier im verlassenen Haus längst Ratten eingenistet. Oder eine Katze war ins Gebäude eingedrungen und fand nicht mehr heraus, das arme Vieh. Vielleicht konnte sie diesen sinnlosen Besuch mit einer guten Tat krönen und eine Mieze freilassen.

Die Kommissarin öffnete die schwere Feuerschutztür und stand überrascht vor einem massiven Eisengitter. Im schwachen Licht, das in ihrem Rücken aus dem Kellerflur hereinsickerte, erblickte sie als Erstes Verstärkerboxen und ein Mischpult. Verschiedene akustische und elektrische Gitarren standen in Halterungen auf dem Boden und hingen an den Wänden.

Dann erst sah sie die Frau, die auf einem einfachen Bett gegenüber der Tür saß und ihr verängstigt entgegenstarrte.

Hastig überprüfte sie das Gitter. Es hätte einem Tiger standgehalten. Massive Bolzen waren in die Mauer eingelassen und der breite Riegel mit einem schweren Schloss gesichert. Vermutlich hatte die Versicherung des Hausbesitzers den Musiker dazu verdonnert, diesen Raum mit dem teuren Equipment vernünftig zu sichern.

Gewiss hatte er sich nicht träumen lassen, dass sein Probenkeller als Verlies missbraucht werden könnte.

»Alles wird gut. Keine Angst«, beruhigte Lükka Tammling die Frau. Sie sah sich um und entdeckte ein einzelnes Regalbrett über der Türöffnung. Mit ausgestrecktem Arm tastete sie, bis ihre Finger sich um den kleinen Metallgegenstand schlossen, der darauf lag. Die Versicherung fände es bestimmt nicht gut, dass der Schlüssel hier aufbewahrt wurde. Für Lükka Tammling war es ein Glücksfall.

Sie zückte das Telefon und versuchte, auf der Wache anzurufen, aber die Wände schirmten das Signal ab. Vermutlich war der Keller extra gut isoliert, damit die Nachbarn von den Proben möglichst wenig gestört wurden. So hatte auch niemand die gefangene Frau gehört. Die Kommissarin schrieb eine Textnachricht und schickte sie an ihre Kollegen. Ums Senden sollte sich das Phone selbst kümmern, das war ja angeblich smart.

Sie schloss die Tür auf und half der Frau auf die Beine. Sie war blass und wirkte unterernährt, schien aber unverletzt zu sein. Ihre Kleidung war fleckig und zerknittert, wirkte aber, als hätte die junge Frau sich eigentlich für einen wichtigen Termin zurechtgemacht. Die Kommissarin stützte sie und zog sie mit sich in den Kellerflur. Ein Geräusch von oben ließ sie abrupt stehen bleiben. Sie legte den Zeigefinger an die Lippen und schob die andere Frau in den Waschmaschinenkeller.

Dort oben war jemand, eindeutig. Sie vernahm schwere Männerschritte im Flur, die sich der Kellertreppe näherten und verharrten. Vermutlich wunderte sich da jemand, dass Licht brannte.

Lükka Tammling schlich zurück in den Probenraum und drückte sich seitlich von der Tür eng an die Wand.

Als sich die Tür öffnete und ein Mann im Anzug den Raum betrat, holte sie aus und schwang mit leisem Bedauern, aber ohne Zögern die schwere, blaue E-Gitarre von unten gegen seinen Schädel.

Der Käsekönig ging mit einem leisen Seufzen zu Boden und schlug schwer auf dem rauen Beton auf.

KAPITEL 40

»Da vorne steht der Transporter.« Aufgeregt wies Biroldo über die Kreuzung in die Seitenstraße. Es war nicht leicht, in der Altstadt von Leer einen Parkplatz zu finden, und auch der Käsedieb musste sein Auto offenbar weit entfernt von seinem Zuhause abstellen. Wo Okko Wildeboer wohnte, konnte Niklas Conradi den Kollegen zeigen. Schließlich hatte er ihn in der Wohnung seiner Freundin getroffen. Aber das Vögelchen war ausgeflogen und von ihrem Auto und der kostbaren Fracht fanden sie keine Spur. Sie waren inzwischen so oft durch das Einbahnstraßengewirr von Leer gekreuzt, dass er schon Angst hatte aufzufallen. Aber Autofahrer mit gelben niederländischen Kennzeichen, die Parkplätze suchten oder die Orientierung bei der chaotischen Verkehrsführung verloren, waren in Leer offenbar völlig normal.

In diesem Augenblick setzte der rote Transporter sich in Bewegung. Pecorino fluchte und Conradi gab Gas. Er hatte sich in der Friesenstraße schon nach links in Richtung Innenstadt eingeordnet, jetzt zog er quer über alle anderen Fahrspuren und bog mit Schwung in die Ubbo-Emmius-Straße ab, begleitet von einem vielstimmigen Hupkonzert.

Mehrere Autos fuhren zwischen ihnen, jetzt hatte der Lieferwagen es über die Ampel geschafft, während die Verfolger hinter den Rechtsabbiegern an der Kreuzung festhingen.

»Wo will er hin?«, stieß Pecorino wütend hervor. »He, Karnickel, du kennst dich hier doch aus. Wohin fährt die Ratte mit unserem Stoff?«

So emotional hatte Niklas Conradi den kühlen Blonden noch nie erlebt. Er überlegte fieberhaft. »Am Deich entlang stadtauswärts«, riet er. Diese Richtung war so gut wie jede andere, Hauptsache, er sagte überhaupt etwas.

Endlich löste sich der Stau auf und Coniglio konnte an der Kolonne vorbeiziehen. Wildeboer war mit dem Transporter schon am Discounter vorbeigezogen, beschleunigte und verschwand hinter einer Rechtskurve. Auch Coniglio wollte durchstarten, aber von links schob sich ein Lastwagen vom Stadtring auf die Deichstraße, der beim Abbiegen auf die Überzeugungskraft seiner schieren Masse vertraute.

Biroldo hieb mit beiden Fäusten auf Coniglios Rückenlehne und brüllte vor Wut. Zum Glück war der Verkehr stadteinwärts nicht allzu dicht. Coniglio scherte aus, drückte aufs Gas und überholte den Laster, der erst langsam wieder Fahrt aufnahm, obwohl sie noch im Stadtgebiet waren. Hoffentlich wurden sie nicht auch noch geblitzt. Er warf einen Blick in den Rückspiegel. Hinter ihnen fuhr ein kleines Wohnmobil, bunt bemalt wie ein Hippiebus aus einem Sechzigerjahre-Film, Markise an der Beifahrerseite, einen breiten Buckel auf dem Dach, wahrscheinlich eine Klimaanlage. Es wurde kleiner, als er das Gaspedal weiter durchtrat.

Ein Jammer, dass sie den Porsche nicht mehr hatten. Das Auto, das sie heute fuhren, war zwar bequem für Langstrecken, aber kein Rennwagen. Mit neunzig passierten sie das Ortsschild, fuhren durch die letzten Ausläufer des Gewerbegebietes und am Miniaturwunderland vorbei.

Links erhob sich jetzt saftig grün der Emsdeich, ein paar Schafe glotzten, als das Auto an ihnen vorbeiraste. Weit voraus sah Coniglio einen Lieferwagen. Das konnte er sein! Jetzt setzte der andere Fahrer den Blinker.

»Er will auf die Autobahn!«, rief Biroldo.

»Das ist ein anderer Wagen«, widersprach Pecorino. »Fahr weiter. Und fahr schneller, verdammt.«

Sie flogen an einem runden, rot-weißen Schild mit einer Siebzig vorbei, die Tachonadel kletterte auf hundertdreißig.

»Verdammt, ich sehe ihn nicht mehr«, stellte Coniglio fest. Womöglich hatte Pecorino sich geirrt und Wildeboer fuhr mit ihrem Stoff längst durch den Emstunnel Richtung Ruhrgebiet.

»Gib einfach Gas. Weit kann der nicht sein.« Pecorino hatte die eisbonbonblauen Augen zu Schlitzen zusammengekniffen und starrte durch die Windschutzscheibe, als könnte er den Transporter durch pure Willenskraft heraufbeschwören und zum Halten zwingen. »Wahrscheinlich überholt er gerade die Laster da vorne. Wir haben ihn gleich.«

Biroldo schlug Coniglio von hinten gegen die Schulter.

»Warum schleichst du so?«, fauchte er. »Jetzt holen uns schon die Wohnmobile ein!«

Im Rückspiegel sah Coniglio überrascht den Hippiebus aufholen, dann trat er wild entschlossen das Gaspedal bis zum Bodenblech durch. Die schmale Landstraße, die sich bei gemütlicher Fahrt beinahe schnurgerade am Deich entlangzog, hatte bei Tempo hundertsechzig auf einmal erstaunlich viele Kurven und wurde immer enger. Coniglio schwitzte und umklammerte das Lenkrad.

Als hinter ihnen Blaulicht aufflammte und ein Martinshorn aufjaulte, zuckte er zusammen, der Wagen schleuderte.

Auf der Rückbank schrie Biroldo.

Pecorino griff ins Steuer, Coniglio lenkte dagegen, die Schafe waren auf einmal ganz nah. Es krachte, brüllte und knirschte. Dann war es still.

Das Letzte, was Niklas Conradi sah, war ein riesiger Hawaiianer mit langen schwarzen Haaren, der im geisterhaft flackernden Schein des Blaulichts aus seinem bunt bemalten Wohnmobil stieg und auf das Autowrack zukam.

EPILOG

»Apropos Möwe«, nuschelte Dirk Baukloh mit vollen Backen und blickte träge in den blauen Abendhimmel, an dem ein paar große, weiße Vögel kreisten. »Mö' wi noch een?« Auffordernd streckte er die Hand vor und Lükka Tammling drückte ihm eine braune Glasflasche in die Finger. Er schnippte den Bügelverschluss auf, prostete ihr zu und trank einen großen Schluck, ehe er die Flasche auf den Klapptisch zwischen die Teller mit Mayonnaisespuren, Senfresten und Wurstzipfeln stellte. Der Rest Kartoffelsalat in der Plastikdose war nicht mehr der Rede wert.

»Mit Pizza war es hier draußen leider etwas schwierig«, sagte Roman Sturm bedauernd. »Einen Backofen habe ich noch nicht eingebaut. Vielleicht mach ich das irgendwann. Ahrend hat bestimmt ein paar Tipps, wie das geht. Aber dann muss ich auch irgendwo stehen, wo es Strom gibt. Und hier draußen ist nun mal keiner.« Er schob den Vorhang beiseite, der Mücken und Fliegen aus dem Innenraum seines kleinen Campers fernhalten sollte, und kam mit ein paar neuen Bierflaschen und einer Chipstüte zu seinen Kollegen auf den Parkplatz. Er setzte sich in seinen Klappstuhl und begann, leise die Saiten einer Ukulele zu zupfen. Die Töne verwehten im frischen Seewind und erreichten vermutlich nicht einmal die wenigen Wohnmobile, die außer ihnen auf dem rissigen Beton der ehemaligen Bohrinsel verteilt standen. Die Tagesgäste waren längst abgefahren. Wirklich idyllisch war der Platz nicht, aber die Aussicht über den Dollart war großartig und entschädigte für die schmucklose Umgebung. Man konnte fast glauben, am Meer zu stehen, so weit wirkte die Wasserfläche. Nur eine halbe Stunde von zu Hause entfernt fühlte sich Roman Sturm wie im Urlaub. So hatte er sich das vorgestellt, als er Ahrend Berghaus das kleine Wohnmobil abgekauft hatte. Spontan losziehen, alles dabeihaben. Dass der Wagen so niedrig war, auf jeden Parkplatz passte und mit seinen getönten Scheiben nicht sofort als Camper auffiel, war ganz praktisch. Noch praktischer war natürlich, dass er auch sonst mehr zu bieten hatte, als man auf den ersten Blick sah.

»Was ich immer noch nicht verstehe: Wie hast du es mit diesem Ding geschafft, Niklas Conradi und seine Komplizen auf der Deichstraße einzuholen?«, wollte Baukloh wissen. »Laut Unfallbericht hatten die doch bestimmt hundertvierzig Sachen drauf, als sie auf die Schafweide geflogen sind.«

»Hundertsechzig«, korrigierte Roman Sturm. »Mein Kumpel hat das Schmuckstück zwar gemütlich eingerichtet, komplett mit Bett, Küche, Wassertank und Klo. Aber im Herzen ist der Wagen immer noch ein ausgemustertes Polizeiauto.« Er genoss die überraschten Blicke von Lükka Tammling und Dirk Baukloh. »Die Uniform hat er natürlich abgemacht und stattdessen diese Hippiefolie aufgezogen. Vielleicht lasse ich das noch ändern. Aber ansonsten …« Er grinste zufrieden. »Bullenmotor, Bullenreifen, Bullengetriebe und Bullenstoßdämpfer. Das Bluesmobil war ein Dreck dagegen. Sogar die Lichterbrücke ist noch drauf, auch wenn die normalerweise verdeckt ist.« Diese Abdeckung konnte er mit einem Knopfdruck einfahren, sodass er spontan ein Einsatzfahrzeug mit allen Schikanen unter dem Hintern hatte.

Überhaupt hatte er das perfekte Fahrzeug gefunden, fand Roman Sturm. Die Fächer in der Pantry, im Laderaum und unter dem eingebauten Bett waren aus durchsichtigem Kunststoff. So konnte er genau wie zu Hause immer sehen, was da war, und musste nichts auf den Flächen liegen lassen, was im Auto sowieso nicht ging. Seine Stapelbildung im Büro, über die Lükka Tammling immer den Kopf schüttelte, war schließlich kein Ausdruck von Schlamperei, er hatte nur gerne alles im Blick. Das Prinzip »Aus den Augen, aus dem Sinn« machte ihn nervös. Allzu leicht konnte man etwas vergessen.

Außerdem war er gerne vorbereitet. Statt mit Schlafsack und Zelt im unzuverlässigen, klapprigen Personenwagen durch die Gegend zu fahren, konnte er jetzt jederzeit in einem bequemen Bett schlafen und sich sogar noch Kaffee und etwas zu essen machen.

Den Kartoffelsalat hatte Lükka allerdings daheim zubereitet und Dixi Baukloh hatte reichlich Landbier mitgebracht. Statt der ursprünglich geplanten Pizza-Orgie hatten sie sich zum Grillen verabredet.

»Ganz ehrlich«, sagte Lükka Tammling, »auf Käse habe ich im Augenblick sowieso keinen richtigen Appetit. Wer weiß, was einem so alles angedreht wird.«

»Auf jeden Fall kann man eine Überraschung erleben«, bestätigte Dirk Baukloh. »Ich wäre wirklich zu gerne dabei gewesen, als der Imbissbesitzer die Dose aufgemacht hat.«

Oh ja, dachte Roman Sturm. Da brachte ihm sein Stammkunde großspurig eine Dose mit Hirtenkäse, um ihm zu zeigen, was er sich unter vernünftigem Käse vorstellte. Und statt der dicken runden Weißkäsescheiben hatte der verblüffte Wirt mehrere Tüten Meth aus der

Lake gefischt. Okko Wildeboer war aus allen Wolken gefallen, als sie ihm nach der Festnahme gezeigt hatte, was er seinem Nachbarn überreicht hatte.

Sie glaubten ihm, dass er keine Ahnung gehabt hatte, was für eine Ladung er sich auf dem Parkplatz an der Ems unter den Nagel gerissen hatte. Er war schon verschiedentlich mit Marihuana erwischt worden, auch wenn ihm der Handel damit nie nachzuweisen gewesen war. Aber eine millionenschwere Drogenlieferung in dieser Größenordnung war deutlich oberhalb seiner Gehaltsklasse.

»Wildeboer hat sich fast in die Hose gemacht, als ihm klar wurde, was er geklemmt hat«, grinste Baukloh. »Vermutlich hätte er nicht einmal die passenden Abnehmer dafür gefunden. Jedenfalls hätte er nicht viel Zeit gehabt, sich am Erlös zu freuen. Er beteuert, dass er wirklich auf den Käse aus war. Mit der großen Lieferung wollte er diesen Markus Müller dazu bringen, ihm endlich seinen Lohn auszuzahlen.«

Nun ja, da hätte er in die Röhre geschaut, dachte Roman. Als Wildeboer mit dem Transporter zu seinem Ferienhaus unterwegs war, hatte Müller sich schon abgesetzt und den Käse von den Füßen geschüttelt. Zum Glück hatte Lükka Tammling ihn gekonnt außer Gefecht gesetzt, als er vor der Flucht noch seine Gefangene abholen wollte. Was hätte die sonst womöglich noch erleiden müssen.

»Wann gehst du jetzt eigentlich nach Osnabrück?«, erkundigte sich die Hauptkommissarin.

»Willst du mich so dringend loswerden?« Dixi Baukloh blickte sie gekränkt an. »So schnell wird das nichts.«

Als seine Kollegen ihn überrascht ansahen, zuckte er

die Achseln. »Niklas Conradi hat zwar gestanden, dass er gemeinsam mit eurem Täter, diesem Wachmann der Molkerei Miltenberg, und dem Blonden ohne Ausweis hinter der Drogenlieferung her war. Und in dem roten Transporter haben wir bekanntlich nicht nur das Meth, sondern auch Spuren des Mordopfers und die Mütze des Wachmannes gefunden. Aber der Rothaarige ist kein Mastermind. Conradi ist genauso wenig der Chef eines Drogenkartells, wie dieser Markus Müller tatsächlich ein holländischer Käsekönig war. Ich werde also die deutsch-niederländische Sondereinheit erst einmal von Leer aus aufbauen.« Er nahm sich ein frisches Bier und blinzelte zufrieden in den Sonnenuntergang.

Auch Roman Sturm war zufrieden. Inzwischen hatte er sich daran gewöhnt, außer mit Lükka auch mit Dixi zusammenzuarbeiten. Dessen Weggang hätte ihn aus seiner geliebten Komfortzone geholt. Er zupfte die Saiten und die Kollegen summten leise mit, als sie seinen Versuch, »Aloha ’Oe« zu spielen, tatsächlich erkannten.

»Ist das jetzt eigentlich schon kulturelle Aneignung, was du hier machst?«, fragte Lükka Tammling und lauschte dem Saitengeklimper. »Ich habe neulich gelesen, dass sich jemand über eine kanadische Band aufregte, die Bluegrass spielt, wo sie doch gar nicht aus den Südstaaten kommt.«

»Ich darf das«, spottete Roman Sturm. »Ich habe einen hawaiianischen Opa. Bei dir wäre das natürlich ganz was anderes. Mindestens so schlimm, als wenn eine weiße Autorin ein Gedicht von einer schwarzen Poetin übersetzt.«

»Oder wenn ein Zugezogener Platt spricht«, bestätigte Baukloh mit todernster Miene. »Überhaupt ist jedes

Lernen einer Fremdsprache doch kulturelle Aneignung übelster Sorte.«

»Genau«, sagte Roman Sturm. »Warum sind unsere Vorfahren überhaupt jemals von den Bäumen gestiegen und haben sprechen gelernt? Damit fing doch das ganze Elend an. Wo kämen wir denn da hin, wenn man einfach von anderen Kulturen was lernen oder sich in andere Menschen hineinversetzen würde.« In gespielter Empörung schüttelte er den Kopf.

Lükka Tammling nahm ihm das kleine Instrument aus der Hand und zupfte selbst an den Saiten herum. Es klang bestenfalls exotisch. »Man sollte immer mal eine Weile in den Schuhen eines anderen laufen. Ihr werdet sehen«, prophezeite sie, »irgendwann stellt sich heraus, dass diese ganze Debatte um kulturelle Aneignung in Wirklichkeit von den Identitären angezettelt wurde. Für die gibt es doch nichts Schlimmeres, als wenn die Menschen einander über die Kultur besser kennenlernen und verstehen, wie die anderen denken.«

»Na gut, du darfst Ukulele lernen«, genehmigte Roman Sturm großzügig.

Seine Kollegin packte das Instrument am Hals, betrachtete es von allen Seiten und wog es in der Hand. Dann schüttelte sie den Kopf. »Damit hätte ich den Käsekönig nicht ausgeknockt. Ich denke, ich lege mir lieber eine E-Gitarre zu. Die hat mehr Wumms.«

ENDE